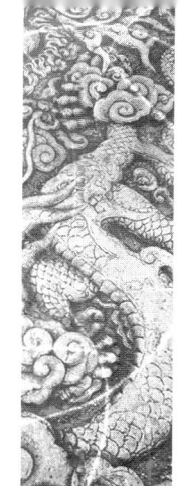

藍天 俠傳

남천협전

조종호 新무협 판타지 소설

FANTASTIC ORIENTAL HEROES

남천협전 4

조종호 新무협 판타지 소설

초판 1쇄 찍은 날 § 2008년 4월 11일
초판 1쇄 펴낸 날 § 2008년 4월 21일

지은이 § 조종호
펴낸이 § 서경석

편집장 § 문혜영
편집책임 § 심재영

펴낸곳 § 도서출판 청어람
등록번호 § 제1081-1-89호
등록일자 § 1999. 5. 31
어람번호 § 제2-1468호

주소 § 경기도 부천시 원미구 심곡1동 350-1 남성B/D 3F (우) 420-011
전화 § 032-656-4452 팩스 § 032-656-4453
http://www.chungeoram.com
E-mail § eoram99@chollian.net

ⓒ 조종호, 2008

ISBN 978-89-251-1272-5 04810
ISBN 978-89-251-1126-1 (세트)

藍天俠傳

남천협전

조종호 新무협 판타지 소설

FANTASTIC ORIENTAL HEROES

4

생사비무(生死比武)

도서출판 청어람

目次

제29장 선궁비사(仙宮秘事)   7

제30장 무심쌍도(無心雙刀)   45

제31장 삼금이은(三金二銀)   89

제32장 흑령신공(黑靈神攻)   121

제33장 낭사추혼(狼絲追魂)   161

제34장 개방후개(丐邦後丐)   195

제35장 천성살악(天星殺惡)   215

제36장 생사비무(生死匕武)   247

제37장 철심도법(撤心刀法)   283

제38장 사중구생(死中求生)   317

第二十九章

선궁비사(仙宮秘事)
─금난영의 이야기를 듣다

藍天俠傳

侠

"혹시 아는 분이세요?"

멀찍이 있던 남궁상연이 후대 궁주의 말에 극작스레 안색이 변한 남천을 보고는 살며시 다가왔다.

하나 남천은 그녀의 말을 듣지 못한 듯 깊은 생각에 잠긴 모습이었다.

남궁상연은 비록 그로부터 어떠한 대답도 듣지 못했지만 그런 남천의 모습에서 이미 그가 금난영이라는 사람을 알고 있을 것만 같은 확신이 들었다.

그렇지 않다면 지금 이 상황에 주위도 잊고 저리 골몰할 만한 이유가 없었다.

남천이 고심하는 모습을 유심히 지켜보는 사람은 남궁상 연만이 아니었다.

백화선궁 여덟 사람의 시선은 하나같이 남천을 향해 있었다.

특히 금운고는 뭐라 입을 열 듯하다가 다시 다무는 것이 궁금하면서도 그의 생각을 방해하지 않으려는 듯 보였다.

한편 남천은 머리가 복잡했다.

그는 과연 자신이 알고 있는 그 아이가 저들이 말하는 금난영이 맞을까 하는 생각에 과거를 더듬어가고 있는 중이었다.

남천이 금난영을 처음 본 것은 열 살 때였다.

어느 날 아복은 양 갈래로 머리를 땋은 귀엽게 생긴 여자아이를 데려왔다.

아복은 자신의 집에서 얼마 멀지 않은 곳에 사는 아이라며 그녀를 소개했고, 그녀가 자신들과 어울리기를 원한다고 했다.

이유는 단 하나, 남천과 아이들이 밥 먹는 것도 잊고 즐겼던 무사놀이였다.

또래의 아이들과 소꿉장난하는 게 어울려 보이는 조그만 여자 아이가 하는 말이어서 그런지 처음엔 다들 미심쩍어했으나 굳이 거절할 이유도 없었다. 아니, 오히려 반겼다는 게 옳은 표현이다.

남자끼리만 놀다 보니 이어지는 상황은 항상 똑같았고, 그 때문에 슬슬 지루해지려는 마음도 일기 시작했다.

그러던 차에 새로운 친구가, 그것도 여자 아이가 나타났으니 변화가 생길 듯한 막연한 기대가 들었다.

남천은 문득 금난영이 쭈뻣거리는 아이들에게 하얀 이를 드러내며 했던 말이 떠올랐다.

"내가 있으면 더 재미있어질 거야. 무사들의 겨룸엔 나 같은 미인이 항상 나오는 법이거든."

그 이후, 그녀는 아이들과 함께 어울렸다.

처음엔 그녀도 싸움을 벌이는 쪽이었으나 시간이 지날수록 지겨워졌는지 남자 아이들처럼 목검을 들지 않고 다소곳한 여인으로만 분했다.

그때는 '난영이도 여자였구나' 하는 기분이었으나 다시 생각해 보면 싫증을 느껴서 그랬던 게 아닐까?

어른이 아이들과 놀 때처럼 처음엔 잠시 흥미가 일었지만 얼마 지나지 않아 그런 흥미가 사라져 버렸던 게 아닐까?

그녀가 이들의 말대로 백화선궁의 후인이라면 가능한 일이었다.

하지만 그렇다 하더라도 여전히 한 가지 의문은 남아 있었다.

금난영은 성장이 멈춘 게 아니었다.

자신이 출가할 때쯤엔 그녀 역시 어엿한 열여덟 살의 여인이었다.

이것은 또 어찌 설명해야 하나.

남천은 대전 한가운데 우뚝 서서 한동안 고민하더니 이윽고 고개를 들어 금운고를 올려다봤다.

그녀는 남천과 눈이 마주치자 먼저 입을 열었다.

"혹시 들어본 적이 있는 이름인가?"

찾고자 하는 사람은 바로 그녀의 딸, 금운고의 음성이 잔잔하게 떨렸다.

"이름이 같은 사람을 알고는 있습니다, 하지만……."

그녀의 얼굴에 한순간 반가움의 빛이 떠오르는가 싶더니만, 남천의 뒷말에 다시 예의 담담한 모습으로 돌아왔다.

하나 남천은 사람들에게 궁금증을 일으켜 놓고는 다시 묵묵히 입을 다물었다.

"하지만 뭔가? 뭐든 물어보게."

그의 속마음을 짐작한 듯 금운고가 재촉했다.

남천은 그녀의 허락에도 불구하고 잠시의 여유를 둔 후 조용한 목소리로 물었다.

"그럼 결례가 될지도 모르겠습니다만, 한 가지 여쭙겠습니다. 혹시 백화선궁의 무공 중에 젊어지는 무공도 있습니까?"

"젊어지는 무공?"

그의 질문이 예상외였던지 금운고의 안색이 눈에 띄게 변했다.

그녀는 나이에 비해 젊어 보였다.

그러나 이는 강한 공력으로 노화를 늦춘 것뿐이지 젊어진 것과는 의미가 달랐다.

　남천의 말은 반로환동(反老換童)이 가능한 무공이 있냐는 뜻이었다.

　남궁상연은 남천의 말에 두 눈이 커다래졌다.

　반로환동을 이뤄내는 무공, 만약 존재한다면 그야말로 신공이다.

　그런 무공이 과연 백화선궁에 있을까?

　그녀 역시 금운고의 대답이 궁금한 듯 뚫어져라 그녀를 쳐다보았다.

　금운고는 무엇 때문인지 잠시 주저하다가 이윽고 나지막한 음성으로 입을 열었다.

　"자네가 물어보기 전까지 나도 미처 생각해 본 적이 없었네만 본궁의 태화무신공을 극성으로 익힌다면 가능할 것도 같네. 하나 이는 어디까지나 추측일 뿐이야. 지금까지 그 정도 경지에 도달한 사람은 아무도 없으니 말일세."

　남천은 담담한 표정으로 천천히 고개를 끄덕였다.

　"결국, 그게 가능한 일이었군요."

　"그런데 그건 왜 물어본 겐가? 설마하니……."

　"방금 전 말씀드렸던 사람이 어리기 때문입니다. 저와 비슷하지요. 한데 그런 외모도 조정이 가능합니까? 예를 들면 십 세의 어린아이에서 다시 스무 살의 여인으로……."

"충분히 가능하리라 믿네. 본궁의 무공에 관한 내용이라 세세히 말해주진 못하지만 그 또한 불가능하진 않을 듯하네."

남천은 야릇한 흥분이 일었다.

어려서 같이 놀던 친구가 측량하기 힘든 고수일지도 몰랐다. 물론 이름과 짐작만이긴 하지만 만에 하나 진짜라면 정말 놀라운 일이 아닐 수 없었다.

어찌 보면 이러한 남천의 생각이 허황될 수도 있었다.

그러나 그로서는 허황됨일지라도 일말의 기대를 가지게 되었다는 사실 자체가 기뻤다.

"언제까지 모셔오면 되겠습니까?"

금운고는 남천의 대답에서 희망이 느껴지자 그녀 역시 기분이 한결 나아진 듯 부드러운 미소를 지었다.

"원래대로 하자면 올해 마지막 달 초하루일세. 그날이 아이가 궁주의 자리에 오르게 되지. 그러나 그리된다면 자네가 일을 처리하기엔 시간이 촉박할 것이야."

그녀는 남천의 목검을 지그시 한번 바라본 후 말을 이었다.

"때문에 즉위식은 예정대로 거행하겠지만, 내년 오월까지는 태음설하초를 놔두기로 이미 이야기되었네. 하니 조금의 여유는 더 있는 셈이지."

그녀의 말이 끝나자 남천의 얼굴에 한줄기 안도의 빛이 떠올랐다.

사실 그는 시간이 모자를지도 모른다는 생각을 했었다.

융중에서 이곳에 오는 데만 삼 개월이 걸렸다.

물론 오는 도중 살수의 습격을 받는 등 예기지 못한 일들이 일어났기 때문이었지만 갈 때 역시 그러지 않으리라는 보장도 없었다.

이는 금운고가 남천의 은혜에 어느 정도 보답코자 한 배려였다.

태음설하초는 즉위식이 끝나자마자 그날 저녁에 복용하는 게 원칙이다.

이를 다섯 달이나 뒤로 미루었으니 전통이 깨졌다고도 볼 수 있다.

게다가 백화선궁의 궁주 신분으로서 이 정도의 양보를 하는 것도 전례없는 일이었다.

"그리고 또 하나 자네에게 부탁할 일이 있는데 들어주겠는가?"

"무, 무엇입니까?"

갑작스런 금운고의 말에 남천은 조금 긴장한 눈치였다.

호의를 베푸는 듯하다가 또 다른 부탁이 있다니 묘한 경각심이 일었다.

이를 눈치 챈 것일까? 금운고는 여인답지 않게 커다란 웃음을 터뜨렸다.

"하하하! 내 잡아먹진 않을 테니 그렇게 심각할 필요없네.

다름이 아니라 오랜만에 생긴 궁의 귀객을 이리 쉽게 보내려 하니 아쉬워서 말일세.”

“……?”

진의를 파악하지 못한 남천이 멀거니 자신을 보고 있자 그녀는 빙긋 웃었다.

“그러니 하룻밤 정도는 여기서 묵고 가는 게 어떻겠나? 대접은 톡톡히 하겠네.”

남천은 그녀의 얼굴 가득 진심이 드러나 보이자 허락을 구하려는 것처럼 남궁상연을 슬쩍 쳐다봤다.

그 모습이 우스운지 금운고가 또다시 웃음을 터뜨렸다.

“하하, 장부가 자신의 일을 결정하는데 여인의 눈치를 살피는가? 중원은 그렇지 않은 줄 알았는데 자네는 마치 우리 백화선궁 사람 같구만그래.”

“아…….”

남천은 그게 아니고 단지 의견을 구하려고 했다 말하고 싶었지만 결국 입만 벙긋거리며 얼굴을 붉힌 채 아무 말도 하지 못했다.

남천의 행동을 동의의 표시라 생각했는지 그녀는 크게 고개를 끄덕였다.

“좋아, 좋아. 그럼 그렇게 알고 있겠네. 일단 지금은 한낮이니 저녁때가 되면 깊은 이야기를 나눠보세. 궁금한 게 아주 많아. 그때까지는 편안히 쉬도록 하게.”

말을 끝마치자 금운고는 자리에서 일어나 두 딸과 백의중년인들을 데리고 대전 밖으로 사라졌다.

　남천은 사라진 그녀의 뒷모습을 멀뚱멀뚱 바라보다가 이윽고 조그만 한숨을 내쉬었다.

　그녀는 남의 말을 잘 듣지 않는 성격인 듯했다.

　그러나 그녀의 신분을 생각한다면 이 또한 이해되는 성격이었다.

　"남 소협?"

　어느새 다가온 남궁상연이 조용히 그를 불렀다.

　"좋게 생각하세요. 저분 입장에서는 나름대로 조그만 보답이라도 하려는 뜻에서 그러시는 걸 거예요. 그리고 처음에 보였던 모습과는 달리 그리 나쁘지 않아 보이네요."

　그의 고개가 조그맣게 끄덕여졌다.

　"저도 그렇게 생각합니다. 처음엔 솔직히 조금 화도 났었습니다만 다시 헤아려 보면 그들에게 저는 일면식도 없는 외인일뿐이니까요. 이 정도만 해도 다행스러운 일이지요."

　"소협 말씀이 맞아요. 이나마도 하늘이 도왔기에 가능했어요. 한데……."

　"왜 그러십니까?"

　"금난영이란 분의 나이가 어려 보인다라는 말은 무슨 뜻이지요? 원래부터 알던 분이었어요?"

　남궁상연은 남천의 말 중 무엇보다도 이 점이 가장 궁금했다.

"아, 난영이는 어렸을 적 친구입니다."

"친구요?"

그녀의 눈이 믿을 수 없다는 듯 화등잔만 하게 커졌다.

"예, 그녀는……."

남천은 말을 하려다 말고 천천히 뒤쪽을 돌아봤다.

그곳에는 처음 그들을 대전까지 인도해 준 백의여인이 막 안으로 들어서고 있는 중이었다.

그녀는 두 사람이 빤히 자신을 쳐다보고 있자 조금 놀란 눈치더니 이내 표정을 가라앉히고는 다가왔다.

"두 분을 모시라는 궁주님의 명이 있었습니다. 제 뒤를 따르시지요."

남천은 고개를 한번 끄덕이고는 남궁상연을 바라보며 나직하게 말했다.

"어차피 저녁까지 기다려야 한다 했으니 그때까지 그분의 말마따나 쉬고 있지요. 자세한 이야기는 그곳에서 들려 드리겠습니다."

"그래요. 그게 좋을 듯하네요."

남궁상연은 부드럽게 미소 지었다.

그리고 두 사람은 백의미녀의 뒤를 따라 대전을 나섰다.

*　　　　*　　　　*

악중일과 곽염은 백화선궁의 하얀 외벽을 올려다보고 있었다. 특히 곽염은 멍하니 입을 벌리고 있는 모습이 넋이 나간 것처럼 보였다.

"주인어른."

"왜?"

"여기가 어딥니까? 난데없이 나타난 이 담벼락은 또 뭡니까?"

악중일은 그를 슬쩍 내려다보고는 퉁명스런 어조로 말했다.

"아까 저들이 하는 말을 자네도 들었잖아."

"그럼, 여기가 정말 백화선궁입니까?"

"그런가 봐. 설마 거짓말을 서로 주고받았을 리 없으니까."

"허허, 지금까지 말로만 들어오던 백화선궁을 이렇게 두 눈으로 직접 보게 될 줄이야."

곽염이 눈을 커다랗게 뜨고 들뜬 음성으로 말하자 악중일은 무슨 이유에서인지 피식하고 웃었다.

"왜요? 왜 비웃어요? 주인어른은 그럼 이곳에 와 본 적이 있습니까?"

그는 여전히 미소 띤 얼굴로 절레절레 고개를 저었다.

"물론 나도 없지. 그렇지만 겨우 외벽만을 보고 자네가 그런 말을 하는 게 우스워서 그래."

"오호라, 그렇단 말씀이시지요. 제가 외벽만을 보고 돌아갈지 아니면 안으로 들어갈지 어찌 아시고 그리 말씀하십니까?"

곽염은 무시당했다는 생각에 기분이 상했는지 어느새 점소이의 말투로 돌아와 있었다.

"왜? 정말 들어가려고?"

"못 들어갈 건 또 뭐 있습니까요!"

그는 버럭 소리치더니 자신의 말을 실행이라도 하려는 듯 성큼성큼 걸어 남천이 사라진 벽 쪽으로 다가섰다.

하나 마음과는 달리 담벼락 아래에 도착한 그는 두리번거리기만 할 뿐 어찌할 줄을 몰랐다.

얼마나 정교하게 만들어진 기관인지 방금 전 똑똑히 내려가고 올라가는 것을 보았음에도 문의 정확한 위치를 파악할 수 없었다.

한참을 어물거리던 그는 결국 얼굴을 바짝 들이대고 나서야 조그만 틈을 발견했다.

곽염의 얼굴에 한줄기 득의의 미소가 떠올랐다.

"흐흐, 분명 여기가 이렇게 열렸단 말이지."

그는 혼잣말을 중얼거리다가 벽에 두 손을 대고는 힘껏 아래로 밀어 내리기 시작했다.

그러나 문은 요지부동 꿈쩍도 하지 않았다.

몇 번을 해봐도 마찬가지, 결국 공력까지 운용해 보았지만 그것조차 헛수고였다.

시뻘게진 눈으로 담벼락을 위아래로 부라리던 그는 치밀어 오르는 부아를 못 이겨내고 이제는 커다랗게 소리를 질러 댔다.

"으아아! 이게 지금 사람 차별하나? 누군 들여보내 주고 누군 안 들여보내 주고!"

그 꼴을 지켜보던 악중일은 어이없다는 표정으로 혀를 찼다.

"쯧쯧. 괜한 짓 하지 말고 나올 때까지 기다려."

"싫습니다요! 주인어른이나 기다리십쇼! 난 기필코 들어가 볼 겁니다!"

매섭게 악중일을 향해 소리친 그는 무슨 생각에서인지 뒤로 몇 걸음 물러섰다.

"네놈이 문을 열지 않는다고 해서 이대로 굴러설 내가 아니다."

곽염은 누구에게 하는 말인지도 모를 소릴 내뱉으며 천천히 담벼락 위를 훑어봤다.

"대낮에 월담이라도 할 셈이야?"

"당연하지요. 언제 우리가 환영받았던 적 있었습니까?"

"그러지 않는 게 나을 텐데."

"흥!"

비웃음 반 걱정 반으로 악중일이 만류했으나 곽염은 코웃음으로 대답을 대신했다.

그리고 다시 한 번 담 높이를 가늠하는가 싶더니 득달같이 담벼락을 향해 몸을 날렸다.

쉬익!

작은 몸으로 펼치는 신법이라 그런지 여타 무인에 비해 더욱 날렵해 보였다.

탁!

한번의 도약으로 이 장여의 높이의 담벼락에 오른발을 디딘 그는 재차 몸을 솟구쳤다.

깨끗한 신법이라고 보기에는 힘들지만 그래도 매우 효율적인 수단이다.

다른 사람이 보았다면 경탄을 자아낼 만한 신법, 그러나 악중일에 입에서 흘러나온 말은 의외의 것이었다.

"풋, 말은 그리했어도 겁은 나나 보군."

그의 입가엔 묘한 미소가 걸려 있었다.

일반적으로 살수에게 있어 신법이란 은형술과 함께 목숨 줄처럼 중요했다.

강호삼대살수인 악중일과 함께하는 곽염의 신법이라면 두말할 나위 없다.

전력을 다했다면 단번에 삼 장에 이른 담을 뛰어넘을 수 있을 정도다.

그럼에도 불구하고 지금처럼 두 번에 나누어 신법을 펼친 이유는 묻지 않아도 뻔했다.

만약에 생길 위험, 이를 대비하기 위함이다.

때문에 공력을 필요한 만큼만 끌어올려 여유를 두었다.

드디어 그의 머리가 담벼락 위로 떠올랐고 눈에 담 너머의 정경이 들어왔다.

한가로워 보이는 마을, 그리고 그 뒤로 보이는 하나의 거대한 성.

"훗, 별것 아니었… 앗!"

그는 말을 하려다 말고 무엇 때문인지 갑자기 외마디 소릴 지르며 급히 담벼락 한쪽 모서리를 찼다.

그 힘에 의해 곽염은 담을 넘지 못하고 다시 땅으로 떨어져 내렸다.

쿠당!

"악!"

그는 제대로 내려서지도 못하고 거세게 땅어 몸뚱일 부딪쳤다.

순간 악중일의 눈이 치켜떠졌다.

"염!"

곽염을 부르는 것과 동시에 악중일의 신형이 사라졌고 어느새 땅에 쓰러져 있는 그의 앞에 나타났다.

"괜찮나?"

악중일은 급히 허리를 숙이며 물었다.

"크, 젠장! 뭐 이따위가!"

곽염은 오만상을 찌푸리면서도 급히 손을 놀려 다리로부터 올라오는 혈도를 짚어댔다.

이를 지켜보던 악중일의 얼굴이 딱딱하게 굳어졌다.

"독인가?"

"아직은 잘 모르겠습니다. 확인할 땐 분명 벽 위에 아무것도 없었는데 도대체 어떻게 당했는지……."

"몸은?"

곽염은 잠시 다리를 내려다보다가 침울한 음성으로 중얼거렸다.

"딱히 별다른 고통은 없습니다. 다만 다리가 마비가 되어 움직이지 못하겠군요. 아, 그리고 떨어질 때 충격인지 허리가 좀 쑤시네요. 아직 제대로 사용도 못해봤으니 괜찮아야 할 텐데 말입니다."

"훗, 아직 그런 소릴 할 수 있는 걸 보니 큰 걱정하지 않아도 되겠구만."

악중일이 어렴풋한 미소를 지었다. 덩치에 어울리지 않는 묘한 웃음이다.

곽염도 그를 올려다보며 피식 웃었다.

항상 타박만 하던 두 사람이었지만 지금 이 순간만큼은 이십여 년을 함께해 온 정이 느껴졌다.

잠시 후 곽염이 힘없는 음성으로 툴툴거렸다.

"목숨을 빼앗는 극독은 아닌 듯싶지만 정말 무서운 독임에는 틀림없습니다. 이렇게 빨리 독성이 퍼지다니……. 게다가 눈에 띄는 이상한 점도 없었는데……."

그는 방금 전의 상황을 떠올렸다.

자신이 왼발을 담 위에 올리자마자 몸에 이상이 생겼다. 실로 찰나의 순간이었다.

이를 깨닫자마자 오른발로 담벼락 옆쪽을 차며 뒤로 몸을 날렸지만 그렇게 담에 접촉한 오른 다리마저 움직이지 못하게 되어버렸다.

오랜 시간 살수행을 해오는 동안 여러 위험한 고비를 넘겼지만 지금처럼 어처구니없이 당한 적은 처음이었다.

더구나 큰소리를 치고 달려든지 얼마 되지도 않아 볼품없이 나가떨어졌으니 더욱 상심이 클 수밖에 없었다.

악중일은 풀이 죽은 곽염을 묵묵히 지켜보다 담벼락 밑으로 서서히 걸어갔다.

코앞까지 다가간 그는 고개를 들어 잠시 위쪽을 올려다보고는 수직으로 몸을 날렸다.

횡!

미세한 파공음만을 남긴 채 그의 신형이 순식간에 담 위쪽에 도달했고 바로 눈앞으로 반 자 두께의 담 위의 모습이 드러났다.

허공에 떠 있는 찰나의 순간 무엇을 발견했는지 악중일의 눈이 매섭게 빛을 발했다.

이윽고 다시 곽염의 앞에 선 그는 제자리에 털썩 주저앉았다.

"알아내셨습니까?"

곽염은 호기심을 숨기지 못하고 급히 물었다.

하나 악중일은 가만히 고개를 끄덕일 뿐 아무런 말도 하지 않았다.

곽염은 혹시나 하는 마음에 한참을 기다렸지만 끝내 일언반구의 말도 없자 버럭 소릴 질렀다.

"말씀을 해봐요! 사람 답답하게 하지 말고!"

그는 답답함을 못 이겨 씩씩대다가 불현듯 안색이 획 변했다.

"설마……?"

그의 음성이 서서히 떨려 나왔다.

"저… 혹시 죽는 겁니까?"

악중일은 그런 그를 물끄러미 쳐다보다가 고개를 절레절레 저었다.

"아니면 뭡니까?"

악중일의 입에서 의미 모를 한숨이 새어 나왔다.

"자네의 말을 인정해야겠어."

곽염은 눈을 동그랗게 떴다.

"뭐를 말입니까?"

"외벽만을 보고 감개무량해하던 자네 말이야."

"그건 또 무슨 소립니까?"

"자네를 이 꼴로 만든 것이 뭔 줄 아나?"

"제가 알면 이러고 있겠습니까요? 빙빙 돌리지만 말고 속시원히 말해봐요, 좀!"

곽염의 얼굴이 또다시 시뻘겋게 변하려 하자 악중일은 툭하고 한마디 내뱉었다.

"위만사(痿萬絲)!"

"위만사?"

악중일의 말을 다시 한 번 되뇐 곽염은 멍청한 표정으로 두 눈만 끔뻑였다.

"뭐야? 그게 뭔지도 몰라?"

"모르겠는뎁쇼?"

"이거야 원. 제발 책 좀 읽어, 내가 다 얼굴이 화끈거려."

"알았으니 일단 설명이나 해보십쇼."

다른 때 같았으면 남이야 책을 읽든 말든 뭔 상관이냐고 소리쳤을 법한 곽염이었으나 이번만은 자신이 한 실수도 있는지라 얌전했다.

악중일은 의외의 반응을 보이는 곽염에 잠시 흠칫했으나 이내 마른침을 삼키고는 입을 열었다.

"간단히 말하자면 위만사는 거미줄이야."

"거미줄이요?"

"그래. 백혈지주(白血蜘蛛)가 만드는 것이지. 위만사는 질기기도 하거니와 이에 닿는 모든 것을 마비시키는 능력을 가지고 있기 때문에 그리 불린다네."

"하면 저는 이제 곧 죽습니까?"

악중일은 자꾸 자신이 죽냐고만 묻는 곽염이 우스워 실소가 새어 나왔다.

"걱정하지 마. 당분간 움직이지 못할 뿐, 죽진 않으니까."

그 말에 곽염은 기다렸다는 듯이 길게 한숨을 내쉬었다.

어지간히 불안했음에 분명했다.

"한데 문제는 말이야……."

악중일이 조금 가라앉은 음성으로 또다시 말문을 열었다.

"백혈지주란 놈이 워낙 귀해놔서 쉽게 구하지 못하거든. 그러니 그놈이 만드는 위만사 역시 구경하는 것조차 힘들 정도지."

"그렇다면 무척 값비싸겠군요."

"물론 그 가치는 금에 비할 바가 아니야. 그런데 그토록 귀한 위만사가 저 기다란 담벼락 위에 가득 덮여 있어."

"네? 제가 올랐던 곳만 그런 게 아니었습니까?"

악중일의 말에 곽염의 눈이 찢어질 듯 커졌다.

"아니야. 내 슬쩍 본 것이지만 이곳 전체가 위만사 투성이었어. 그러니 비록 담벼락을 본 것에 불과하지만 자네 말대로 백화선궁의 위용을 접했다 감히 말할 수 있을 듯도 하네."

과연 그의 말대로 위만사로 저 끝이 보이지 않아 보이는 담벼락을 모두 덮으려면 몇 개의 성을 사고도 남을 돈이 있어야만 가능했다.

"거 봐요, 제 말이 맞잖습니까요. 괜히 부추기는 바람에 몸만 축나고 이게 뭡니까?"

악중일은 어이없는 표정을 지었다.

"그게 왜 내 탓이야. 네가 혼자 날뛰다가 뒤로 나동그라져 놓고."

"아, 됐어요. 그나저나 이젠 어쩌실 겁니까? 조금만 있으면 저도 나아질 테니 그때 다시 한 번 도전해 볼까요? 저 우라질 벽에만 닿지만 않으면 될 것 같은데."

악중일은 잠시 생각하다가 고개를 저었다.

"아니야. 위험이 이것만 있으라는 법은 없지. 안에 무엇이 있을지 확실하지도 않은 데다 우리가 꼭 들어가 봐야 할 필요도 없잖아."

"끄응!"

"여기서 오전까지만 기다리다 그때까지도 저들이 나오지 않거든 돌아가도록 하지."

"집에 가는 겁니까?"

돌아간다는 말에 곽염의 눈이 샛별처럼 반짝였다.

그러나 악중일의 대답은 그의 기대를 무참히 짓밟는 것이었다.

"무슨 소리야? 객잔으로 가자는 말이지. 어차피 그들도 짐이 그곳에 있으니 분명 돌아올 거야. 여기까지 왔으면 끝을 봐야 하지 않겠나?"

"끝은 무슨 끝. 잡아 죽이지도 않을 거면서……."

"자자, 너무 토라지진 말고. 집에 돌아가면 내 두둑이 챙겨 줄 테니."

악중일의 달래는 말에도 곽염은 연신 투덜거리며 아예 바닥에 드러누워 버렸다.

일이 자신이 원하는 대로 풀리지 않자 머리가 지끈거리고 마비된 다리가 쑤셔오는 듯한 착각이 들었다.

해는 중천을 향해 서서히 떠오르고 있었다.

                    *   *   *

산해진미나 고량진미라는 표현은 지금 남천의 눈앞에 펼쳐져 있는 음식을 두고 하는 말이었다.

북쪽의 척박한 땅이라 별다른 음식을 기대하지 않은 남천과 남궁상연은 대전 한가운데에 차려져 있는 각종 요리를 앞에 두고 놀라움을 감추지 못했다.

조그만 시골에서 살아온 남천뿐만 아니라 부유하기로는 남부럽지 않다는 남궁가에서 자란 남궁상연 역시 처음 보는 것들이 그득했다.

그리고 대전의 기다란 탁자에는 처음 보았던 세 명의 여인과 다섯 명의 백의중년인 외에도 수십여 명의 사람들이 그들의 좌우로 자리하고 있었으며, 자그마한 탁자 수십여 개에도 백의의 남녀들이 서너 명씩 앉아 있었다.

남천은 성에 들어와서 본 이들이 채 열 명을 넘지 않았기에 백화선궁이 적은 인원으로 구성되었을 거라 막연히 생각했건만, 이렇듯 수많은 사람들이 한곳에 모여 있는 모습을 보게 되자 자신의 생각이 잘못되었음을 깨달았다.

하긴 성이라 불리는 곳이 처음 보았던 몇 명의 사람들로만 이루어져 있을 리는 만무했다.

남천은 바로 조금 전 궁주가 부른다는 말에 대전에 들어섰는데 막상 이런 광경을 보게 되자 우뚝 멈춰 설 수밖에 없었다.

"거기 우두커니 서 있지 말고 어서 이쪽으로 와 앉게."

가장 상석으로 보이는 중앙에 자리한 금운그가 부드러운 미소를 지으며 손짓했다.

마치 손자를 청하는 듯한 자애로운 음성이다.

남천은 연회가 처음은 아니었으나 제갈가에서 있었던 축하의 자리와는 비교할 수 없는 위용에 잠시 멈칫거렸다.

반면 남궁상연은 처음엔 비록 남천과 마찬가지로 놀랐으나 곧 안정을 되찾아 한결 여유로워 보였다.

"뭐 하는가? 많은 사람이 기다리고 있다네. 자네가 자리에 앉아야 시작하지 않겠는가?"

금운고의 계속되는 재촉에 두 사람이 그녀의 옆 빈자리에 앉자, 그 즉시 연회가 시작되었다.

연회는 중원의 그것과 크게 다르지 않았는데, 굳이 다른 점을 꼽자면 무희가 등장했다는 것과 중원에서는 연회의 주인공에게 한 잔의 술을 권하는 데 반해 이곳에서는 금운고를 비롯한 몇 명만이 남천과 대화를 할 뿐 각자 그들 나름대로 즐기고 있었다는 것 정도였다.

얼마의 시간이 흐르고 분위기가 무르익어 갔을 때 남천이 무엇인가를 물으려 하는지 입술을 달싹였다.

하나 자못 좋은 분위기를 망칠까 싶어 쉽게 입을 열지 못하고 있었다.

그런 그의 마음을 눈치 챈 듯 금운고가 먼저 예의 미소를 띠며 물었다.

"내게 하고 싶은 말이라도 있는 겐가? 개의치 말고 해도 좋네. 여기서 자네의 말에 뭐라 할 사람은 없으니 말일세."

남천은 잠시 망설이다가 나지막하니 입을 열었다.

"제가 비록 궁주님께서 찾으시는 금난영이란 분과 같은 이름을 쓰는 여인을 알고 있기는 하나 그녀가 진짜 궁주님의 따님일 가능성은 그리 높지 않아 보입니다."

남천의 말에 금운고의 눈빛이 깊게 가라앉았다.

격동이 클 것이라는 남천의 예상과는 달리 그녀는 무척 침착해 보였다.

　그것이 그녀의 깊은 수양 때문인지 아니면 어느 정도 예상했기 때문인지는 그녀만이 알 노릇이었다.

　잠시간의 침묵이 흐른 후 이윽고 그녀의 입이 떨어졌다.

　"연유가 있는 겐가?"

　"처음에는 저도 막연히 그녀가 맞을 것이라 생각했습니다. 그러나 시간을 두고 곰곰이 되새겨 보니 미심쩍은 부분이 많았습니다."

　"그게 뭔가?"

　"무엇보다도 나이가 문제입니다. 물론 제가 아는 여인은 어렸을 때부터 조숙했다 생각되지만 그 나이대에서 충분히 가능한 정도였습니다. 마흔 가까이 되는 어른이 아무리 어린 아이 흉내를 낸다 한들 하루 이틀이면 모를까 십여 년 가까이 저희들과 함께 소녀로서 생활하지는 못할 듯싶습니다."

　"흠……."

　그녀는 남천의 말이 납득되는지 고개를 조그맣게 끄덕였다.

　"그리고 또 한 가지, 제가 한번도 보지 못했기에 바로 기억해 내지 못했는데, 그녀에게는……."

　차마 말을 꺼내기 힘드는 듯 남천은 조심스럽게 말끝을 흐렸다.

"그녀에게는?"

금운고의 몸이 자신도 모르게 남천에게 조금 다가갔다.

비록 겉으로 드러나진 않았지만 그녀의 속마음은 타들어가고 있었다.

그동안 겨우 잊고 지냈던 딸이었다.

그러던 중 오늘의 일이 갑자기 벌어졌고, 둘째 아이를 찾아달라는 말을 꺼냄으로 해서 잊었던 아픈 기억이 모두 되살아나 버렸다.

지금까지 어찌 지내고 있는지, 아니, 과연 살아 있는지도 몰랐다.

그러던 차에 남천에게서 희망을 보았고, 그리되자 그녀에 대한 애잔함이 격랑처럼 휘몰아쳐 왔다.

일단 한번 기억해 내자 자신의 손을 잡고 함께 강호로 나서던 그녀의 아름답고도 귀여운 어렸을 때 모습이 머릿속에서 사라지지 않았다.

그랬는데, 그랬는데…….

이제 조금만 더 있으면 만나게 될 것이라 철석같이 믿고 있었는데 그게 착각이었을지도 모른다는 말을 듣고 있자니 어찌 침착할 수 있겠는가.

남천 역시 그녀의 속마음을 짐작했다.

그랬기에 쉽게 말을 꺼내지 못했다.

남천은 힘을 주어 입을 한번 지그시 깨물고는 하던 말을 이었다.

"그녀에게는 부모님이 계셨습니다. 비록 직접 뵙진 못했지만 당시 친구에게서 언뜻 무서운 분이다고 들은 것 같습니다."

"……!"

"그러니 아무래도……."

남천을 바라보는 금운고의 눈빛이 더욱 침잠되었다.

그러나 그 눈빛은 남천의 착각에 대한 질책이 아니었다. 단지 깊은 생각에 빠져든 표현이었다.

잠시 후 그녀는 희미하게 웃었다.

"그랬구만. 하나 자네나 나나 그렇게 실망할 필요는 없네. 우리에게 뜻이 있다면 반드시 이루어질 것이야. 나는 그렇게 믿고 있어. 하니 자네도 너무 큰 걱정은 하지 말게나."

남천은 불같이 화를 낼 줄 알았던 금운고가 오히려 자신을 다독이자 말할 수 없는 뭔가가 울컥 솟아났다.

금운고를 위해서도 그리고 자신을 위해서도 반드시 금난영을 찾아야만 했다. 또한 금운고의 말을 듣고 보니 왠지 모르게 힘이 솟았다.

남천은 그녀의 눈을 마주하며 고개를 끄덕였다.

"저 또한 그리되리라 믿습니다."

"그래, 그래."

그녀는 나이에 어울리지 않는 새하얀 손을 가만히 들어 남천의 어깨를 다독였다.

궁주라는 위치는 자신의 마음을 다스려야만 했다.

그런 생활을 수십 년간 유지해 온 그녀로서도 지금 느끼는 실망은 결코 적지 않은 것이었지만 그런 와중에도 이런 행동을 보이고 있으니 남천과 남궁상연은 그녀를 우러르는 마음이 절로 일었다.

남천은 투명한 눈으로 그녀를 마주보다 침착한 음성으로 입을 열었다.

"궁주님께 다시 한 번 죄송하다는 말씀을 드립니다. 저의 경솔함으로 심려를 끼쳐 드렸습니다."

금운고는 희미한 미소를 지으면 고개를 저었다.

"아니네. 인간지사가 한 치의 어긋남 없이 흘러갈 순 없지."

"한데 이제부터라도 따님을 찾자면 그녀에 대한 이야기를 많이 알면 알수록 도움이 될 듯합니다."

"그렇군. 내가 미처 그런 점을 생각 못했구만. 고작 이름 석 자만 가르쳐 주고 찾아달라 했으니 이는 명백한 나의 실수네."

금운고는 자신이 생각해도 어처구니가 없는 듯 어색한 표정을 지었다.

"따님은 어떤 분이셨습니까?"

남천의 말에 그녀는 잠시 과거를 회상하려는 듯 지그시 눈을 감았다.

남천은 그녀의 사색을 방해하지 않으려 묵묵히 지켜만 보았다.

얼마간의 시간이 흐른 후 그녀는 천천히 눈을 떴다.

그녀의 입가에는 어느새 한줄기 부드러운 미소가 걸려 있었다.

"난영이는 내 딸이라서 하는 말이 아니라 진정 천하에 보기 드문 천재였다네. 약관에 이르기 전에 이미 지금 나의 경지에 이르렀으니 말일세."

남천은 자신도 모르게 흠칫 몸을 떨었다.

자신이 어렴풋이 느끼는 백화궁주의 공력은 육대세가 회합에서 보았던 가주들보다 결코 낮지 않았다. 아니, 오히려 은연중에 풍기는 위압감은 훨씬 윗줄기였다. 한데 약관에 이르기 전에 이미 그만한 수준에 이르렀다니 직접 보지 않으면 결코 믿을 수 없는 일이었다.

천하에 천재라 불리는 사람들은 적지 않게 있겠지만 백화궁주의 말이 사실이라면 그녀야말로 천재였다.

금운고는 슬쩍 남천의 눈치를 보더니 빙긋 웃었다.

"왜, 내 말이 믿기지 않은가?"

"아, 아닙니다."

그녀는 잠시 남천을 물끄러미 쳐다보더니 돌연 커다란 웃음을 터뜨렸다.

"하하, 자네 어지간히도 거짓말 못하는구만. 그렇게 얼굴에 드러나서야 어린아이도 속지 않겠네."

옆에 있던 남궁상연이 보일 듯 말 듯 고개를 끄덕여 수긍을 표했다.

"저 보게. 자네의 정인도 맞다고 하지 않는가."

남천은 남궁상연을 힐끗 쳐다보고는 얼굴이 빨개진 채 고개를 떨궜다.

"이런, 내가 너무 자넬 무안하게 했나 보네, 용서해 주게나. 사실 자네가 무슨 잘못이 있겠나. 만약 내가 자네였다 해도 쉽게 믿진 못했을 게야."

그녀는 무척 즐거워 보였다.

아무래도 딸에 대한 자랑을 하려니 자신도 모르게 흥이 일었으리라.

"어찌 됐든 내가 자네에게 거짓말을 할 이유가 없잖은가. 정확히 설명할수록 딸아이를 찾을 가능성은 높아질 테니 말일세."

남천은 아무 말도 못하고 고개만 끄덕였다.

금운고는 그런 남천을 지그시 쳐다보다 말을 이었다.

"그 아이는 마치 거대한 바다와 같았어. 온 천하의 무공을 모두 담을 수 있는 그런 바다. 게다가 아무리 난해한 무공이라도 며칠이 되지 않아 형을 펼쳐 낼 수 있었고 오의를 깨달았지. 난영이는 그렇게 백화선궁의 무공을 빠른 시간 안에 습

득해 나갔다네."

그녀의 얼굴에 자부심의 빛이 가득 떠올랐다.

"그리고 결국엔 우리 백화선궁에서 가장 뛰어난 무공인 태화무신공을 대성했어. 그 아이가 만약 이렇게 사라지지만 않았다면 중원엔 여섯 명의 무신이 아니라 일곱 명의 무신이 존재했을 게야."

남천 역시 그녀의 말이 사실이라면 충분히 가능했으리라 생각했다.

아무리 낮은 수준의 무공이라 해도 진정한 의의를 깨닫기 위해서는 많은 시간을 필요로 했다.

하물며 절기라 불리는 것들은 뼈를 깎는 노력 없이는 더욱 불가능했다.

백화선궁은 오랜 전통을 지닌 무파. 그 무공 또한 절기가 아닌 것이 없다. 단 며칠만에 그런 백화선궁의 무공을 대성해낸다면 이미 그것으로 무신이었다.

"하면 무슨 연유로 그녀가 백화선궁을 떠나게 되었나요?"

지금까지 잠자코 있던 남궁상연이 불쑥 끼어들었다.

남천 역시 마침 그 점이 궁금했던 터라 금운고의 대답을 호기심 어린 눈빛으로 기다렸다.

금운고는 자그맣게 한숨을 내쉬었다.

"안타깝게도 나도 그 이유를 정확히 모른다네."

"그럼 말도 없이 어느 날 갑자기 사라지셨단 말입니까?"

"어느 날 갑자기라기보다는……. 아, 그보다 중원에는 우리 백화선궁에 대해 어떤 소문이 나 있는가?"

남천은 예기치 못한 갑작스러운 질문에 남궁상연을 돌아봤다.

아무래도 자신보다는 그녀가 강호에 대한 소식에 정통했기 때문이다.

그녀는 담담한 음성으로 자신이 알고 있는 대로 이야기했다.

"칠십 년쯤 전에 강호에 홀연히 나타나 대략 이십 년 동안 여러 대문파를 돌며 수많은 비무를 행했고, 그 이후 지금까지 모습을 감추었다 들었어요."

"그리고?"

"무공에 대한 내용으로는 언뜻 사공처럼 보이기도 하지만 실상은 광명정대한 정공이라는 말도 있었어요. 또한 절대 구대문파나 저희 육대세가에 뒤지지 않는 무공이라고도 했지요."

"하하. 그런가? 후하게 쳐줬구만그래. 자존심 강한 그들 입장에서는 말이야."

남궁상연은 육대세가를 무시하는 듯한 그녀의 말에 살짝 기분이 나빠졌지만 이를 내색하는 우를 범하진 않았다.

"구대문파나 육대세가가 지금은 어떻게 변했는지 모르겠지만 그땐 어지간히 까다로운 문파였다네. 때문에 문전박대도 많이 받았지."

그녀는 여전히 흥에 겨운 음성이었다.

"그리고 이십 년간 강호에서 활동한 이유는 내 조모님의 뜻에 의해서였네. 그분은 궁 안에서만 머물러 있으면 무공도 사람도 발전이 없다하셨지. 사실 맞는 말이야. 그렇지 않은가?"

"저도 그렇게 생각합니다. 색다른 경험을 통해 얻을 수 있는 이득은 분명 있으니까요."

"그렇네. 그래서 이십여 년간이나 강호에 머물렀던 게야. 그리고 우리가 그렇게 급작스럽게 사라진 것은 그런 조모님께서 돌아가셨기 때문이지."

"아!"

남천은 자신도 모르게 가벼운 탄성을 터뜨렸다.

"게다가 나도 때마침 아이를 가지기도 했고……. 그래서 우린 모두 이곳으로 돌아왔어. 하나 그 후 궁주가 되신 어머님께서는 할머님과는 또 다른 생각을 가지셨어. 그분께선 굳이 중원에 다시 돌아갈 필요가 없다는 생각이셨지. 이십 년 가까이 되는 긴 중원 생활과 여타 무공을 겪어보았으니 이곳을 놔두고 타지에 있을 필요가 없었지."

그녀는 잠시 말을 멈추더니 남천을 보고는 빙긋 웃었다.

"자네 의문이 들지 않나? 내가 왜 난영이 하고는 전혀 상관없어 보이는 이런 이야기들을 늘어놓나 하고 말이야."

남천은 사실 그런 생각도 없진 않았지만 백화선궁의 비사에 대한 그녀의 이야기도 충분히 관심이 가는 일이었다.

　"아닙니다. 조그만 것이라도 그녀에 관한 내용이라면 빠뜨려서는 안 될 듯싶습니다."

　"좋아. 젊은 친구가 생각이 깊군그래."

　금운고는 흡족한 표정으로 고개를 끄덕였다.

　"아무튼 그렇게 우린 백화선궁으로 돌아왔다네. 그게 강호에선 갑자기 사라진 것으로 소문이 난 게지. 사실 우리들은 궁의 제자들까지 강호에 나가는 것을 굳이 막진 않았네. 다만 강호행을 하려는 성민들이 없었다는 게 맞는 말이야. 자넨 잘 모르겠지만 이곳은 척박해 보여도 그곳보다는 살기 좋거든."

　그녀는 백화선궁에 대한 자부심이 대단해 보였다.

　"그 후 난영이가 태어났고 그렇게 시간이 흘러 모든 무공을 섭렵하고 나자 그 애는 밖으로 나가고 싶어 했네. 백화선궁 안의 무공만으로는 성에 차지 않았던 게지. 말로만 듣던 중원의 무공을 직접 견식해 보고 싶은 마음이 강했네. 이는 한 사람의 무인으로서 당연한 바람이었겠지. 그만큼 그 애는 무골이었어."

　그녀는 자신의 말을 경청하고 있는 두 사람의 얼굴을 차례로 쳐다보더니 다시 말을 이었다.

　"그러던 어느 날 난영이는 나를 찾아왔네. 그리고 부탁했지, 강호로 나가게 해달라고. 나는 그 애의 마음을 충분히 이해할 수 있었기에 허락했네. 단, 나와 함께 가자는 조건을 붙였어."

그러면서 금운고는 조용히 웃었다.

"사실은 나도 다시 한 번 강호 구경을 하고 싶었거든."

그녀는 당시 일을 회상하는 것만으로도 즐거운 듯했다.

"그렇게 중원으로 간 우리들은 곳곳을 돌아다녔다네. 처음 접한 풍물은 아니었지만 너무도 오랜만인지라 감회가 새롭더구만. 그 아이도 꽤나 만족해 보였고. 한데 어느 날부터인가 그 애가 조금씩 변했다네."

"변하다니요?"

남궁상연이 눈빛을 반짝이며 물었다.

금운고는 남궁상연의 얼굴을 잠시 동안 빤히 쳐다보더니 묘한 미소를 지었다.

"바로 지금의 자네처럼 말일세."

"……?"

남궁상연은 그녀의 말뜻을 이해하지 못해 어리둥절한 표정이었다.

금운고는 그녀의 반응이 재미있기라도 한지 가볍게 한번 웃고는 청명한 음성으로 말했다.

"사랑을 하게 된 게지."

"아!"

"이건 그 애에게서 직접 들은 게 아니라 그냥 나의 짐작일

뿐이네. 그러나 굳이 묻지 않아도 알 수 있는 것들이 있지. 사랑이란 그런 거니까. 자네는 내 말이 무슨 뜻인 줄 알겠지?"

남천은 조심스럽게 고개를 끄덕였다.

비록 다른 방식이긴 했으나 남궁상연도 변했다. 그리고 자신도 마찬가지다.

사랑을 하면 어떻게든 전과는 달라질 수밖에 없는 것이 아닐까?

第三十章

무심쌍도(無心雙刀)
―그를 싫어하는 자들

藍天俠傳

俠

금운고는 허공의 한 점을 바라보며 말을 계속했다.

"쾌활하고 거칠 것 없어 보이던 그 애가 다스곳해졌다네. 하나 얼굴에 깃든 미소는 오히려 더욱 눈부셨어. 우린 어느 객잔에서 묵고 있었는데 떠나려고 해도 그 아이는 조금만 더 그곳에 있자며 안 된다 했네."

남궁상연의 얼굴에 포근한 미소가 떠올랐다.

자신이었어도 그랬을 터다. 사랑하는 사람과 떨어지기를 바라는 여인이 천하에 어디 있겠는가.

"덕분에 무려 석 달이 넘게 우린 한곳에 머물렀어. 그리고는 다른 때와 마찬가지로 어느 날 아침 일찍 그 애는 객잔을 나섰고 그 이후로······."

금운고의 눈빛이 갑자기 아련하게 변했다.

"그 이후로 난영이는 돌아오지 않았다네."

"찾아보진 않으셨나요?"

금운고는 말을 꺼낸 남궁상연을 지그시 바라봤다.

"물론 한 달 가까이 찾아봤지. 하나 그 어느 곳에서도 찾을 수 없었어. 지금도 후회가 돼. 당시에 누구를 만나고 있는지 물어보지 않았던 게 말일세. 그때는 그 아이가 사랑하고 있다는 사실을 모르는 척하고 싶었거든."

그녀는 아직까지도 진한 아쉬움이 남는지 깊은 한숨을 내쉬었다.

"우리 궁의 표식조차 남기지 않고 모습을 감췄기에 더욱 걱정이 됐다네. 얼마나 급한 일이 벌어진 건지······."

"너무 걱정하지 마십시오. 반드시 찾을 수 있을 겁니다."

남천은 진지한 표정이었다.

"물론 무공으로 그 애를 해칠 만한 고수는 당시에도 몇 없었으니 크게 걱정은 않네만, 사람 일이란 무공으로만 해결할 수 없다는 게 문제지."

남천은 그녀의 말에 실로 동감하는지 천천히 고개를 끄덕였다.

불과 얼마 전에 자신도 직접 겪어보았기 때문이다.

그는 문득 생각난 듯 물었다.

"머무르셨다던 그곳이 어디입니까?"

"강서성 포양호(鄱陽湖)에서 얼마 떨어지지 않은 파양(波陽)이란 곳일세."

"혹시 그분에게 또 다른 특징은 없었나요?"

남궁상연도 두 눈을 반짝이며 물었다.

"흐음… 막상 생각해 보려니 딸아인데도 불구하고 별달리 떠오르는 게 없구만. 외모야 세월이 많이 흘렀으니 나도 알아볼 수 있으리란 장담이 없고."

남천의 눈빛이 깊게 가라앉았다.

'그녀에 대해 아는 게 너무 없다. 이름과 그녀가 사라진 장소만을 겨우 확인했을 뿐. 백화선궁의 무공을 펼치지 않는 이상 마땅히 알아볼 수 있는 방법이 있는 것도 아니고……'

남천은 무거운 돌덩이가 가슴을 짓누르고 있는 듯한 기분이었다.

궁주의 양해로 비록 몇 달의 말미를 더 얻었다고는 하나, 중원에서 사람 하나를 찾는 것은 바다에 빠진 돌덩이를 찾는 것만큼 어려웠다.

생각하면 생각할수록 답답해져만 갔다.

남궁상연은 남천의 신색이 점점 어두워져 가자 그녀 자신도 그와 같은 기분에 빠져들었다.

그러나 이런 때일수록 힘을 내야 했다.

"소협, 너무 걱정 마세요. 제가 가주님께 말씀드려 볼게요.

그리고 육색용번으로 육대세가 전체에게 도움을 구한다면 불가능하지만은 않을 거예요."

육대세가는 전 중원에 그 힘을 드리우고 있었다.

그러니 그들이 도와준다면 그녀의 말대로 금난영을 찾을 가망도 있었다.

마지막으로 남궁상연은 탄식을 하며 조그맣게 중얼거렸다.

"만약 그들의 조력을 받을 수만 있다면……."

남천의 눈이 한차례 번뜩였다.

그는 남궁상연을 똑바로 쳐다보며 급히 물었다.

"그들이라면 누구를 이르는 말씀이십니까?"

하나 남궁상연은 고개를 절레절레 저었다.

"개방이에요. 그들의 정보력은 강호에서 따라올 자들이 없어요. 하나 개방의 도움을 받기란 지난한 일이에요."

금운고는 의외의 표정을 지었다.

"개방이라면, 거지들로 이뤄진 방파 아닌가?"

"맞아요."

"그들의 정보력이 뛰어나다는 말은 익히 들어왔지만, 자네들 육대세가라면 충분할 듯 보이네만? 아니면 그보다 더 뛰어나다는 뜻인가?"

육대세가는 강호에서 가장 강성한 여섯 개의 가문이다.

남궁상연은 그런 여섯 개의 가문이 모은 정보보다 개방이란 하나의 방파가 모은 정보가 더 월등하다는 듯이 말을 했으니 그녀로서는 당연히 드는 의문이었다.

남궁상연은 금운고가 궁금해하는 게 무엇인지 깨달았다.

"개방이 비록 하나의 방파지만 그 방도들의 수는 저희 여섯 가문의 가솔들을 합친 것보다 오히려 더 많아요."

"그러나 숫자만으로 결정지을 문제가 아니 잖은가? 한 명 한 명의 능력이 다를 터인데. 아무래도……."

남궁상연은 그녀가 자신들의 세가를 개방보다 더 높게 평가하는 듯하자 빙긋 웃었다.

"물론 무림의 일에 대한 정보라면 육대세가나 개방이나 큰 차이가 없을 거예요. 그러나 다른 쪽을 돌아보면 많은 차이가 있죠."

"그 말은?"

"궁주님도 말씀하셨다시피 따님께서는 삼십여 년 전에도 뛰어난 고수셨어요. 그런 분이 만약 강호에서 활동하셨다면 소문이 안 날 수 없었겠죠. 한데 강호에는 그만한 여고수가 없어요. 육무신이라 불리는 사람들도 모두 남자고 여자 중에서 최고수라 하면 아미 장문인을 비롯해 몇 분 계시긴 하지만 제가 볼 때 그들일 가능성은 없어 보여요."

옆에서 듣고 있던 남천이 그녀의 말에 동의하듯 고개를 끄덕였다.

"제 생각에도 강호에 이름 난 명숙들 가운데는 없는 듯합니다. 그렇다면 소저의 말씀은 결국 그분이 이미 오래전에 은거하셨단 것이로군요."

"맞아요. 무림인에 대한 정보면 몰라도 그렇지 않은 사람들에 대해서는 개방이 훨씬 뛰어나죠. 그들은 처음부터 일반인과 섞여 살아왔으니까요."

남천은 잠시 무언가를 생각하다가 다시 물었다.

"한데 개방의 도움을 받기가 그렇게 어렵습니까? 그들 역시 무림의 방파이니 충분히……."

남천의 말이 끝나기도 전에 그녀는 갑자기 뜻 모를 쓸쓸한 웃음을 지으며 입을 열었다.

"예전이었다면 또 모르지만 지금은 힘들 거예요."

"왜 그렇습니까?"

"현 개방의 방주와 저희 육대세가와는 사이가 별로 좋지 못해요. 가문의 어른들께서 딱히 그 이유에 대해 말씀을 하시지 않아 잘은 모르지만 윗대에서 어떤 안 좋은 일이 있었나 봐요. 안타깝게도 그 이후론 큰 왕래가 없어요. 그러니 개방의 도움을 받기란 포기하는 게 나을 거예요."

남천은 그녀의 말에 못내 아쉬움이 남았다.

그러나 윗대에서 벌어진 일이라니 딱히 해결할 방도가 있는 것도 아니었다.

남천은 애써 웃음을 지으며 입을 열었다.

"하면 어쩔 수 없군요. 우리들의 힘만으로 찾아볼 수밖에."

남궁상연은 미안한 표정으로 고개를 끄덕였다.

사실 그녀의 잘못이 아니건만 왠지 미안한 마음이 들었다.

두 사람의 분위기가 어두워지려 하자 금운고가 헛기침을 한번 하더니 조금은 밝은 음성으로 물었다.

"하면 자네는 어디서부터 시작할 셈인가?"

남천은 주저없이 대답했다.

"고향에 먼저 가봐야겠습니다. 혹시라도 저가 아는 그 애가 궁주님께서 찾는 분일지도 모르니 말입니다."

"음, 괜찮은 생각일세. 아무래도 지금으로선 그게 가장 효과적이겠구만."

금운고는 몇 번인가 고개를 주억거리더니 문득 생각이 난 듯 다시 물었다.

"그 애가 있다는 자네의 고향은 어딘가?"

그녀의 말에 남천의 눈빛이 아련해졌다.

'고향'이라는 말이 왠지 모르게 정겨웠다.

부모님이 계시는 곳, 자신이 자란 곳, 그리그 친구들이 있는 곳.

생각만으로도 묘한 감흥에 젖어들었다.

'그러고 보니 벌써 삼 년이 넘었구나. 부모님은 건강히 잘 계신지……'

금운고는 남천의 생각을 방해하지 않으려 잠자코 있었다.

남천은 한참을 그러고 있다가 퍼뜩 자신의 실태를 깨닫고는 사죄했다.

"죄송합니다. 제가 그만……."

하나 금운고는 포근한 미소를 지으며 남천의 손등을 두드렸다.

"괜찮네. 고향이란 그런 것이지. 정작 그 안에 있을 때는 소중함을 모르다가 먼 길을 떠나오게 되면 가슴 시리게 보고 싶어지거든."

이십 년 가까이 타향 생활을 한 경험이 있는 금운고는 남천이 느끼는 심정을 잘 이해했다.

남천은 무안한 표정을 잠시 짓더니 고개를 숙이고 조용한 음성으로 입을 열었다.

"제 고향은 청양입니다. 유명한 명승고적이나 명소가 있는 곳은 아니지만 나름대로 아름답지요. 그리고……."

남천은 말을 하다 말고 무언가 이상한 낌새를 느끼고는 급히 금운고를 쳐다봤다.

금운고의 표정은 지금까지 볼 수 없었던 이상야릇한 것이었다.

그녀의 눈가는 가늘게 떨리고 있었고 남천의 손등에 올려놓은 손에서는 땀이 흘러내렸다.

"잘못된 일이라도……?"

하나 금운고는 남천의 말을 듣지 못한 듯 아무런 반응이 없었다.

한참이 지난 후에야 그녀는 조용하긴 하나 떨리는 음성으로 물었다.

"다, 다시 한 번 말해주겠나? 자네의 고향이 어디인지."

남천은 그녀의 행동을 납득하지 못해 의아했지만 그녀의 바람대로 다시 말해주었다.

"안휘성의 청양입니다."

그녀의 눈시울이 젖어 보이는 것은 남천만의 착각이었을까?

그녀의 목소리에 진한 정이 묻어 나왔다.

"오랜만에 들어보는군. 청양이라……."

금운고의 눈이 천천히 허공을 향했다.

마치 머릿속에 떠오르는 무언가를 그려보는 듯했다.

"자네가 청양 태생이었군. 그 애와 그곳에서 함께 자랐는가?"

"그렇습니다. 밭길과 이어지는 너른 둔덕이 저희들의 놀이터였지요."

금운고는 희미하게 웃었다.

어찌 보면 기뻐하는 듯했고 또한 어찌 보면 즐거웠던 추억을 되새기는 듯도 했다.

"자네가 알고 있다는 그 아이……."

금운고는 다시 한 번 남천의 얼굴을 온화한 눈빛으로 쳐다보며 말을 이었다.

"아마도 내 딸아이가 맞는 듯하네."

순간 남천뿐만 아니라 옆에서 듣고 있던 남궁상연도 놀란 얼굴이 되었다.

"그게 무슨 말씀이십니까?"

"자네의 고향은 내가 그 아이의 아비와 처음 만났던 곳이 자, 그 아이를 가지게 된 곳일세."

"……!"

"지금도 그렇겠지만 당시에도 청양은 아름다웠지. 때문에 그 아이는 어렸을 적부터 그곳에 대한 이야기를 많이 듣고 자랐어. 그리고 강호에 나가서 가장 먼저 찾아간 장소이기도 하다네. 하니 우연의 일치라고 보기에는 너무 공교롭지 않은가?"

남천은 그 말에 잠시 생각하더니 이내 천천히 고개를 끄덕였다.

"그도 그렇군요. 정말 우연이라고 하기엔……."

"어찌 됐든 자네도 그곳엘 먼저 찾아가려 했으니 곧 밝혀지겠지."

그 후에도 남천이 계속 고민하는 듯 보이자 금운고는 이전에 비해 한결 밝은 음성으로 입을 열었다.

"자, 자. 오늘은 여기까지만 하고 편안한 마음으로 연회를 즐기세."

남천 역시 더 이상 고심해 보았자 본인의 입으로 직접 듣기 전까지는 아무도 확신할 수 없는 내용이니만큼 그녀의 뜻에 따르기로 했다.

　그렇게 연회는 세 사람의 담소 속에 밤늦게까지 지속되었다.

*　　　*　　　*

　섬서성 쌍하도문 내의 여러 전각들 가운데에서도 유독 높다랗고도 넓은 하나의 전각.

　그곳의 일층에는 대낮임에도 한창 연회가 벌어지고 있었다.

　한데 어느 연회와는 달리 모여 있는 사람이 매우 적은 데다 남자는 한 명뿐이었고 나머지는 모두 벌거벗다시피 한 여인들이었다.

　여인들에 둘러싸여 술잔을 기울이는 남자.

　그는 쌍하도문주 반고의 이제자인 무심쌍도(無心雙刀) 창해극(昌奚極)이었다.

　올해 서른다섯의 그는 뭇 남자들이라면 혀를 내두를 만한 미녀들을 옆에 두고서도 언짢은 표정이었다.

　"호호. 무슨 편찮은 일이라도 있으세요?"

　하나 그는 아무런 말없이 계속 술잔을 기울이고 있었다.

"아이, 왜 대답도 없으실까? 제가 마음에 안 드세요?"

그녀의 말에 무슨 일인지 옆에 있던 다른 여인들의 표정이 핼쑥하게 변했다.

그러나 그녀는 그런 변화를 미처 눈치 채지 못하고 창해극의 팔을 감싸 안으며 더욱 묘한 콧소리를 내었다.

"응? 왜 그러세요? 좀 웃어봐요. 이렇게 잘생긴 얼굴을 하고선 왜 웃지를 않는 거죠?"

그녀는 오늘 처음 이곳에 불려온 청초(淸草)란 기녀였다.

청초는 오늘 모시게 될 인물이 대단한 배경을 가진 사람이며 그의 마음에만 든다면 인생을 펴게 될 거라는 말을 들었다.

그랬기에 이처럼 자신의 모든 기술을 다하여 그의 맘에 들려 했다.

창해극이 처음으로 힐끗 그녀를 바라봤다.

"죽고 싶으냐?"

그의 음성은 얼음장처럼 냉랭했다.

"네, 네?"

청초는 그가 무슨 말을 하는지 몰라 두 눈만 깜빡였다.

"죽고 싶냐고 했다."

"아, 아……"

청초는 어찌 대답해야 될 줄 몰랐다.

그녀는 아무래도 자신의 아양이 그의 마음을 녹이기엔 약했다 판단했다.

그렇다면 더욱 노력해야만 했다. 오늘 같은 기회는 쉽게 오는 게 아니었다.

"아잉, 공자님은 농담도 잘하시네요. 그러지 마시고 제 품에……."

뭐라 계속 말하려던 그녀는 흠칫 몸을 떨었다.

뭔가 느낌이 이상했다.

몸에서 힘이 점점 빠져나가고 있었다.

그녀는 자신의 가슴을 천천히 내려다봤다.

피가 옷을 적시고 있었다.

그리고 눈앞에 있는 남자의 팔이 자신의 가슴 깊숙이 박혀 있었다.

"어……?"

그녀는 천천히 고개를 들어 창해극을 바라봤다.

그의 얼굴에는 아무런 표정도 떠올라 있지 않았다.

벌레를 잡아 죽여도 저리 무심하진 못할 터인데.

동공에 힘이 풀리며 눈이 서서히 위로 까뒤집혀졌다. 그리고 아무런 비명도 지르지 못한 채 그대로 뒤로 쓰러졌다.

창해극은 그런 그녀를 잠시 내려다보다 고개를 돌려 피 묻은 손으로 술잔을 들더니 단숨에 비웠다.

"치워. 그리고 모두 물러가라."

기녀들은 기다렸다는 듯이 부리나케 움직여 청초의 시신

을 밖으로 내갔다.

텅 빈 대청 안.

그곳은 적막함으로 가득 차 있었다.

잠시의 시간이 흐르고 그가 술병 하나를 거의 다 비워갈 때쯤 청의무복의 무사 한 명이 빠른 걸음으로 대청 안에 들어섰다.

그는 창해극 앞에 오더니 깊이 부복했다.

"부르셨습니까?"

창해극은 마저 술잔을 비우고는 짧게 말했다.

"찾아라."

무사는 고개를 들었다.

"누구를 말씀이십니까?"

"패검무자."

그의 음성은 여전히 나직했으나 한자한자에는 위엄이 가득 서려 있었다.

"한 달입니다."

"보름이다."

청의무사는 다소 당황한 빛을 띠며 급히 말했다.

"지금 패검무자는 중원을 거의 벗어난 걸로 알고 있습니다. 그러면 보름은 너무 촉박……."

"보름이다."

거부할 수 없는 완고함이었다.

게다가 여기서 한마디만 더하면 자신의 목이 날아갈 것이다. 지금까지 옆에서 지켜본 그의 경험으로는 그랬다.

"수하. 명에 따르겠습니다."

그는 다시 깊이 부복하더니 빠른 걸음으로 사라졌다.

그리고 잠시 후 이번엔 또 다른 인물이 대청에 들어섰다.

그는 청의무사와는 달리 여유가 있어 보였다.

길게 기른 머리카락은 허리까지 내려와 출렁거렸고 하얀 피부는 여인의 그것과도 같았다.

용모 또한 준수하였고 얼굴엔 기이한 미소가 감돌고 있는 청년이었다.

그는 성큼성큼 걸어와 창해극 앞에 서더니 털썩 주저앉아 빈 잔에 술을 따르기 시작했다.

창해극은 그런 그가 보이지 않는지 아무런 말도 없었고 청년은 그렇게 세 잔을 연거푸 비우더니 불쑥 입을 열었다.

"사형."

"왔느냐?"

"빨리도 물으시는구려. 후후."

창해극 앞에서도 여유있는 웃음을 날리는 청년, 그는 바로 반고의 삼제자로 창해극의 바로 손아래 사제인 가백헌(柯魄憲)이었다.

"그놈을 찾기로 하셨소?"

그는 말없이 고개만 끄덕였다.

"과묵하기는……. 아무튼 그놈도 참 재수가 없네. 사형에게 걸려들었으니 곧 이 세상과는 작별하겠구려."

가백헌은 여전히 창해극이 조용히만 있자 얼굴을 한번 찌푸리고는 말을 이었다.

"한데 왜 죽이시려는 거요?"

그제야 창해극은 가백헌과 눈을 마주하며 천천히 입을 열었다.

"기분이 나빠."

"왜요?"

"정확히 말하자면 일수만병파 때문이다."

"그가 사형에게 죄 지을 일은 없지 않습니까?"

가백헌은 안주를 집어 들다 말고 다시 물었다.

"물론 그는 나에게 죄를 짓지 않았지. 사부에게 죄를 지었을 따름이다. 너도 알잖느냐?"

"모르겠는데……."

가백헌은 정말 모르겠다는 얼굴로 고개를 저었다.

"그는 사부의 청을 거절했다. 힘을 합치자는 청을 말이다. 하지만 내가 그를 찾을 수도, 찾는다 하여도 어찌할 수 없지만 그의 제자는 다르지."

"크크크. 사형도 은근히 비겁하군요. 그의 사부를 어쩌지 못하니 대신 제자를 노린다라……."

창해극은 그를 무심한 눈길로 바라보다가 단호하게 대답

했다.

"나는 호인도, 그렇다고 군자도 아니다. 무인일 따름이야. 무인이 무로써 상대를 찍어 누르는 것은 비겁한 게 아니야."

"흐흐. 뭐 어찌 됐든 사형의 뜻이 그러하다면 저야 반대하진 않겠습니다. 다만!"

가백헌은 안주를 우적우적 씹으며 말했다.

"그때는 저도 데려가 주세요. 죽기 전에 그놈 낯짝을 좀 봐야 되겠습니다."

"너는 또 왜?"

"저도 기분이 나쁘니까 그렇죠."

"……?"

"그놈이 제 주제도 모르고 협행을 하고 돌아다니는 게 기분 나쁩니다. 저도 그놈에게 칼질을 몇 번은 해야 속이 후련할 것 같거든요."

창해극은 굳게 입을 다물고 있다가 나직하니 대답했다.

"네 마음대로 해라."

"크크크. 감사합니다, 사형."

                    *   *   *

수십여 칸이 넘는 방을 가진 커다란 저택.

웬만한 지방의 대부호라 해도 소유할 수 없을 만큼 으리으리하고 웅장한 저택은 한밤임에도 불구하고 넘쳐 나는 부를 과시하기라도 하듯 기화요초가 가득하게 피어 있는 정원부터 각방에 이르기까지 환한 불빛으로 밝혀져 있었다.

그러나 그중 단 하나의 방만이 어두컴컴한 그늘에 가려져 있었으니 그곳은 저택의 중심에 자리하고, 저택 내에서도 가장 커다란 방이었다.

끼이이익.

뭇 사람들이 모두 군침을 흘릴 만한 귀한 물건들로 가득 차 있는 호화로운 방 한쪽에 상석으로 보이는 의자가 기묘한 음향을 내며 옆으로 천천히 젖혀졌다.

의자가 사라진 바닥에는 서역에서 들어온 듯 보이는 붉은색 양탄자가 널따랗게 펴져 있었는데, 그것 역시 잠시 후 의자와 마찬가지로 옆쪽으로 밀려났고 그 아래의 마룻바닥을 열고 하나의 인영이 모습을 드러냈다.

어두컴컴한 방 안이어서 모습을 정확히 파악할 순 없지만 그가 약간 마른 체구를 가졌다는 사실만은 어슴푸레 들어오는 불빛을 통해 드러나고 있었다.

그는 이런 어둠에 익숙한 것인지 아니면 많이 드나들어서인지 모르겠지만 사위를 분간 못하는 어둠에서도 행동이 자연스러웠다.

마른 인영은 방에 연결되어 있는 욕실로 먼저 들어가 한참

동안 몸을 씻어내더니 능숙한 솜씨로 향을 피우고 향수를 뿌려 몸에 배인 역한 냄새를 지웠다.

그런 연후 다시 방으로 돌아와 이번엔 옷을 갈아입기 시작했다.

속옷부터 겉옷까지 하나하나 정성스레 입는 모습이 자신을 치장하는 것을 몹시도 중시하는 성격인 듯했다.

이윽고 모든 옷을 갈아입고 나서야 그는 방 안에 마련되어 있는 호롱불들을 하나하나 밝혀 나갔다. 그에 따라 그의 모습이 점차 드러났다.

하늘을 향해 드러난 들창코와 얼굴 여기저기를 가득 뒤덮고 있는 곰보. 입은 양옆으로 찢어져 마치 두꺼비의 그것과 같았다.

세상에 추한 사람이 많기도 하겠지만 이처럼 추한 이는 보기 드물 것이다.

하나 그런 그가 입고 있는 옷은 화려하고도 고아한 멋이 깃든 극상품으로써 보잘것없는 외모와는 대조적이었다.

그는 방 한쪽 벽면을 가득 덮고 있는 거울로 다가가 자신의 모습을 세세히 바라보더니 돌연 만면에 가득 웃음을 지었다.

그리고는 있지도 않은 턱수염을 쓰다듬는 손짓을 하며 만족스러운 음성으로 입을 열었다.

"역시 사람은 옷을 제대로 갖춰 입어야 진면목이 드러나는 법이지."

두꺼비 한 마리가 거울 앞에 새 옷을 입고 서 있는 모습처럼 보였건만 그의 눈에는 멋진 귀공자로만 보이는 듯했다.

"탁영, 들어오거라."

그는 한참을 고개를 주억거리며 흡족해하다가 이윽고 밖을 돌아보며 크게 소리쳤다.

그의 말이 끝남과 동시에 웬만한 저택의 정문을 방불케 하는 거대한 방문이 열리더니 사십대 초반의 황의중년인이 들어섰다.

"돌아오셨습니까, 대인."

탁영이라 불린 황의중년인은 깊이 허리를 숙여 예를 취했다.

천천히 고개를 든 그의 얼굴은 조금 전의 추남과는 달리 준수한 외모에 키도 훤칠하여 중년에 이른 나이임에도 여인을 홀리게 하는 묘한 매력이 넘쳐흘렀다.

탁영은 한줄기 보기 좋은 미소를 떠올리며 추남을 바라봤다.

"오늘은 다른 날보다 늦게 돌아오셨군요."

추남은 잠시 날카로운 눈으로 그를 노려보다가 냉막한 음성으로 불쑥 내뱉었다.

"어찌하다 보니 그리됐다. 그보다 준비는 되었느냐?"

그러나 퉁명스럽기 짝이 없는 추남의 말에도 탁영은 예의 미소를 잃지 않은 채 고개를 끄덕였다.

"당연히 준비가 되어 있지요. 한데 한 가지 예기치 못한 일이 발생했습니다."

탁영은 사뭇 송구스럽다는 표정이었다.

"예기치 못한 일?"

"네. 한 시진 전쯤부터 사람이 찾아와 맞나 뵙기 원하고 있습니다."

하나 추남은 일말의 망설임도 없이 단호하기 말했다.

"기다리라고 해라."

"그러나 그들은……."

"기다리라고 하라니까!"

거친 목소리로 소리친 추남에게서 사위를 얼려 버릴 듯한 섬뜩한 기운이 뿜어져 나왔다.

'휴우……'

탁영은 속으로 한숨을 내쉬었다.

지금 추남은 자신의 말에 귀 기울일 여유가 없었다.

비록 기다리고 있는 사람들이 결코 소홀히 할 수 없는 손님이긴 했지만 그의 말대로 기다리라 전하는 수박에…….

생각을 정리한 탁영은 예의 미소를 띠고 물었다.

"그럼 어찌하시겠습니까? 지금 바로 대령할까요?"

순간 추남의 눈이 표현하기 힘든 음탕한 빛으로 번들거렸다.

"네가 보기에 지금 내 모습이 어떠냐?"

"제가 누누이 말씀드리다시피 대인의 풍모야 세상에 보기 드문 호탕한 것이지요. 세상의 모든 이들이 대인과 같은 기풍을 가졌다면 여인들이 제 짝을 찾지 못해 고생하는 일이 없을 겁니다."

추남의 얼굴이 언제 그랬냐는 듯이 활짝 펴졌고, 뒤이어 그는 저택이 떠나가라 크게 웃어젖혔다.

"크하하하! 진정 그러하냐?"

"물론이지요. 대인."

"암, 암. 너의 말이 백번 옳다. 중원 어디엘 가도 나만한 이를 찾기란 힘들 게야."

그는 또다시 수염 없는 턱을 쓰다듬으며 호방하게 소리쳤다.

"좋다. 지금 당장 들여보내거라."

"그리하겠습니다. 잠시만 기다리시지요."

"그래, 그래."

추남은 연신 고개를 끄덕이며 탁영을 재촉했다.

그는 잠시 후 벌어질 일을 상상하는 것만으로도 아랫도리가 뻐근해 왔다.

하루 이틀 하는 일이 아니었건만 오늘은 특별했다.

이전의 경우와는 달리 이번의 처녀는 자신이 직접 골랐기 때문이다.

보름 전 저잣거리에서 우연찮게 본 귀여운 아이. 이제 막 꽃봉오리를 터뜨리려는 수선화처럼 어리면서드 또한 은연중에 여인의 모습을 갖춘 아이.

요 며칠간은 다른 여인들을 품에 안고 있으면서도 머릿속은 항상 그 아이 생각뿐이었다.

결국 요 사나흘 동안은 꿈에서도 나타나지 않았던가.

오십여 년이란 짧지 않은 세월 동안 그토록 한 여자를 고대했던 적이 과연 몇 번이나 있었을까?

그는 아무도 없는 방 안에서 눈을 감고는 히죽거렸다.

"오늘은 긴긴 밤이 될 것 같구나. 크크큭."

탁영이 밖으로 나간 지 일각이나 되었을까? 밖에서 그의 말소리가 들려왔다.

"대인, 이제 들여보내겠습니다."

그 말에 추남의 눈이 번쩍 뜨였다.

곧이어 방문이 서서히 열리는가 싶더니 양 갈래로 머리를 곱게 땋은 열여섯이나 되었을까 하는 여자 아이가 쭈뼛거리며 안으로 들어섰다.

'오, 오!'

추남의 입이 그의 의지와는 상관없이 커다랗게 벌어졌다.

보름 만에 다시 보는 얼굴이라 혹시라도 잊었을까 싶었지만 그게 아니다. 꿈에서 보던 여인의 얼굴과 한 치의 다름도 없었다.

"이리… 이리 오너라."

그는 얼마나 흥분했는지 평상시와 달리 얼굴이 붉어졌고 말조차 떨려 나왔다.

생각 같아서는 앞뒤 가리지 않고 옷부터 벗기고 싶었지만 자신은 삼락(三樂)을 아는 군자이니 추태를 부릴 수 없었다.

그가 아는 삼락이란 맹자가 말한 군자삼락이 아니라 여자, 술 그리고 돈을 다루는 자신만의 삼락이었으니 말이다.

하나, 여자 아이는 잔뜩 겁먹은 표정이었다.

"여… 여기가 어디예요?"

그녀는 사방을 두리번거리며 물었다.

낮에 자신은 숲 속에서 저녁때 동생과 함께 먹을 나물을 캐고 있었다.

그러던 중 어느 한순간 정신을 잃었고 일어나 보니 조그마한 방이었다.

그리고 평생 듣도 보도 못한 값비싼 음식이 나왔다.

이곳이 어디고 당신들이 누구냐고 물어보아도 음식을 가져다 준 이들은 아무런 말도 없었다.

그리고 방금 전 또다시 누군지도 모를 사람들에게 자신의 의지와는 상관없이 새 옷이 입혀졌고 영문도 모른 채 이리로 끌려오게 되었다.

"너의 이름이 무엇이냐?"

그녀는 자신의 물음엔 아랑곳하지 않고 오히려 되묻는 괴상하게 생긴 중년인이 무서웠으나 이곳에 온 후 처음으로 말을 걸어준 사람인지라 조금 안도하는 마음도 들었다.

"취하(取夏)예요."

'취하? 여름에 취한다는 의미인가? 촌아이답지 않게 기녀 같은 이름이군.'

속마음은 그렇지 않았지만 입 밖으로 내뱉는 말은 온화하기 그지없었다.

"아하, 취하였구나. 고운 이름이다. 나는 백적산(白積山)이라 한다."

취하의 눈이 동그래졌다.

백적산이란 이름을 그녀도 들어보았다.

"아저씨가 정말 금으로 산을 쌓는다는 그 백적산이에요?"

한낱 시골 소녀에 불과한 그녀마저 들어보았을 정도로 백적산은 이 일대에서 유명했다.

이름은 그저 산을 쌓는다는 뜻이었지만 그는 실로 재물이 넘치고 넘쳐 산을 이룰 정도의 부자였다.

아이가 자신을 알아보자 더욱 기뻤는지 백적산은 헤벌쭉 웃었다.

"맞다. 내가 바로 그 백적산이다."

취하는 아는 사람을 만났다는 기분에 불안했던 마음이 잠시 진정되는 듯했으나 문득 의문이 솟구쳤다.

그녀는 촌에서 자라기는 했으나 바보는 아니었다.

왜 그가 자신을 이리로 불렀을까? 아니, 정확히 말하자면 끌려온 것이나 다름없었지만 말이다.

"그런데, 왜 저를……"

취하가 다시 기어들어 가는 목소리로 묻자 백적산은 그녀에게 다가가 조그만 어깨에 손을 얹었다.

"너무 겁먹지 말거라. 네가 고되게 일하는 모습을 보니 내 마음이 아파 너를 호강시켜 주려는 거니까."

음성은 부드러웠으나 그의 눈빛은 음탕하기 짝이 없었다.

비록 취하가 어리다 해도 남자의 이런 눈빛을 모를 리 없었다.

그녀는 소스라치듯 놀라 급히 어깨를 움츠렸다.

백적산의 얼굴이 살짝 굳어졌다.

"어허, 너무 놀라지 말래도 그러는구나. 조금 전에 분명 나를 안다고 하지 않았느냐?"

어느새 그의 목소리는 음침하게 가라앉아 있었다.

"아저씨가 부자라는 사실만……"

"그뿐 아니라 이 백적산은 여인도 많단다. 그들 모두 호강하며 이 집에서 살고 있지. 그것은 몰랐느냐?"

그녀는 잔뜩 겁먹은 눈빛으로 도리질을 했다.

"허어, 정작 중요한 사실을 몰랐구나. 그러나 이제라도 알았으면 되었다.

그는 손을 벼락처럼 뻗어 그녀의 양어깨를 이번엔 힘껏 움커잡았다.

"아악!"

그녀의 입에서 고통에 찬 비명 소리가 흘러나왔다.

그러나 백적산은 흐뭇한 표정으로 고개를 끄덕였다.

"좋구나, 좋아. 너도 내가 마음에 드나 보구나, 그런 소리를 내는 걸 보면."

그에게는 취하의 비명이 쾌락에 젖은 여인의 신음 소리로 들렸다.

취하는 그의 손에서 벗어나려 몸부림을 치려 했으나 어찌된 일인지 아무런 힘도 쓸 수 없었다. 자신의 어깨에 올려져 있는 그의 손은 철로 만든 족쇄처럼 단단했다.

"제… 제발 놔주세요."

"놔달라?"

백적산의 표정이 스산하게 변했다.

"내가 싫은 것이냐?"

취하는 그의 눈빛을 대하게 되자 절로 오금이 저려왔으나 용기를 내었다.

"제발… 절 보내주세요."

"네 동생을 걱정하는 것이라면 염려할 것 없다. 내 잘 대해주었으니 말이다. 그리고 너 또한 여기서 호강하게 될 터인데 무엇이 싫단 말이냐?"

그의 음성에는 은은한 노기가 서려 있었다.

"그게 아니에요⋯⋯."

그녀는 뭔가를 더 말하려다가 입을 다물었다.

"그게 아니면 뭐냐?"

"⋯⋯."

"빨리 말하지 못하겠느냐?"

그녀의 눈시울에 눈물이 서서히 차올랐다.

눈앞에 있는 남자가 무서워서인지 아니면 서러워서인지, 아니면 화가나서인지는 그녀 자신도 몰랐다.

그러나 백적산은 취하의 눈물에도 한 치의 동요없이 더 큰 소리로 윽박질러 댔다.

"어서!"

"당신이 싫어요. 그리고 저는 좋아하는 사람이 있단 말이에요."

마침내 그녀는 자신의 속내를 털어놨다.

비록 그녀의 음성은 크지 않았지만 백적산에게는 천둥처럼 들렸다.

그의 얼굴이 참혹히 일그러졌다.

"이⋯ 이⋯⋯. 네 년도 내가 싫단 말이냐?"

백적산은 그녀의 눈을 똑바로 쳐다보며 어깨를 쥐고 있던 우수를 강하게 움켜쥐었다.

으드득.

"아아악!"

어깨뼈가 그대로 부서졌다.

취하의 비명 소리가 방 안을 가득 매우며 길게 이어졌다.

그럼에도 백적산은 지옥에서 올라온 악귀다냥 시뻘겋게 변한 눈을 하고는 알아들을 수 없는 말만 중얼거렸다.

"네년도… 네년도……."

그는 입술을 몇 번 푸들거리더니 발악하듯 소리쳤다.

"네년도 죽어야 해!"

그의 팔이 뒤로 젖혀지는가 싶더니 곧장 취하의 앞가슴으로 노리고 짓쳐 왔다.

휘이익!

가녀린 여인의 몸으로는 감당할 수 없는 만큼의 강한 공력이 그의 손에 깃들어 있었다.

바로 그때.

"누나!"

방문 밖에서 어린 남자 아이의 외침이 들려왔다. 그리고 그와 동시에.

콰앙!

굉음을 내며 거대한 방문이 산산이 부서져 나갔고 그 파편들이 태풍을 만난 듯 방 안으로 거세게 휘몰아쳐 들어왔다.

              *   *   *

백화선궁에서의 연회를 마치고 다음날 길을 떠난 남천과 남궁상연은 보름이 지나 하북에 들어섰다.

하북성은 중원에서 볼 때 북쪽에 속한 지역인 데다 아직 겨울의 찬 기운이 완연하여 뭇사람이 느끼기에는 몹시도 추웠건만, 그보다 훨씬 추운 해륜에서 돌아오는 두 사람에겐 오히려 포근하게만 느껴졌다.

남궁상연은 옆에서 묵묵히 산길을 걷고 있는 남천을 힐끗 바라보고는 빙긋 웃었다.

"정말 따뜻해졌죠?"

남천은 하늘을 한번 올려다보고는 고개를 끄덕였다.

"그렇군요. 봄이 오려나 봅니다."

"풋, 봄이라고 하기엔 아직 일러요. 비교적 따뜻해진 것뿐이죠."

"아."

"아무래도 우리가 북쪽에서부터 온데다 날이 조금씩 풀려가기 때문에 그리 느껴지는 걸 거예요."

남천은 그녀의 말에 쉽게 수긍했다.

"과연 그렇군요. 이제 겨우 삼월에 접어들었을 뿐이니 말입니다."

"그래요. 한데 재미있네요."

"……?"

멀뚱멀뚱 자신을 쳐다보는 남천을 향해 싱긋 웃어주곤 그녀는 그가 했던 것처럼 하늘을 올려다봤다.

"하북의 겨울이 따뜻하다고는 미처 생각해 본 적이 없었는데 말이죠."

그녀는 아버지 남궁무상을 따라 여덟 살 때 처음으로 하북성에 왔었다.

당시엔 정말 미칠 듯이 추워 따뜻한 아버지의 손을 꼬옥 잡고 놓칠 못했다.

너무나 추워 다 큰 나이임에도 아버지를 졸라 품에 안긴 채 여행을 했는데…….

'아버지…….'

갑자기 아버지의 얼굴이 눈앞에 그려졌다.

"이크, 우리 상연이가 이렇게 무거워졌구나. 살을 좀 빼야겠어. 아빠 팔이 다 떨어져 나가려 한다. 하하핫!"

그렇게 자신을 안고 너털웃음을 짓던 아버지였다.

그렇지만 이제는 없다. 보고 싶어도 볼 수 없다.

사별(死別).

길을 떠난 이는 언제가 돌아오겠지만, 죽음으로 이별한 이는 결코 그렇지 못했다.

풍수지탄(風樹之嘆)이야말로 지금 그녀의 심정을 표현한 말이리라.

"소저?"

남궁상연에게서 이상함을 느낀 남천이 조심스럽게 불렀다.

그녀는 도리질을 몇 번 하고는 언제 그랬냐는 듯이 활짝 웃었다.

"아무것도 아니에요. 자, 어서 가요."

그리고는 남천의 손을 잡고 산 아래로 향했다.

그곳에는 하나의 마을이 펼쳐져 있었다.

양옆으로 상점이 늘어선 거리에서 남천의 눈에 가장 먼저 들어온 것은 하나의 주점이었다.

이는 주점 입구에서 펄럭이고 있는 하얀 천에 쓰인 글 때문이었다.

"적주가(積酒家)?"

남천의 시선을 따라 글씨를 읽은 남궁상연은 물었다.

"적주가가 왜요?"

"이상하지 않습니까? 안을 보아서는 주점이 분명한데 적주가라 하면 술을 쌓는다는 의미지 판다는 뜻이 아니잖습니까? 술을 많이 마시는 가문에나 어울릴법한 이름인데."

남궁상연은 무슨 이유에서인지 알듯 모를 듯한 미소를 짓고 있었다.

"제가 잘못 알고 있는 건가요?"

남천의 재차 물음에 남궁상연은 고개를 설레설레 저었다.

"아니에요. 소협의 말은 이치에 맞는 것이에요. 하지만 이 곳에 사는 사람들은 전혀 그렇게 생각하지 않을 거예요."

"제가 알지 못하는 또 다른 이유가 있습니까?"

"맞아요. 이곳에는 백적산이란 상인이 유명한데, 그는 유 난히도 적(積)이란 글자를 좋아하여 자신이 거느리고 있는 상 점에는 모두 적 자를 끼워 넣었어요. 그러니 이곳에서 그의 상점을 알아보는 게 어렵지 않죠."

그녀의 말을 듣고 주위를 살펴보던 남천은 이내 고개를 끄 덕였다.

"정말 적 자가 들어간 상점이 많군요. 포목점도 그렇고 약 방도 그렇고……. 정말 별난 취미를 가진 사람이군요. 게다가 몹시 부자인 듯하고요."

"그뿐만이 아니에요. 그는 못생겼기로도 유명해요. 물론 전 아직 본 적이 없지만 직접 본 사람들의 말에 의하면 꿈에 나올까 두렵다고 했어요."

남천은 잠시 생각하다가 조용히 입을 열었다.

"어찌 됐든 대단한 사람이군요."

남궁상연은 고개를 갸우뚱했다.

"뭐가요?"

"아무래도 상인이라면 포근한 인상이 더 거래하기에 유리 하지 않겠습니까? 한데 그렇지 못한 그가 상인으로서 성공을 했으니 대단한 사람임엔 분명합니다."

"흐음. 그럴수도 있겠네요. 하지만 언뜻 들은 바로는 처음부터 부자였다는 소문도 있던데……. 저도 자세히는 모르니 소협의 말이 맞을 수도 있겠어요."

남천은 슬그머니 물었다.

"이왕 이렇게 된 김에 잠시 쉬어갈까요?"

남궁상연은 눈이 한차례 반짝였다.

"혹시……? 술 생각이 나신 거예요?"

남천은 아무 말도 하지 못하고 계면쩍은 표정으로 대답을 대신했다.

남천은 백화선궁에서의 연회 이후, 술맛에 대해 뒤늦게 깨달아가는 중이었다.

이전에는 술 자체에 대한 거부감 때문에 의식적으로 마시지 않았으나 백화선궁에서 억지로이긴 했지만 술을 먹어보고 나서는 그에 대한 인식이 어느 정도 바뀌었다.

술이란 게 꼭 나쁘지만은 않다는 사실.

그리고 어찌 보면 달지 않으면서도 좋은 향과 맛이 느껴진다는 사실 말이다.

물론 그렇다고 해서 남천이 술을 탐닉하는 건 아니었다.

높은 공력으로 인해 주량은 물론 뛰어났지만 남궁상연과 함께 마실 때는 결코 석 잔을 넘기지 않았다.

술을 즐기는 것은 그 정도만으로도 충분했다.

남궁상연은 남천의 속마음을 짐작하고는 배시시 웃었다.

"좋아요. 그보다 우리 아예 오늘은 여기서 묵고 내일 출발하는 건 어때요? 어차피 조금 있으면 날도 저물 것 같은데."

예상보다 걸음을 서둘렀기 때문인지 백화선궁에 찾아갈 때에 비해서 돌아오는 길은 오래 걸리지 않았다.

덕분에 여유가 생겼으니 오늘 하루쯤은 푹 쉬다 다시 길을 재촉해도 괜찮아 보였다.

"좋아요… 먼저 적주가에서 목을 축인 후, 묵도록 하죠."

남천은 흔쾌히 고개를 끄덕이고는 적주가를 향해 걸어갔다.

두 사람이 사람들을 헤치고 적주가에 입구에 다다를 때쯤이었다.

쾅!

갑자기 적주가의 문이 세차게 열리며 안으로부터 한 명의 소년이 튕겨 나왔다.

"아악!"

소년은 얼마나 우악스럽게 내쳐졌는지 그 힘을 이기지 못하고 흙바닥에 그대로 내동댕이쳐졌다.

보는 사람이 다 애처로울 정도로 비명을 지르며 나동그라진 소년은 중심을 잡지 못하고 몇 바퀴 더 땅바닥을 구르더니 남천의 바로 앞까지 다가왔다.

남천은 흙투성이가 되어 있는 소년의 모습을 유심히 살폈다.

나이는 대략 열두엇, 빼빼 마른 몸에 얼굴은 더럽기 짝이 없었으나 언뜻 보아도 눈은 사납게 빛나고 있었다.

남천은 손을 내밀어 그를 일으키려다 그의 눈빛을 보고는 다시 손을 거두었다.

'좀 더 두고 보기로 하자.'

남천의 행동을 옆에서 지켜보고 있던 남궁상연 역시 그와 마찬가지로 아무런 행동을 취하지 않은 채 상황을 주시하기만 했다.

몇몇 행인들은 느닷없는 변고에 가던 길을 멈추고는 무슨 일인가 싶어 소년과 적주가를 번갈아 바라봤다.

소년은 벌떡 일어났다.

겨울임에도 입을 것이 없었는지 얇은 삼베만을 걸친 그는 찢겨진 옷 사이로 언뜻 핏줄기가 드러났으나 전혀 위축되지 않고 오히려 크게 욕지기를 내뱉으며 적주가를 향해 뛰어들었다.

"누날 내놓으라고! 이 자식들아!"

그러나 얼마 지나지 않아 조금 전보다 더 심하게 밖으로 내쳐졌다.

이번엔 소년도 쉽게 일어나지 못했다.

어딘가 크게 상했음에 틀림없었다.

적주가 안에서 누군가가 걸어나왔다.

커다란 덩치를 자랑하는 대한, 그는 아마도 소년을 집어 던진 장본인인 듯했다.

그는 입구 앞에서 턱하니 허리에 한 손을 얹고는 한 손으로
는 소년을 가리키며 눈을 부라렸다.

"어서 꺼져, 이 미친놈아. 어린놈의 자식이 버릇없이!"

그 말에 부아가 났던지 소년은 쓰러진 채로 핏발선 눈을 하
고선 마주 소리쳤다.

"빨리 누나를 내놓으란 말야! 너희가 끌고 갔잖아!"

"뭔 헛소리! 난 네 누나가 누군지도 모른다! 그러니 얼른
썩 꺼져!"

대한의 커다란 호통에도 소년은 전혀 기죽지 않았다.

뿐만 아니라 오히려 소릴 빽 하니 질러댔다.

"거짓말! 여기에 백적산이란 놈이 살잖아."

순간 대한의 안색이 하얗게 변했다.

당황한 것은 그만이 아니었다. 주위에 구경하고 있던 이들
도 백적산의 이름이 거론되자 분분히 놀라는 기색이었다.

고개를 절레절레 흔들며 다시 제 갈 길을 재촉하는 이들도
있었다.

"이… 이 머리에 피도 안 마른 잡놈이 어르신의 함자를 감
히 함부로……."

대한은 마치 제 부모의 욕을 들은 듯 분개했다.

남천은 이상한 생각이 들었다.

주인으로 모시는 사람의 욕을 들으면 당연히 화가 나겠지
만 지금 보이는 대한의 모습은 그것을 뛰어넘고 있었다.

실상 이는 백적산에 대한 두려움 때문이었으나 남천이 그러한 대한의 마음까지 알 순 없는 노릇이었다.

대한은 성큼성큼 소년에게 다가갔다.

그는 당장 소년을 쳐 죽일 기세였다.

하나 이러한 상황을 아는지 모르는지 소년은 또다시 고함을 질러댔다.

"백적산보고 나오라고 하란 말야!"

대한의 눈에서 불똥이 튀었다.

"죽어야 정신을 차릴 애새끼 놈이구나!"

말이 끝남과 동시에 대한의 주먹이 소년의 머리를 향해 내려쳐졌다.

그의 주먹은 어찌나 큰지 소년의 머리만했고, 충분히 소년의 머릴 부수어 버릴 만한 힘이 실려 있었다.

정말 그의 말대로 죽일 셈이었다.

그러나 그의 뜻은 이루어지지 못했다.

탁!

남천이 한 발 나서며 대한의 주먹을 소년의 머리 위 한 치쯤에서 손바닥으로 막아내었다.

남천은 조금 굳은 표정으로 대한을 쳐다보았다.

"어린아이에게 너무 심하지 않소?"

"어떤 새끼가……."

대한은 무심코 욕짓거릴 하려다 남천의 얼굴을 보고는 자신도 모르게 입을 다물었다.

깊게 침잠된 남천의 눈빛.

이를 대하는 순간 심장이 덜컥 멎는 것 같았다.

놀란 나머지 잡혀 있는 주먹을 급히 빼내려 했지만 어찌 된 일인지 미동도 하지 않았다.

'무인!'

대한은 비록 무공을 익히진 않았지만 오랜 경험으로 인해 지금 자신의 눈앞에 있는 이가 무서운 고수임을 직감했다.

굳이 그게 아니더라도 일행으로 보이는 여인의 허리에 칠흑처럼 검은 검이 매여 있음을 보아 두 사람이 무인임은 자명한 일이었다.

'빌어먹을……!'

입 밖으로 내뱉는 대신 속으로 욕을 삼킨 그는 이내 흥분을 가라앉혔다.

무인을 상대로 날뛰어봐야 자신만 손해라는 것을 그는 잘 알고 있었다.

그는 손이 잡힌 엉거주춤한 자세로 입을 열었다.

"저놈이 난데없이 소란을 일으키는 통에 나도 모르게 그만 그렇게 되었습니다."

조금 전의 소년을 대할 때와는 완전히 다른 의기소침한 모습이었다.

남천은 그를 잠시 바라보다가 잡고 있던 대한의 손을 풀어주었다.

"백적산이란 놈이 누날 잡아갔단 말이야. 빨리 내놔!"

소년이 다시금 소리치자 남천은 그를 내려다보며 나직하니 물었다.

"그게 정말이냐?"

소년은 똘망똘망한 눈으로 남천을 올려다보다가 그가 나쁜 사람으로 보이지 않자 크게 고개를 끄덕였다.

"맞아요. 어떤 아저씨가 점심때 저보고 누나는 자신들이 데려갔다고 했어요."

"네 누나가 스스로 그들을 따라갔을지도 모르지 않느냐?"

남천의 물음에 소년은 세차게 고개를 가로저었다.

"절대 그럴 리 없어요. 누나가 나에게 아무런 말도 없이 갈 리가 없어요."

남천의 시선이 대한을 향했다.

"이 아이의 말이 맞소?"

대한은 또다시 남천의 눈빛을 대하게 되자 등골이 서늘해지는 느낌이었다.

"낸들 어찌 알겠습니까? 주인어르신께선 이곳에 잘 나타나지도 않으십니다. 전, 전혀 모르는 일입니다."

"그렇다면 그는 여기에 없다는 말이오?"

"물론입니다. 주인어르신께서 저희 가게에 머물 이유가 없지요."

"흐음."

남천이 잠시 생각하는 듯하자 옆에서 잠자코 있던 남궁상연이 나섰다.

"아무래도 저 아이가 잘 모르고서 이곳을 찾아온 듯싶네요."

그리고는 소년을 바라보며 물었다.

"분명 백적산이란 사람이 데려갔다고 했니?"

"분명해요."

"그럼 이곳엔 어떻게 찾아왔니?"

소년은 잠시의 지체도 없이 대답했다.

"길에서 백적산이 누구냐고 물어보니까 이 주점의 주인이라고 해서 이리로 찾아왔죠."

"이런 미친! 그분의 가게가 여기 한 곳뿐인 줄 아느냐? 이 길가에만 해도 열이 넘어가거늘."

대한이 어이가 없는지 버럭 소리쳤다.

남궁상연은 희미하게 웃으며 남천을 바라봤다.

"이렇게 된 거군요."

남천 역시 조금은 허탈한 미소를 지었다.

그는 대한을 향해 물었다.

"그러면 그는 어디에 있소?"

대한은 이제야 겨우 이 골치 아픈 일이 자신의 손을 떠나게 될 듯하자 한곳을 가리키며 급히 대답했다.

"그분은 이쪽 길로 곧장 백여 장쯤 가면 보이는 커다란 저택에 살고 계십니다."

"어찌하실 거예요?"

"아무래도 그곳에 가봐야겠습니다. 만약 이 아이의 말이 진짜라면 이대로 방관할 수만은 없지 않겠습니까?"

남궁상연은 이미 남천과 함께하며 이런 일을 많이 겪어보아서 그런지 쉽게 수긍했다.

"그래요. 이번엔 저도 느낌이 좋지 않네요."

第三十一章

삼금이은(三金二銀)
—악습의 잔재

藍天俠傳

俠

세 사람은 대한이 말한 방향으로 얼마 걷지 않아 커다란 저택을 발견했다.

비록 육대세가의 건물처럼 고풍스럽지는 않았으나 많은 재물을 들여 지은 듯 세련된 느낌이 강한 건물이었다.

정문의 수위를 보는 사람이 없는 대신 문은 굳게 닫혀 있었다.

이를 보아 남천은 백적산이 나름 외부인의 방문을 그리 좋아하지 않는 성격이라는 생각을 했다.

"대한이 말한 집이 이곳인가 봅니다."

"주위에 이만한 건물이 없는 것을 보아 맞는 것 같네요."

남천은 정문으로 다가가 몇 번 소리나게 두들기며 소리쳤다.

"여기에 백적산이란 분이 계십니까?"

얼마 기다리지 않아 일꾼으로 보이는 이가 문을 열고 나타났다.

그는 문을 반만 연 채 세 사람을 조심스럽게 훑어보더니 불쑥 입을 열었다.

"뉘시오?"

"백적산이란 분을 찾아왔습니다. 안에 계시는지요."

"약속을 하고 오신 것이오?"

"아닙니다. 급작스런 일 때문에 찾아온 것입니다."

처음부터 그리 호의적이다라고 볼 수 없었던 일꾼의 태도가 남천의 말에 더욱 퉁명스러워졌다.

"선약이 아니라면 주인어르신을 만날 수 없소."

"급한 일이어서 그러니 어찌 안 되겠습니까?"

"아무리 급한 일이어도 안 되는 건 안 되오."

일꾼의 강경한 태도에 남천은 내심 난처해졌다.

생각 같아서는 일꾼을 밀치고 안으로 들어가고 싶었지만 납치했다는 확실한 물증도 없이 어린아이의 말만 믿고 그리 행동할 수는 없었다.

"하면 선약을 하면 만날 수 있는 겁니까? 제가 어찌하면 됩니까?"

일꾼은 잠시 생각하다가 불쑥 물었다.

"누구라고 전하면 되겠소?"

"청양의 남천이 급한 일로 뵙고자 한다 전해주십시오."

남천의 말이 끝나자마자 남궁상연이 옆에서 나서며 한마디 했다.

"당신의 주인께 패검무자와 남궁세가에서 사람이 찾아왔다고 말하세요."

남천은 의아한 눈으로 남궁상연을 쳐다봤다. 그는 굳이 자신들을 밝힐 필요가 없다 생각했었다.

그러나 남궁상연은 빙긋 웃으며 아무 일도 아닌란 듯이 말했다.

"명성이란 이럴 때 사용하는 거예요. 모르긴 몰라도 백적산은 상인인 만큼 우리를 쉽게 거절하지 못할 거예요."

과연 일꾼은 남궁세가에서 왔다는 그녀의 말에 눈빛이 사뭇 달라졌다.

패검무자는 모르겠으나 남궁세가는 오랜 세월 동안 중원에 명성을 쌓아온 가문이기에 그 역시도 알고 있었다.

그는 반만 내밀고 있던 몸을 완전히 드러내며 두 사람 앞에서서 허리를 굽혔다.

그의 얼굴 가득히 방글방글 미소가 배어 있었다.

"남궁세가에서 오신 분들이라면 진즉에 말씀하시지 그러셨습니까?"

"그러면 이제 만날 수 있는 겁니까?"

남천의 물음에 일꾼은 안타까운 음성으로 대답했다.

"죄송한 말씀입니다만, 주인어르신께선 지금 출타 중이십니다. 워낙 바쁘신 몸이다 보니 한시도 편히 쉬실 날이 없지요. 오늘도 아마 밤이 되어서 돌아오실 듯싶습니다."

"거짓말!"

느닷없이 뒤에 있던 소년이 소리치며 일꾼에게 달려들었다.

아이는 시뻘게진 얼굴을 하고선 그대로 정문을 지나치려했다.

그러나 몇 발짝 뛰기도 전에 남천의 손에 잡히고 말았다.

그는 남천의 손아귀를 벗어나려 몸부림을 쳐댔다.

"이거 놔요. 다 거짓말이란 말이에요!"

"잠시만 진정하거라. 아직 이야기가 끝나지 않았다."

남천은 침착하게 만류했으나 어린아이의 급한 마음을 가라앉히기엔 무리였다.

"전부다 없다고만 그래요. 저놈도 아까 그놈과 똑같은 말만 하잖아요."

"저 아이는……?"

일꾼은 처음 보는 소년이 자신에게 달려들려 하자 황당하면서도 어리둥절한 눈치였다.

"죄송합니다. 실은 그분을 뵈려는 게 이 아이의 일 때문인지라."

"......."

남천은 자초지종을 일꾼에게까지 자세히 설명하는 것도
적당치 않은 것 같아 대충 얼버무렸다.

"그럼, 오늘 밤에는 계시겠지요?"

"그렇습니다. 공자."

"하면 그때 다시 찾아오겠습니다. 돌아오시거든 그분께 제
가 찾아왔다 미리 말씀드려주십시오."

"그리하겠습니다."

남천은 아이가 또 난동을 피울지도 모른다는 생각에 그의
손을 잡고는 급히 뒤돌아섰다.

아이는 여전히 자신을 잡고 있는 단단한 손을 뿌리치려 했
지만 남천의 힘을 당할 순 없었다.

남천은 정문이 보이지 않는 모퉁이까지 걸어가서야 쭈그
려 앉아 아이와 눈을 마주한 채 입을 열었다.

"너무 급하게 생각하지 말거라. 네 누나는 별일없을 거
야."

"그렇지만......."

소년은 분해서인지 슬퍼서인지 말을 잊지 못하고 울먹였
다.

"이 형만 믿어. 반드시 오늘 밤에 네 누날 만나게 해줄 테
니. 알았지?"

소년은 남천의 깊고도 그윽한 눈을 한참 동안 바라보다가 조그맣게 고개를 끄덕였다.

"으응."

남천은 빙긋 웃으며 일어나 소년의 머리를 쓰다듬었다.

"너, 누나를 무척 좋아하는가 보구나."

소년은 머리를 곧게 쳐들며 힘있게 말했다.

"응! 누나가 세상에서 제일 좋아. 그리고 세상에서 제일 예뻐!"

남천은 소년의 말에 흐뭇한 미소를 지었다.

자신도 형이 세상에서 제일 좋았다. 그리고 세상에서 제일 멋있었다.

이를 지켜보고 있던 남궁상연이 슬며시 물었다.

"이젠 어떡하지요?"

"밤까지 기다리는 수밖에 없지 않겠습니까?"

"아무래도 그래야겠네요. 어차피 오늘은 여기서 묵으려 했으니 적당한 곳을 찾아봐야겠군요."

"적당한 곳이라……. 이 애가 싫어하는 백적산이란 사람의 가게는 피해야겠습니다."

지금 이 상태라면 그곳에서도 아이는 소란을 피울 게 뻔했다.

꼬르르륵.

그때 어디선가 갑자기 기묘한 소리가 들려왔다.

남천은 낯익은 그 소리에 소년을 내려다보며 슬그머니 물었다.

"배고프냐?"

소년은 부끄러운 듯 배를 움켜쥐고 있다가 조그맣게 고개를 끄덕였다.

그는 누나를 찾는다고 이리저리 돌아다니느라 아침 이후에 아무것도 먹지 못했다.

남천은 조용히 웃으며 남궁상연을 쳐다봤다.

"최대한 빨리 쉴 곳을 찾아야겠습니다."

남천과 남궁상연은 가까운 곳에 있는 적당한 객잔을 찾았다. 세 사람은 객방에서도 음식을 시켜 먹을 수 있다는 말을 듣고는 번잡하지 않은 이층 객방으로 올라갔다.

그들이 그렇게 이층으로 사라진 직후 객잔 입구에는 두 사람이 모습을 드러냈다.

커다란 덩치를 가진 단벽안의 사내와 그에 비해 매우 왜소한 체구의 사내.

바로 중원에서 해륜까지, 다시 해륜에서 이곳까지 남천의 뒤를 따르고 있는 악중일과 곽염이었다.

이미 청해의 경지에 이른 남천의 뒤를 이렇듯 몇 개월간이나 놓치지도 들키지도 않고 미행한다는 것은 절정의 무인이 아니고서는 꿈도 꾸지 못할 일이었다.

두 사람이 나타난 후 악중일의 특이한 외모가 잠시 중인들의 시선을 끌었으나, 그의 덩치와 무서운 눈빛을 보고선 분분히 고개를 돌렸다.

두 사람이 구석에 놓인 자리에 앉자마자 곽염이 크게 소리쳤다.

"여기 술 많이! 밥도 많이! 비싼 음식도 많이!"

그의 음성엔 잔뜩 불만이 서려 있었다.

그 목소리에 겁을 집어먹었는지 몇몇 사람이 급히 계산을 치르고 객잔을 빠져나가는 모습도 보였다.

"좀 줄여."

악중일의 질책에 곽염은 기다렸다는 듯이 도끼눈을 했다.

"뭘요!"

"자네 목소리."

"싫습니다요. 아예 다 들으라고 꽉 소릴 질러 버릴까 보다."

악중일은 그를 물끄러미 쳐다보다가 이내 설레설레 고갤 저으며 혀를 찼다.

"성질하고는."

"흥! 이게 다 누구 때문인데."

"얼마 남지 않았어."

"또 뭐가 말입니까?"

곽염은 시큰둥했다. 때가 됐다고 한 게 벌써 몇 번째인지 몰랐다.

"우리가 이렇게 몰래 따라다니는 것 말이야."

"매번 그 소리지."

"아니야, 이번엔 진짜야."

단호한 악중일의 말이 이상했던지 그때까지 눈도 마주치고 있지 않고 있던 곽염이 그를 쳐다봤다.

"이번엔 뭐를 믿고 그리 확신한답니까?"

"몰라서 물어?"

"모르니깐 묻죠!"

곽염은 버럭 소릴 질렀다.

바보 취급하는 것도 아니고 항상 이런 식으로 대화가 진행되니 곽염은 매번 울화통이 터졌다.

"백적산이 얽혔잖아."

"그게 우리와 무슨 상관입니까? 어디서 뭐 하고 살던 놈인지도 모르는데."

그 말이 의외였던지 악중일이 놀란 표정을 ㅈ었다.

"정말 백적산을 몰라?"

"아, 난 몰라요. 그런 놈 따위."

그는 생각하기도 싫은지 마구 고개를 저어댔다.

그 꼴을 한심한 눈으로 바라보던 악중일이 어쩔 수 없다는 표정으로 천천히 입을 떼었다.

"여자에 환장한 놈이야. 일전에 나에게 청부를 넣기도 했었지."

곽염의 눈이 휘둥그렇게 커졌다.

"네에?"

"쯧쯧, 일전에 자네에게 말해주었는데도 그걸 기억 못하나?"

곽염은 머리를 모로 비틀고 한참을 생각하다가 툭하니 내뱉었다.

"금시초문인뎁쇼?"

"······."

"왜요? 기억 못할 수도 있지 뭘 그래요. 우리가 처리한 일이 얼마나 많은데 그걸 일일이 다 기억한답니까?"

"난 일일이 다 기억해!"

"잘나셨수!"

악중일은 이렇게 그와 말싸움만 하다가는 끝이 날 것 같지 않자 결국 설명을 해주었다.

"백적산, 세간에는 단순한 상인으로 알려져 있지만 한꺼풀만 벗겨보면 결코 그렇지 않다는 사실을 알게 되지. 특히 여자에 관해서는 병적인 욕심을 가졌어."

"병적인 욕심? 여자를 좋아하는 거야 모든 남자들이 그렇지 않습니까?"

"그렇긴 하지만 그의 경우엔 좀 달라. 그는 자신의 마음에 드는 여자는 모두 차지하려고 했어. 물론 부자인지라 그를 자진해서 따른 여인들도 있었지만 그렇지 않은 여인들도 많았지. 자네는 그가 그들을 어찌했는지 아는가?"

"글쎄요."

악중일의 눈빛이 순간 매섭게 변했다.

"납치했다네."

"네?"

"그리고 강제로 겁탈한 뒤엔 가차없이 죽였지."

"그… 그게?"

곽염은 입을 몇 번 벙긋거리다가 다시 물었다.

"아니, 관에서는 그 사실을 모른답니까? 소문도 나지 않고?"

"관이야 돈 앞에서 유명무실하지 않은가. 게다가 모른다고 잡아떼면 마땅한 물증 없이는 그를 어찌하지도 못하고."

"헛. 헛. 뭐 그런 자식이."

그는 허탈한 듯 속 빈 웃음을 날리다가 문득 생각이 났는지 불쑥 물었다.

"주인어른은 어찌 아셨습니까? 게다가 그런 놈을 그냥 놔두셨나요?"

"청부를 받고 조사를 하던 차에 우연히 알게 되었지. 그리고 나의 철칙은 굳이 말 안 해도 자네 역시 알잖은가."

그의 철칙, '일이 아니면 살인하지 않는다'를 말함이다.

"젠장맞을 일이군요. 그런 놈을 왜 죽여 달라고 부탁하는 사람 한 명 없는 건지. 내가 직접 나서서 공짜로 처리해 줄 텐데."

악중일의 표정이 진지해졌다.

"그렇게 쉽게 생각할 일은 아니야."

"왜요? 제가 못할 것 같습니까?"

"그렇다기보다 그자가 단순한 상인이 아니기 때문일세."

"흥, 단순한 상인이 아니면 지가 무슨 구대문파의 장문인처럼 대단한 고수라도 된답니까?"

곽염은 장난스럽게 한 말이었지만 의외로 악중일은 묵묵히 그를 바라보고만 있었다.

이상한 낌새가 든 곽염은 두 눈을 몇 번 끔뻑거렸다.

"설마……?"

미심쩍은 목소리로 중얼거린 곽염의 말에 악중일은 고개를 천천히 끄덕였다.

"구파의 장문인 정도는 아닐지라도 그가 무서운 고수임엔 틀림없어."

"허어!"

허탈한 웃음을 날리던 곽염은 이내 진중한 표정으로 물었다.

"혹시, 주인어른도 힘드십니까?"

"훗, 그게 궁금해? 쉽진 않겠지만 불가능하진 않아."

"쳇! 자신감은 여전하군요."

악중일이 자기 보고는 불가능할 듯이 말해놓고 정작 자신은 가능하다고 하니 배알이 꼴린 듯 보였다.

"아무래도 내가 자네보다는 몇 수 위지 않은가? 하핫."

악중일은 곽염을 상대하는 게 무척 즐거워 보였다.

비록 맞는 말이긴 했지만 곽염은 그런 그가 밉살스러워 입을 삐쭉였다.

"한데 말입니다. 좀 전에 하신 말씀은 무슨 뜻입니까? 백적산이 얽혔으니 우리의 이 지겨운 미행도 끝날 것이라 하셨잖습니까?"

"어허, 입은 삐뚤어졌어도 말은 똑바로 해야지. 내가 언제 지겨운 미행이 끝날 것이라고 했나. 몰래 따라다니는 것이 끝이라 했지."

"저에게는 그게 그겁니다!"

"알았어, 알았어. 그만 좀 소리 질러 귀 아프니깐."

악중일은 양손으로 귀를 틀어막았다.

"그게 무슨 뜻이냐 하면 말이야. 생각해 봐, 저 남천이란 친구가 백적산을 만나게 되면 무슨 일이 벌어지겠나?"

"아마 둘 중 하나겠죠. 그의 정체를 파악하지 못한 채 물러서거나 아니면 해치우거나. 뭐, 주인어른의 말대로라면 쉽진 않겠지만요."

"그렇겠지? 그러나 내 생각엔 아무리 백적산이라 해도 저 친구의 눈을 속이지는 못할 거야."

"그건 또 왜입니까?"

"당연한 이야기야. 지금까지 많은 악인을 상대하면서 나름 깨달은 바가 있을 게 분명하기 때문이지. 나 역시 그랬기에 백적산을 조사한 것이었고."

"오호. 두 사람이 통하는 바가 있다는 말처럼 들리는 뎁쇼?"

"아무래도 남천이란 친구가 나와 비슷한 면이 많지 않은가?"

"비슷하기는요. 달라도 많이 달라요."

악중일은 고리눈을 하고는 잠시 곽염을 노려보다가 하려던 이야기가 딴 곳으로 빠지려 하자 목소리를 가다듬고 다시 말을 이었다.

"어찌 됐든 백적산과 그 친구가 겨루고 있을 때 내가 멋지게 등장할 거야. 그리고 의형제를 맺는 것이지. 그리되면 우리가 더 이상 그의 뒤를 따를 필요가 없지 않겠나. 어때? 내 계획이 그럴듯하지?"

곽염은 자신을 기대에 찬 눈으로 쳐다보고 있는 악중일을 묘한 눈길로 바라봤다.

'퍽이나 패검무자가 살수와 의형제를 맺어주겠수. 살수라면 아주 치를 떨 텐데.'

그러나 이를 입 밖으로 낼 수는 없었다.

만약 악중일이 자신의 말에 마음이라도 상해 안 한다고 해

버리면 이 끝없는 미행을 언제 그만둘지 몰랐기 때문이었다.

결국 곽염은 어색한 미소를 떠올리며 엄지손가락을 폈다.

"과연 훌륭한 생각입니다. 분명 그 친구도 주인어른을 마음에 들어할 겁니다."

"그렇지? 자네도 그리 생각하지? 하하하."

그는 매우 유쾌하게 웃어댔다.

하나 곽염은 그런 그를 조금은 애처로운 눈빛으로 바라보고 있었다.

'패검무자가 저리도 좋을까?'

그의 심정을 이해 못하는 것은 아니나 의외인 것도 사실이었다.

악중일은 중원인이면서도 한편으론 아니었다.

그는 서역인의 피가 섞여 있다.

그때문인지 쉽게 친구를 사귀지 못했다. 물론 전혀 없지는 않았으나 그나마 몇 있던 친우들과도 살수일을 하면서부터는 연락을 끊었다.

그것이 고의든 아니었든 간에 일로 엮인 이를 제외하고는 친구라 할 수 있는 이가 현재는 곽염뿐이었다.

그런 그가 패검무자를 만나는 일에 저리도 흥분하고 있으니 오랜 세월을 함께한 곽염으로서도 뜻밖의 일이었다.

잠시 혼자만의 생각에 잠겨 있던 곽염은 불현듯 악중일이 했던 이야기가 떠올랐다.

"한데 백적산이 청부했다는 일은 어찌 처리하셨습니까?"

"물어보나마나 당연히 거절했지. 쳐 죽이지 못한 게 한이 될 지경인데 그런 놈의 청부까지 들어줄 필요는 없지 않은가."

"잘하셨습니다. 그럼 이제 밤이 되기를 기다리는 일만 남았군요."

"그렇지. 얼마 남지 않았어."

두 사람은 서로를 바라보며 각기 다른 기대로 들뜬 채 술잔을 들었다.

*　　　*　　　*

남천은 저녁이 지나 깊은 밤이 되고 나서야 객잔을 나섰다.

이처럼 늦은 시각에 남의 집엘 방문한다는 것이 예가 아닌 줄은 알았으나 사안이 중요한 만큼 별다른 방도가 없었다.

그가 백적산의 저택에 당도했을 때 낮에 보았던 일꾼은 예상외로 반갑게 그를 맞이했다.

하나 비굴할 정도로 웃는 얼굴의 그는 백적산이 아직 돌아오지 않았다는 실망스런 소식만을 전해주었다. 그나마 다행인 것은 그가 오늘 내로는 돌아올 거란 점이었다.

이에 남천은 또다시 객잔으로 돌아가기보다는 이곳에서 기다리기는 게 나으리라 생각했고 일꾼의 양해를 얻어 저택

한쪽에 마련된 객원에 자리하게 되었다.

객원은 저택의 중심에서는 다소 떨어져 있었다.

저택 전체가 그러한지 밤임에도 대청부터 방 안까지 대낮처럼 훤히 밝혀져 있었고, 보기 드문 시서화와 브물들이 곳곳을 장식하고 있어 커다란 눈요깃거리를 제공하였기에 기다리는데 지루하진 않았다.

또한 감당키 힘들 정도의 많은 음식과 진귀한 차가 대접되어 오히려 밤늦게 찾아온 자신들이 미안할 정도였다.

그렇게 한 시진 가까이 흘렀을 때였다.

너무 적적하게 시간만 지나가자 남천이 새삼스럽다는 듯, 말문을 열었다.

"과연 소문처럼 돈이 많은 사람인가 보군요."

"그래 보이네요. 그래도 저희 가문에 비하지는 못할 거예요."

남천이 백적산을 칭찬하는 게 못마땅했을까, 남궁상연은 조금 볼멘소리였다.

남천은 속으로 고소를 머금으면서도 그녀의 말에 동조했다.

"소저의 말씀이 맞습니다. 이 저택이 눈부실 정도로 각종 치장을 하긴 했으나, 남궁세가처럼 고풍스런 멋은 조금 떨어지는군요."

그제야 남궁상연의 눈빛이 예전처럼 반짝였다.

"그렇죠? 아무래도 갑자기 부자가 되어 그런 게 아닐까 싶어요. 그의 가문에 대해서 크게 소문이 난 적이 없었거든요."

남천은 천천히 고개를 끄덕이며 탁자에 앉아 있는 아이를 바라보았다.

아이는 이곳에 들어와서부터는 이전처럼 소리를 지르지도 않고 얌전하게 있었다.

이는 남천이 객잔에서 반드시 누나를 찾아주겠다고 굳게 약속을 한 후부터였다.

그는 비록 어리긴 했으나 남천의 진심을 알아보았다.

남천은 그런 그가 대견한지 조심스럽게 아이 머리를 어루만졌다.

그러던 중 남천은 갑자기 아직까지 물어보지 않은 중요한 사실 한 가지가 생각났다.

"명하야."

아이는 말없이 숙이고 있던 고개를 들었다.

"누나의 이름이 취하라고 했지?"

"응."

"취하를 데려간 사람이 백적산이 데려간다는 말 외엔 아무것도 하지 않았어?"

"응. 그렇게만 말했어."

남천은 백적산의 행동을 이해할 수 없었다.

여인을 납치하는 사람이 아무리 어리다고는 하지만 동생

에게 그 사실을 알렸다? 뭔가가 이상했다.

해코지를 하려면 그냥 잡아가는 것으로 족했다.

굳이 사실을 알릴 건 또 뭐란 말인가?

정중히 모셔갔다는 추측도 해봤지만 그도 아닌 듯했다.

'도대체 모르겠어.'

남천은 자신도 모르게 고개를 저었다.

"아! 한 가지 더 있다."

명하는 방금 생각이 났는지 크게 소리쳤다.

"돌덩이 몇 개를 줬는데 무거워서 버리고 왔어."

"그게 무슨 말이냐?"

남천이 눈을 크게 뜨며 다시 물었다.

"노란 돌덩이 세 개하고 저 누나가 찬 것과 비슷한 색깔의 돌덩이 두 개."

아이의 손은 남궁상연의 팔목을 가리키고 있었다.

그러자 무슨 이유에서인지 남궁상연은 안색이 대변하더니 벼락이라도 맞은 것처럼 소리쳤다.

"삼금이은보(三金二銀報)!"

"그게 뭡니까?"

남궁상연의 놀란 얼굴을 보고는 남천이 급히 물었다.

남궁상연은 미처 마음을 가라앉히지 못하고 눈을 부릅뜬 채 멍하니 있다가 남천을 돌아보며 입을 열었다.

"아무래도 저 아이가 받았다고 하는 것은 금 세 개와 은 두 개인 듯한데 이는 삼금이은보에요."

남천이 알아들을 수 없다는 표정이자 그녀는 재빨리 덧붙였다.

"삼금이은보는 오래전 하북성에서 번번이 이루어졌던 풍습이에요. 아니, 악습이죠. 가뭄이 들어 어려울 때면 가난한 이들이 딸을 부자들에게 돈을 받고 팔았는데 당시 여자를 사 간 사람이 금덩이 세 개와 은덩이 세 개를 보답으로 주었지요. 일단 한번 거래가 성사되면 사 간 사람이 여인을 어떻게 다루어도 부모 된 자는 뭐라 할 수 없었죠. 설령 여인을 죽인다 해도 말이에요."

그녀의 말을 듣고 난 남천은 얼굴이 딱딱하게 굳어졌다.

"그렇다는 말은?"

"명하에게서 삼금이은보로 취하를 사갔다는 뜻이죠."

순간 남궁상연의 말 외에도 또 다른 무엇을 들었는지 남천의 미간이 꿈틀거렸다.

'여인의 비명 소리!'

남천의 눈에서 형용할 수 없는 광망이 이글거렸다.

"이러고 있을 때가 아닌 것 같습니다. 명하야 나와 함께 가자!"

남천은 남궁상연에게 눈짓을 한번 주더니 명하를 끌어안고는 그대로 천장을 향해 몸을 솟구쳤다.

휘이익!

"어, 어?!"

명하는 갑자기 자신의 몸이 남천에 이끌려 허공으로 떠오르자 당혹스런 소리를 토해냈다.

객원이라고는 하나 커다란 건물이었기에 천장의 높이는 삼 장이나 되었다.

남천은 이 장쯤 몸이 떠오르자 가볍게 우장을 들어 머리 높이 뻗어 올렸다.

콰아앙!

굉음과 함께 지붕에 커다란 구멍이 뚫렸고 돌가루와 나뭇조각이 우수수 밤하늘로 솟구쳤다.

이전에 비해 더욱 부드럽고 더욱 강맹한 장력이다.

겨울바람에 남천의 장포가 거세게 나부꼈다.

지붕에 올라선 남천은 북쪽을 바라보았다.

저택의 중심부다.

뒤이어 지붕에 도착한 남궁상연은 그런 남천을 힐끗 보고는 넌지시 물었다.

"저쪽인가요?"

남천은 가볍게 고개를 끄덕였다.

"저 먼저 가보겠습니다."

그는 말을 마침과 동시에 몸을 날렸다.

그리고 순식간에 남천의 신형이 멀어졌다.

쉬이이잉!

남천의 품에 안겨 있는 명하는 입을 다물지 못했다.

거센 바람이 얼굴에 부딪쳐 숨조차 제대로 쉴 수 없었다.

주위의 경물들이 빠른 속도로 스쳐 갔다.

'아!

마치 매가 되어 하늘을 나는 기분이다.

지금 자신에게 무슨 일이 벌어지고 있는 것일까? 도대체 이게 뭘까? 사람이 이렇게 하늘을 날 수 있을까?

무공을 한 번도 보지 못한 명하로서는 이런 상황이 경이로울 뿐이었다.

그러던 어느 한순간 지붕 위로 신법을 전개하던 남천의 신형이 속도를 줄였다.

그의 눈앞으로는 지금까지와는 비교도 할 수 없을 만한 거대한 건물이 펼쳐져 있었다.

객원 역시 커다랬지만 이 건물은 그것의 다섯 배는 족히 되어 보였다.

"어?"

지붕 위에서 아래를 내려다보던 명하가 무엇을 보았는지 외마디 소릴 질렀다.

그는 남천의 품을 때리며 손짓을 했다.

"저 사람이에요! 나한테 돌덩이를 준 사람이"

명하가 가리키는 사람은 마당을 가로질러 걸어가고 있는

탁영이었다.

남천은 지체없이 아래로 몸을 날렸다.

그의 신형이 번뜩이는 순간 탁영에게서 일 장쯤 거리를 두고 나타났다.

탁영은 갑자기 자신의 앞에 나타난 한 젊은이를 보고는 눈을 가늘게 떴다.

한낱 상인의 하수인치고는 대담한 행동이었다.

보통 사람이었다면 이런 야심한 밤에 하늘에서 사람이 떨어져 내리면 놀라 기절했을 법도 했건만 그는 신음성 하나 내지 않았다.

남천은 한동안 그를 매섭게 노려보다가 불쑥 물었다.

"당신이 취하를 데려갔소?"

남천의 음성은 딱딱하기 그지없었다.

하나 탁영은 여전히 일말의 동요도 없이 슬쩍 남천의 품에 안긴 명하를 쳐다보고는 빙긋 웃었다.

그리고는 남천을 쳐다보며 부드럽고도 포근한 음성으로 입을 열었다.

"패검무자십니까?"

그는 일꾼으로부터 보고만 받고 직접 남천을 만나 보진 못했으나 상대가 명하와 함께 있는 것을 보고는 청년이 누구인지 짐작했다.

"그렇소. 그러나 당신은 내 질문에 대답하지 않았소. 취하를 데려간 사람이 당신이오?"

"맞습니다. 한데 잘못된 일이라도?"

어처구니없는 탁영의 태도에 남천은 화가 치밀었지만 애써 침착을 유지했다.

"그럼 그게 잘한 일이오?"

"패검무자께서는 이곳의 일을 잘 모르셔서 하시는 말씀입니다. 삼금이은보는 오래전부터……."

"닥치시오!"

남천은 더 이상 참지 못하고 버럭 소릴 질렀다.

"그것이 뭔지는 이미 알고 있소. 그렇다면 당신은 누구에게서 취하를 산 것이오?"

"그야……."

그는 명하를 쳐다보았다.

"이 아이 말씀이오? 이 아인 당신이 준 것이 무엇인지조차 모르고 있었소. 그래도 허튼소리만 계속하고 있을 셈이오?"

남천의 불같은 호통에 그는 고개를 설레설레 저으며 대답했다.

"그건 이 아이의 문제고 이쪽에선 분명히 셈을 치렀으니 문제될 게 없습니다."

"……!"

남천은 일시지간 말문이 탁 막혔다.

그가 멈칫거리고 있을 때 뒤에서 낭랑한 여인의 목소리가 들려왔다.

"당신의 계산은 철저한 편이군요."

조금 늦게 도착한 남궁상연이었다.

그녀는 천천히 걸어와 남천의 옆에 서더니 탁영을 똑바로 처다보며 입을 열었다.

"그것도 자신이 편할 대로 말이죠."

탁영은 예의 미소를 지우지 않은 채 대답했다.

"소저가 바로 남궁가에서 오셨다는 손님이시군요."

"맞아요. 남궁상연이 제 이름이죠."

그는 조그맣게 탄성을 지르며 아는 척을 했다.

"아, 이렇게 묵청치화를 만나 뵙게 되어 영광입니다. 진즉 알았다면 제가 먼저 달려갔을 터인데 아직 일이 서툰 자가 전언을 했기에 미처 몰랐습니다."

그는 빙긋 웃고는 다시 말을 이었다.

"한데 방금 전 하신 말씀은 어떤 의미인지 모르겠군요."

"별것 아니에요. 이거나 받으세요."

그녀는 품에서 조그만 주머니를 꺼내더니 탁영에게 던졌다.

"이게 뭐지요?"

"직접 풀어보세요."

탁영은 조심스럽게 주머니를 펴고는 안을 들여다보았다.

그 안엔 사람 엄지손톱만 한 붉은 구슬이 하나 들어 있었다.

"이건……. 적진주로군요. 저도 말로만 듣던 진귀한 물건인데 이걸 왜 제게……?"

영문을 모르겠다는 표정으로 탁영은 남궁상연을 바라보았다.

"그건 바로……."

남궁상연은 입가에 야릇한 미소가 떠올랐다.

그리고는 씹어뱉듯 소리쳤다.

"당신의 목숨 값이에요!"

파앗!

그녀의 손이 허리춤을 더듬는가 싶은 순간 어느새 뽑혀진 망현검이 탁영의 미간을 향해 번개처럼 쏘아져 갔다. 검은빛을 찬란하게 내뿜으며 허공을 가르는 망현검에는 진한 살기가 넘실거렸다.

남궁상연은 남천처럼 그의 말도 안 되는 변명 따위를 듣고 싶은 생각이 없었다.

여자를 물건 취급하는 인간을 눈앞에 두고 가만히 있을 그녀가 아니었다.

하나 탁영은 목숨이 경각에 달린 순간에도 예의 미소를 잃지 않고 있었다.

두 치만 더 나간다면 미간이 꿰뚫리는 상황.

티잉!

갑자기 무엇에 부딪쳤는지 기묘한 음향과 함께 망현검이

급격하게 위로 튀어 올랐다.

"엇!"

남궁상연은 급한 당혹성을 터뜨렸다.

그녀는 급히 쳐올려진 검을 빙글 원을 그리며 회수했고 만약을 대비하여 비스듬히 전신을 가렸다.

하나 예상외로 어떤 공격도 이어지지 않았다.

비록 그렇다고는 하나 한순간 서늘한 기운이 등골을 타고 흐르는 것은 어쩔 수 없었다.

전력을 다한 공격은 아니었고, 상대가 무인이 아니리라는 생각에 어느 정도 방심을 하고 있었다고 하나 자신의 일검을 이리 쉽게 막아내다니…….

'도대체 뭐가?'

그녀는 전신을 가린 채로 눈을 매섭게 떴다. 그러나 자신의 검을 막아낸 그 무엇을 찾진 못했다.

그녀의 앞에는 여전히 여유로운 표정으로 탁영이 서 있었다.

"듣던 대로 역시 묵청치화의 가시는 무섭군요."

"당신 역시 단순한 상인은 아니군요."

남궁상연도 지지 않고 내쏘았다.

"과찬의 말씀이오. 나는 상인이며 대인의 종복일 뿐이오."

남천은 그가 생각지도 못한 무공을 펼쳤음에도 전혀 놀라는 기색이 없다가 나직하니 물었다.

"백적산은 저 뒤에 있소?"

그의 눈은 탁영의 뒤쪽으로 향해 있었다.

탁영은 그답지 않게 피식 웃었다.

"물론 그곳에 계시오. 그러나 지금은 찾아갈 수 없을 거요."

"그건 또 왜 그렇소?"

"간단한 이치지. 내가 그렇게 만들 것이기 때문이오."

그는 무슨 자신감에서인지 무신의 제자를 앞에 두고서도 한 치의 위축됨이 없었다.

남천은 여전히 침착한 모습이었지만, 화를 낸 것은 옆에 있던 남궁상연이었다.

"헛소리!"

"헛소리인지 아닌지는 두고 보면 알게 될 일이오."

남천은 그를 물끄러미 바라보고는 다시 저 너머로 눈길을 돌렸다.

"아악!"

바로 그때 또다시 여인의 비명 소리가 들려왔다.

백적산이 있다는 그 방 안이었다.

남천은 더 이상 이곳에서 탁영과 대화하고 있을 시간이 없었다.

그녀의 비명은 처음 들었을 때와는 비교할 수 없을 만한 고통을 포함하고 있었기 때문이다.

"누나!"

명하가 비명 소리의 주인을 알아챈 듯 크게 소리쳤다.

남천은 급하게 남궁상연을 보며 말했다.

"소저! 저자의 병기는 가느다란 실입니다! 소저께서는 저자를 충분히 상대할 수 있습니다."

그리고는 명하를 안은 채로 탁영을 무시하며 그의 뒤로 신형을 날렸다.

"어딜!"

탁영의 눈에서 광채가 발해진다고 느끼는 순간 그의 손이 번개처럼 자신의 옆을 지나가는 남천의 어깨를 향해 떨어져 내렸다.

"당신의 상대는 내가 아니오!"

남천은 그를 보지도 않고 외친 후 좌수를 어깨 위로 크게 휘둘렀다.

치치칫.

"헛!"

탁영은 남천의 어깨를 향해 날아가던 자신의 병기에 변고가 생겼음을 느끼고는 순식간에 옆으로 방향을 틀어 비스듬히 내리쳤다.

좌아악!

그의 병기가 그대로 땅을 후려치며 먼지가 가득히 피어올랐다.

쉬아앙!

그의 눈은 급히 남천의 신형을 쫓았으나 남천은 이미 저 멀리 백적산이 있는 건물의 문 앞에까지 당도해 있었다.

남천의 피처럼 붉은 좌수가 내뿜은 시뻘건 빛이 검은 밤하늘에 길게 여운을 남기며 서서히 사라지고 있었다.

'이게⋯⋯.'

그는 믿을 수 없다는 표정으로 남천의 뒷모습만 멍하니 바라보았다.

이전까지 보이던 그의 여유있는 모습은 어느새 씻은 듯이 사라졌다.

'저런 신법과 장법이 있다니⋯⋯.'

눈으로 직접보지 못했다면 결코 믿지 못할 만한 무공이었다.

그가 멍하니 있을 때 뒤에서 남궁상연의 목소리가 들렸다.

"어딜 보고 있죠? 당신의 상대는 나예요. 이제 돌아서는 게 어때요?"

第三十二章

흑령신공(黑靈神攻)
―백적산의 정체

藍天俠傳

俠

"누나!"

문 앞에 당도한 명하가 크게 소리쳤다.

"명하야, 잠시만 눈을 감고 있어라."

남천은 나직하게 말한 후 좌수를 말아쥐었다가 펴며 문을 향해 앞으로 내밀었다.

콰앙!

커다란 문이 굉음과 함께 잘게 부서지며 방 안으로 밀려들어 갔다.

남천은 성큼 걸음을 내디뎌 방 안으로 들어갔다.

그 안의 풍경은 남천이 예상했던 바와는 조금 닫랐으나 크게 빗나가진 않았다.

남천은 혹시나 백적산이 취하를 겁탈하고 있는 중은 아닐까하고 크게 염려했으나, 다행히도 두 사람은 모두 옷을 제대로 입고 있었다.

'그나마 다행이구나.'

남천은 아무도 모르게 안도의 한숨을 내쉬었다.

여인에게 있어서 정절이 얼마나 소중한 것인지는 그 역시도 잘 알고 있었다.

"누나!"

취하를 알아본 명하가 눈을 커다랗게 뜨고 소리쳤다.

그녀는 어깨뼈가 부러진 고통에도 동생의 목소릴 듣고는 천천히 고개를 돌렸다.

동생을 만난 반가움에 그녀의 뺨에 한 방울의 눈물이 흘러내렸다.

"명하야!"

명하는 누나에게 달려가려고 버둥거렸으나 남천은 그를 안고는 놓지 않았다.

한편 백적산은 시뻘게진 눈을 하고는 여전히 취하의 양 어깨를 움켜쥔 채로 남천을 바라봤다.

그의 추한 얼굴이 미세하게 씰룩이고 있었다.

한참 기대에 차 있을 때 사랑하고 있던 취하는 자신을 거부했고, 누군지도 모르는 놈이 문을 박살 내고 안으로 난입했으니 백적산은 불같은 분노에 이성이 마비될 지경이었다.

그는 남천과 명하를 번갈아 몇 번을 쳐다보더니 남천의 얼굴에 시선을 고정시켰다.

"넌 뭐 하는 놈이냐?"

남천은 좀 전에 만났던 준수한 중년인을 보고 이미 예상했지만 이 백적산은 더욱 만만한 상대가 아니라는 생각이 다시금 들었다.

평시에는 숨기고 있었겠으나 지금의 백적산은 노했기 때문인지 진득한 살기를 줄기줄기 뿜어내고 있었다.

게다가 얼굴마저 흉했기에 마치 흉신악살을 보는 듯했다.

남천은 그에게서 시선을 떼지 않은 채 담담히 대답했다.

"내 이름은 남천이라 하오."

지금 백적산의 손에 취하가 잡혀 있으니 그의 성질을 자극하는 것은 위험했다.

만약 그가 취하의 목숨을 취하려 하면 그의 무공을 가늠했을 때 남천이 이를 저지하기엔 거리가 너무 멀었다.

때문에 남천의 음성은 담담하다 못해 부드럽기까지 했다.

"남천?"

그는 일시에 남천이란 이름을 기억해 내지 못하고 고개를 갸웃했다.

그러다 갑자기 깨달은 듯 그의 눈에 이채가 떠오르며 불쑥 물었다.

"패검무자라는 그 남천 말이냐?"

"그렇소."

그는 아미를 잔뜩 찡그렸다.

"그런데 이 밤중에 여긴 무슨 일로 왔지?"

그는 남천과 명하를 보고서도 상황 파악이 전혀 안 되는 듯했다.

정말 제정신이 아닌 것처럼 보였다.

남천은 그럼에도 침착하니 대답했다.

"이미 이곳에 온 지 한 시진도 넘었소. 그리고 당신을 찾아온 이유는 이 아이의 누나를 찾기 위해서요."

"한 시진이 넘어?"

의외라는 표정으로 되묻던 그는 갑자기 얼굴을 와락 구겼다.

그제야 탁영의 말이 생각났기 때문이다.

'찾아왔다는 손님이 바로 저놈이었군. 그 병신 같은 놈이 누가 찾아왔는지를 먼저 말했어야 했는데.'

미리 알았더라면 처음부터 조심했을 터였다.

사실 탁영은 그때 이미 말하려 했으나 자신이 급한 마음에 물리친 것을 그는 까맣게 잊고 있었다.

그러나 귀찮기는 할지언정 두렵지는 않았다.

패검무자든 패검유자든 죽여 없애면 그뿐이다.

그 후에 다시 예전의 즐거움을 찾으면 되었다.

백적산은 한순간 잃어버렸던 이성을 서서히 되찾아가고 있었다.

그의 얼굴에 음산한 미소가 피어올랐다.

"그 아이의 누나라면 취하 말이군."

"그렇소."

"내가 주지 않겠다면 어쩔 셈이지?"

남천은 지그시 그의 눈을 응시하다가 고개를 천천히 저었다.

"당신이 대의로서 그러지 않기를 바랄 뿐이오.'

그는 남천의 말이 의외인지 멀뚱거리다가 크게 웃음을 터뜨렸다.

"크하하핫! 대의로 그러지 않기를 바란다? 여기까지 왔으면 내가 어떤 사람인지 이미 파악했을 텐데. 나에게 대의를 바라시나?"

그는 한참 동안을 큭큭거리더니 돌연 정색을 추 했다.

"나에겐 대의는커녕 소의도 없어. 그러니 자네는 나의 자비를 바라기보다 자네의 힘을 믿어야만 할 거야."

"그것도 충분히 감안하고 있소."

"대단한 자신감이군. 나를 너무 우습게보고 있어. 아직은 어려도 무신의 제자라 이건가?"

남천은 아무런 대꾸도 하지 않았다. 다만 명하를 품에서 내려놓았다.

그는 명하의 뺨을 한번 부드럽게 쓰다듬고는 험악한 분위기와는 상반되게 빙긋 웃었다.

"명하야, 이 형을 믿지?"

명하는 남천과 저쪽에서 키득거리고 있는 백적산, 그리고 취하를 한번씩 쳐다보고는 고개를 끄덕였다.

새처럼 하늘을 날고, 누나를 찾아주겠다는 약속을 지켰고, 단번에 커다란 문짝을 날려 버리는 그의 모습은 명하에게 깊은 신뢰를 심어주었다.

"그래. 그럼 이 형만 믿고 멀리 물러서 있어라."

남천은 명하를 뒤돌아 세우고는 등을 가볍게 토닥였다.

명하는 방 밖으로 걸어가면서도 연신 뒤로 고개를 돌려 남천을 바라보았다.

그때마다 남천은 믿음직한 미소를 지어 보였다.

명하가 문 밖 안전하게 생각되는 곳까지 물러난 것을 확인하고 남천은 몸을 돌렸다.

"당신을 우습게보는 건 아니지만 난 나를 믿소."

그리고는 한쪽에서 가느다랗게 떨고 있는 취하를 슬쩍 쳐다보고는 입을 열었다.

"한데 당신은 그렇지 못하오?"

그는 남천의 시선을 따라 취하를 쳐다보고는 남천의 뜻을 이해했다.

"그래, 그래. 무슨 말인 줄 잘 알겠어."

백적산은 고개를 크게 끄덕이더니 취하를 향해 버럭 소릴 질렀다.

"네년도 밖으로 나가거랏."

취하는 고막을 찢을 듯한 커다란 호통 소리에 소스라치게 놀랐으나 이내 천천히 몸을 일으켜 비틀거리는 걸음으로 밖으로 향했다.

그녀는 남천의 옆을 지나면서 잠시 멈춰서서 그의 얼굴을 바라보더니 다시 걸음을 옮겨 문 밖으로 사라졌다.

그 모습을 끝까지 지켜보던 백적산은 남천에게로 시선을 옮기며 히죽 웃었다.

"어디 그럼 패검무자라는 광오한 별호를 가진 자네의 솜씨를 한번 볼까?"

남천은 그의 말에도 한참 동안 묵묵히 있었다.

잠시 후 남천은 정중히 포권을 취하며 입을 열었다.

"호의에 감사드리오."

만약 백적산이 앞뒤 가리지 않고 손을 썼다면 취하는 이미 죽은 목숨이었다.

그러니 비록 적이긴 하지만 순순히 그녀를 풀어준 것에 대해 남천은 고마움을 표시했다.

"하핫, 내게 고마워할 필요 없어. 그건 호의가 아니니깐. 어차피 저 아이는 도망치지 못하고 일각 후면 다시 내 품에 안겨 있을 테니."

남천은 포권을 풀었다. 그리고 그 순간 남천의 기도가 일순 변했다.

남천에게서 흘러나온 부드럽고도 강맹한 기세가 느릿하게 넓은 방 안을 채워갔다.

서자충천공을 끌어올리고 있는 것이다.

남천의 기운을 느낀 백적산은 탄성을 내질렀다.

"호오! 역시 마등태세를 해치웠다는 소문은 진짜였나 보군. 대단한 기세구만."

그러나 말과 달리 그는 전혀 위축돼 보이지 않았다.

남천은 주먹을 굳게 쥐고서는 백적산을 노려보았다.

"한 가지만 묻겠소."

"응?"

"당신은 상인이오, 무인이오?"

"글쎄……. 자네가 보기엔 어느 쪽 같나?"

남천은 잠자코 있었다.

백적산이 재미없다는 표정으로 손을 휘휘 내저었다.

"이런, 이런. 재미없는 친구구만. 이미 알고 있을 텐데 뭘 물으시나."

그의 입가에 묘한 비웃음이 떠올랐다.

"나는 상인이자 무인이고, 또 한 가지가 더 있지만 그건 비밀일세. 어차피 자넨 내 손에 죽을 테니 내가 직접 말해주어도 되겠지만 그러면 너무 재미없잖은가. 나머지 하나는 자네가 직접 맞추어보게나. 어때, 괜찮겠지?"

남천은 웃으라고 하는 그의 이야기가 전혀 듯기지 않았다.

오히려 정체를 감춘 채 돈을 벌고, 여인을 농락한 그에게서 역겨움만이 느껴질 따름이었다.

"그렇지만 처음부터 나는 무인이었어. 상인은 그 나중이지. 크크크. 어때 궁금증은 풀렸나?"

남천은 짤막하게 고개를 끄덕였다.

상대가 상인이라 했다면 목숨만은 남겨주려 했다.

그러나 무인이라면 전혀 그럴 필요가 없다.

남천은 그를 세상에서 없애기로 마음먹었다.

"한데 언제까지 그렇게 노려보고만 있을 참인가? 기다리기에 지루해서 말이야."

그의 말이 끝나는 것과 동시였다.

쉬익!

순간 남천의 몸이 빛살처럼 늘어지는가 싶더니 어느새 이 장의 거리를 격하고 백적산의 면전으로 쇄도해 들어가고 있었다.

그리고 그와의 거리가 가까워지자 양팔을 휘둘러 오장을 폭포수처럼 쏟아냈다.

그그궁.

백적산의 전신을 둘러싸고 공기의 강한 파동이 일어났다.

이력충비수의 오류장이다.

오류장은 목숨 줄을 한 번에 끊는다기보다는 위맹한 장력의 힘을 빌어 상대를 옭아매는 묘용이 있는 무공으로써 상대의 실력을 확실히 파악치 못했을 시에 사용하기에 적합한 무공이었다.

백적산의 화려한 장포가 장력을 이기지 못하고 미친듯이 휘날렸다.

그럼에도 백적산의 본신은 한 치의 떨림도 없었다.

"역시 나를 우습게보고 있어."

가득히 둘러싸고 있는 장력 속에 백적산의 호기로운 음성이 울려 퍼졌다.

그의 우수가 커다란 원을 그리며 허공을 빠른 속도로 휘저었다.

촤촤촤촥!

비단 폭 찢기는 소리가 남천의 귀청을 강하게 때렸다.

그와 함께 남천의 장력 모두가 반으로 쪼개졌다.

'……!'

역시 예상대로 백적산의 일신의 공력은 놀라운 것이었다.

아무런 힘도 들이지 않고 오류장의 장세를 파훼했으니 말이다.

남천의 눈빛이 더욱 깊게 침잠되었다.

어차피 이 한 수로 끝나리라고는 추호도 생각지 않았다.

그는 처음의 장세가 완전히 사라지기 전에 곧바로 삼장을 다시 쳐냈다.

그리고 세 가닥으로 나뉜 장력이 허공에 머무는 동안 이장이 뒤따랐고 곧이어 일장이 다시 이어졌다.

그에 따라 남천의 양손이 점점 붉어졌다.

첫 번째 장보다는 두 번째 장이 두 번째 장보다는 세 번째 장이 더욱 피처럼 붉었다.

장력의 개수는 뒤로 갈수록 적어졌지만 그 힘이 배가되고 있다는 증거였다.

백적산도 이번엔 방금 전처럼 쉽게 상대할 수 없다 생각했는지 우렁찬 기합성을 토해냈다.

"하압!"

그의 장포가 터질 듯이 부풀어 올랐다.

검은 빛을 뿌리는 기운이 그의 등 뒤에서부터 피어올라 양손으로 이어졌고, 이내 천지를 울리는 굉음과 함께 남천의 장력을 향해 폭사되었다.

콰콰쾅!

두 개의 막강한 장력이 맞부딪치자 커다란 방이 흔들거렸다.

후두두둑.

벽면을 장식하고 있던 고화들이 우수수 떨어져 내리고, 거센 바람이 방 안에 휘몰아쳤다.

"그래! 이 정도는 되어야 무신의 제자지!"

그는 남천의 장력에도 전혀 영향을 입지 않은 듯 장세가 사라지기도 전에 크게 고함치며 덮쳐들었다.

그때부터 꽹음을 동반한 일장박투(一場搏鬪)가 시작되었다.

백적산은 눈부시게 빛나는 장포를 거칠게 휘날리며 사방에서 어지럽게 번뜩거리는 놀라운 신법을 발휘했고 검은 빛을 띠는 장력을 쉴 새 없이 남천에게 퍼붓고 있었다.

반면 남천은 신풍광비보를 적절히 섞어가며 이력충비수의 삼천단합장(三天斷合掌)을 앞세워 맞섰다.

시간이 흐를수록 남천은 과연 오늘 쉽지 않은 상대를 만났다는 것을 실감했다.

남천이 펼치고 있는 장법은 원래 그 자체의 위력만으로는 대단할 게 없는 것이었으나 서자충천공의 공력이 뒷받침되면서부터 전혀 다른 절공으로 변모한 장법이었다.

이의 위력은 권법으로 이름 높은 황보가의 패황삼절에 버금 갈 정도였다.

그럼에도 상대를 제압하지 못하고 있었으니 백적산의 무공이 이미 상승의 경지에 이르렀다는 것은 두말할 나위 없는 사실이었다.

그리고 한 가지 의문도 함께 떠올랐다.

천하에 흑장공은 여러 가지가 있겠으나 자신의 삼천단합장에 밀리지 않을 만한 장법은 흔치 않았다.

'도대체 무엇이기에?'

게다가 백적산의 보법 또한 육대세가 비무대회에서 보던 여타 보법들에 비해 한 수 위였다.

비록 세가 비무대회가 서른 이전의 후기지수들만이 출전하는 대회라 그 수준이 강호명숙들에 비해서는 몇 수 뒤지기는 했지만 말이다.

당시에는 자신의 신풍광비보를 따라잡는 사람조차 드물었거늘…….

천하에는 기인이사들이 셀 수 없이 많다는 사부의 말이 새삼 떠올랐다.

한낱 상인으로 알려진 백적산이 자신과 대등하게 승부를 하고 있으니 말이다.

남천이 생각을 하고 있는 동안에도 백적산의 장력은 쉬지 않고 몰아쳐 왔다.

퍼퍽! 퍼퍼펑!

허공을 가득 뒤덮는 흑빛 장영, 그리고 남천의 붉은 장영.

서로 다른 성질의 장력들은 한 치의 밀림도 없이 호각지세를 보이고 있었다.

그렇게 오십여 초가 흘렀을 때쯤.

"이게 말로만 듣던 일수만병파의 무공인가? 핫핫핫. 이게 전부라면 그도 나약한 존재였군!"

백적산이 비웃음을 터뜨렸다.

그 말이 자존심을 건드렸을까? 남천의 눈이 한차례 매섭게 번뜩였다.

"그렇게 보고 싶다면 보여주겠소!"

남천은 크게 한번 손을 휘둘러 뒤로 물러나고는 곧바로 다시 짓쳐들어 갔다.

그의 기세가 또다시 변했다.

여태까지 항상 부드러움을 간직하고 있던 남천의 기운이 일순 강맹함으로만 가득 찼다.

또한 뜨거운 열기가 그의 전신에서부터 뿜어져 나와 믿을 수 없게도 아지랑이가 피어오르는 것처럼 보였다.

그에 따라 남천의 뒷배경이 흐릿해졌다.

남천은 덮쳐드는 기세 그대로 오지를 쫙 편 채 우수를 휘둘렀다.

그의 손끝에는 어느새 다섯 가닥의 기다란 붉은 기운이 먹이를 노리는 뱀처럼 꿈틀거리고 있었다.

쉬아아앙!

다섯 가닥의 홀벽쇄혼지가 허공을 매섭게 찢어발겼다.

백적산도 남천의 공력이 의외였는지 두 눈을 크게 치떴다.

그로서도 홀벽쇄혼지는 처음 보는 지법이었다.

일반적인 지법이 튕기는데 반해 지금 눈앞에 보이는 지공은 공력이 실처럼 이어져 있었다.

게다가 언뜻 보기에도 웬만한 도검으로도 막기 어려울 정도의 무서운 힘이 내재되어 있었다.

"크아압!"

백적산은 괴성을 내질렀다.

그의 두 손이 완전히 시커멓게 변했다.

마치 먹물을 듬뿍 머금은 형상이다.

시커먼 와중에도 팔뚝에는 굵은 핏줄이 불뚝 솟아올라 있어 위압감을 자아냈다.

그리고 호조를 이룬 그의 손이 홀벽쇄혼지를 맞아갔다.

남천의 눈이 부릅떠졌다.

'어리석은!'

자신의 홀벽쇄혼지는 금석을 녹인다.

병기를 깨부순다.

그것이 일수만병파의 무공이거늘 저자는 그런 사실도 모르는 것일까?

저대로 부딪친다면 남는 것은 그의 잘려진 팔임은 불을 보듯 뻔했다.

하나 남천은 이미 살심을 품었다.

조그만 인정에 이끌려 승부를 피할 수는 없었다.

그는 그대로 손을 내리그었다.

치이이익!

무언가 타는 소리와 함께 연기가 피어올랐다. 그리고 살이 타는 듯한 냄새마저 진하게 풍겨 나왔다.

그러나 그뿐, 남천의 예상은 보기 좋게 빗나갔다.

백적산의 우수를 휘감은 홀벽쇄혼지는 그의 손목을 절단하지 못했다.

백적산은 놀랍게도 꿈틀거리는 홀벽쇄혼지를 꽈악 잡고 있었다.

'말도 안 돼!'

남천은 벌어지는 입을 다물지 못했다.

천하에 홀벽쇄혼지를 맨손으로 잡는 이가 있었다니!

백적산의 이마에는 붉은 힘줄이 툭툭 불거져 나왔고 굵은 땀방울이 배어 있어 고통을 참고 있음이 분명했으나 기이한 한줄기 미소 또한 떠올라 있었다.

그것은 득의의 미소였다.

"구경 잘했으니 이젠 끝내야겠지?"

백적산은 고통스런 와중에도 빙긋 웃더니 홀벽쇄혼지를 쥐고 있던 손을 그대로 끌어당겼다.

"엇!"

남천의 몸이 부지불식간에 백적산에게로 딸려갔다.

홀벽쇄혼지와 연결된 공력을 끊어내려 했으나 너무 늦고 말았다.

퍼억!

어느새 수도로 바뀐 백적산의 좌수가 남천의 심장 네 치 밑의 사혈을 깊게 찔렀다.

"크윽!"

촤아악!

그의 수도가 빠져나가자 시뻘건 핏물이 분수처럼 솟구쳤다.

남천은 이를 악물었다.

이제 자신의 피라면 지긋지긋하게 봐왔다.

이 정도로 정신을 잃거나 죽을 정도로 자신은 나약하지 않았다.

남천은 그 상태로 급히 우장을 들어 그의 아랫배에 갖다 대었다.

그러나 그 어떤 파열음도 혹은 폭풍 같은 음향도 터져 나오지 않았다.

이미 모든 공력을 소진한 것일까?

"독한 놈이군!"

백적산은 툭하니 뇌까렸다.

"이젠 죽어!"

이미 사혈을 짚인 이상 대라신선이 돌아와도 살리지 못한다.

그는 그런 남천의 모습을 죽기 전의 마지막 몸부림이라고 생각하고는 우수를 휘둘러 그대로 남천을 벽에다 내동댕이쳤다.

쿠당탕!

남천의 몸이 벽면을 강하게 두드리고는 아래로 떨어져 내렸다.

백적산은 남천이 이미 죽었으리라 생각하는지 여유롭게 자신의 그을린 손을 어루만졌다.

"무서운 지공이긴 하군. 나의 팔성에 이른 흑령체(黑靈體)를 손상시키다니. 제자가 저 정도면 그 사부란 자는 되도록 만나지 않는 게 좋겠어. 후후."

그가 한동안 손을 어루만지고 찢어진 옷매무새를 바로 한 다음 방을 빠져나가려고 할 때였다.

무엇을 보았는지 순간 그의 눈이 찢어질 듯 커졌다.

"어?"

죽은 줄 알았던 남천의 신형이 느릿하게 일어서고 있었다.

미칠 듯이 뿜어져 나오던 피도 어느새 멎어 있다.

게다가 그의 눈은 죽어가는 사람의 그것이 아니었다. 오히려 전보다 훨씬 양명한 광채를 뿌리고 있었다.

"이… 이게. 분명……."

그는 눈앞의 광경이 믿기지 않는지 자신의 손을 다시 한 번 내려다보며 중얼거렸다.

"분명 이 손으로 사혈을 짚었는데……. 어떻게?"

백적산에게서 지금까지의 느긋함이 사라졌다.

그는 남천이 익힌 서자충천공을 전혀 몰랐다.

이미 개혈을 이룬 남천에게 사혈이란 존재하지 않았다.

이를 알지 못하는 백적산으로서는 남천이 마치 유령처럼 보였다.

게다가 남천은 지금까지의 혈투에서 지혈의 중요함을 깨달았다.

피가 부족하면 아무리 서자충천공이라 해도 제 본연의 위력을 발휘하지 못했다.

때문에 그는 벽면에 부딪쳐 아래로 떨어지자마자 급히 지혈을 했다.

지혈이라 하여 다른 무인들처럼 혈을 짚어 혈행을 막는 것이 아니었다.

단지 그 상처 부위의 혈행 전체를 줄인 후, 기혈의 힘으로 막고 일시의 시간만 지나면 다시 원상태로 회복되었다.

이런 서자충천공의 묘용을 아는 이 자체가 강호에 거의 없었으니 백적산이 놀라는 것은 당연했다.

남천은 그를 뚫어지게 쳐다보다가 서서히 말문을 열었다.

"그랬군."

"……!"

"흑령신마공(黑靈神魔攻)을 익혔던 거로군."

백적산은 소스라치듯 놀라 소리쳤다.

"그걸 네놈이 어찌 아느냐?"

그는 얼마나 당황했는지 자신이 방금 전에 한 말도 기억하지 못했다.

흑령신마공은 강호십칠대금공(江湖十七代禁功) 중에서도 열 손가락 안에 드는 마공이었다.

백여 년 전에 강북 일대를 떠들썩하게 했던 흑령신마의 독문무공으로써 십성에 이르러 흑령신의 단계에 오르면 몸이 검게 변하고, 그때부터는 어떤 병기로도 몸을 상하게 할 수 없다는 금단의 마공.

그것이 시간을 거슬러 백적산의 손에 의해 현세에 드러난 것이었다.

"그래서 삼금이은보라는 구실 아래 여인을 납치했소?"

"뭣?"

남천은 그 어느 때보다 분노에 차 있었다.

지금까지는 취하의 미색에 이끌려 백적산이 그녀를 납치했다고 생각했지만 흑령신마공이라면 이야기가 달랐다.

흑령신마공은 사실 겉으로 펼쳐지는 외양만을 보아서는 마공이 아니었다.

극상승의 외문무공으로 분류될 수도 있었다.

그러나 흑령신마공은 그토록 단순하지 않았다.

흑령신마공을 익히기 위해서는 혹은 익힌 사람은 여인을 품지 않고는 보름도 버티지 못했다.

칠공에서 피를 쏟으며 죽기 때문이다.

게다가 흑령신마공을 익힌 자와 잠자리를 함께 한 여자도 채 닷새가 지나기도 전에 마찬가지로 피를 쏟고 죽었다.

그래서 마공이었다.

그 때문에 당시 흑령신마가 강호에 나타났을 때 수많은 여인들이 목숨을 잃어야만 했다.

남천은 이러한 사실을 사부로부터 들었다.

지금 이자의 무공이 자신의 입으로 팔성이라 했으니 마공을 익힌 지 이미 오랜 시간이 흐른 뒤였다.

그렇다면 얼마나 많은 여인들이 그동안 희생을 당했겠는가.

남천은 그렇게 아무것도 모른 채 죽어갔을 여인들을 생각하자 피가 거꾸로 솟는 기분이었다.

남천은 장포를 벗어던졌다.

"당신은 오늘 반드시 죗값을 치르게 될 것이오."

"이… 미친놈이 어디서!"

백적산이 남천의 말에 막 발작을 일으키려는 찰나였다.

어디선가 삐그덕 거리는 소리가 들려왔다.

남천의 시선이 백적산 뒤쪽에 상석으로 보이는 의자로 향했다.

의자는 몇 번인가 소리를 내더니 옆으로 밀려났다. 그리고 그 밑의 양탄자도 밀려나더니 바닥이 열리며 무언가가 불쑥 솟아났다.

그것은 바로 사람 머리였다.

봉두난발에 흙먼지가 잔뜩 끼어 있어 지저분하기 짝이 없는 머리.

그 머리는 사방을 두리번거리더니 백적산을 보고는 히죽 웃었다.

그런 후 그로부터 조금 떨어져 있는 남천을 발견하고는 흠칫 놀라더니 아래를 보고는 큰 소리로 외쳤다.

"여기 다른 사람도 있습니다."

그러자 아래에서 열댓 살이나 먹었을 법한 소년의 목소리가 들려왔다.

"아, 빨리 올라가세요. 저 힘 빠져요."

봉두난발의 괴인은 머리를 긁적이더니 방으로 올라와 완전히 모습을 드러냈고, 잠시 후 한 명의 소년과 또 다른 괴인 두 명이 더 올라왔다.

소년을 제외한 세 사람은 대략 나이가 오십을 넘어 육십은 되 보이는 중늙은이였으나 네 사람의 공통점도 있었으니 그건 바로 하나같이 거지꼴이라는 점이었다.

남천은 느닷없는 이 변고에 당황스러웠다.

방금 전까지 박투를 벌이던 방 한쪽에 저런 비밀 통로가 있으리라고는 전혀 예상치 못했으며, 또한 저들은 지금 이곳의 상황이 어떤지 전혀 눈치 채지 못하고 있는 듯 태평스러웠다.

하나 남천이 당황스러워하는 반면 백적산은 온몸을 눈에 띄게 부들부들 떨고 있었다.

그는 지금 나타난 이들의 정체를 알고 있어 보였다.

"어!"

거지 소년은 주위를 훑어보다 남천을 발견하고는 외마디 소리를 질렀다.

남천 역시 소년을 발견했지만 다만 낯이 익다고만 생각될 뿐 딱히 아는 사람은 아니었기에 잠자코 있었다.

거지 소년은 남천을 뚫어지게 바라보더니 갑자기 활짝 웃으며 남천에게로 뛰어왔다.

그에게는 백적산과 남천 간의 치열한 긴장이 보이지 않는 듯했다.

그는 남천 앞에 빙긋 웃더니 입을 열었다.

"나 기억 안나요?"

남천은 잠시 동안 소년이 누군지 떠올리려 애썼으나 도저히 기억나지 않자 고개를 가로저었다.

"너무하시네. 작년 남궁세가 정문에서 만난 왕태삼! 그래도 몰라요?"

소년은 한심스럽다는 표정을 지었다.

'작년 남궁세가? 그때 무슨 일이 있었더라…….'

"아!"

남천은 그제야 퍼뜩 무언가가 떠올랐다.

"기억해 냈군요?"

소년은 눈을 반짝였다.

"그때 내가 돈을 주었던 그 애?"

"맞아요. 그때 주신 금전은 아주 요긴하게 잘 썼죠."

거지 소년은 씨익 웃으며 고개를 끄덕였다.

이 난데없이 나타난 거지 소년은 남천이 흑갈방을 해치우고 남궁세가에 들렀을 때 길거리에 앉아 있었던 왕태삼이었다.

당시 남천은 예전의 자신의 처지와 비슷해 보이는 그가 불쌍하여 남궁상연에게 빌려 금전을 준 적이 있었다.

워낙 짧은 시간의 만남이었기 때문에 일시지간 기억해 내지 못했다.

"그런데 네가 어떻게 여길?"

남천은 다소 어리둥절하여 물었다.

황산과 여기 하북성은 엄청나게 먼 거리였다. 이런 곳에서 그를, 그것도 백적산의 거처에서 만나게 됐으니 의문이 드는 것은 당연한 일이었다.

"그건 오히려 제가 묻고 싶은 말인데요. 형이 어떻게 여기 있는 거죠?"

소년은 당돌하게 물었다.

남천은 막상 설명을 하자니 장황한 일인지라 쉽사리 말을 꺼내지 못했다.

결국 중간의 모든 내용을 생략한 채 간단히 밝혔다.

"지나가던 길에 백적산에게 납치된 소녀가 있다는 말을 듣고 찾게 되었다."

"그럼 저 사람과 지금 겨루려던 참이었나요?"

믿을 수 없다는 듯 왕태삼의 눈이 갑자기 왕방울만 하게 커졌다.

남천은 가볍게 고개를 끄덕였다.

"정확히 하자면 겨루고 있는 중이었지."

"네?"

이번엔 왕태삼의 입이 헤 벌어졌다.

"남궁가에 들어가는 모습을 보고 무인이리라고는 대충 예상했지만 흑령신마공을 상대로 겨룰 수 있을 정도라면 형의 무공은 무척이나 고강하겠네요."

이번엔 반대로 남천이 놀란 표정이 되었다.

"넌 이미 저자가 익힌 무공을 알고 있었느냐?"

"물론이에요. 그랬으니 제가 여기까지 왔죠."

남천은 왕태삼의 당연하다는 대답에 그를 뚫어져라 처다봤다.

직접 겪어보아 흑령신마공의 무서움을 아는 남천은 그의 말이 믿기지 않았다.

상대의 무공을 알면서도 적으로 삼는 경우는 피치 못할 사정이 있을 경우이거나 감당해 낼 자신이 있는 경우였다.

지금 왕태삼의 태도로 보아서는 후자임이 분명한데 아무리 보아도 그럴 것 같진 않았기 때문이다.

왕태삼은 남천에게서 그가 궁금해하는 것이 무엇인지를

깨닫고는 히죽 웃었다.

"아, 당연히 저 혼자서는 어림없는 일이에요. 그래서 저분들이 함께 와주셨죠."

남천은 왕태삼의 손이 가리키는 세 명의 괴인을 바라보았다.

'고수.'

그리고 그제야 소년의 말이 이해됐다.

처음엔 어설프게 등장하여 크게 신경 쓰고 있지 않았지만 자세히 살펴보니 세 사람 모두 절정에 이른 고수였다.

특히 가장 우측에 있는 노인은 남천으로서도 가늠하기 힘들 정도였다.

"소개해 드릴게요. 본 방의 한거단(閑居團)에 계시는 세 분이에요. 우측에 계신 분이 단주님이시고 다른 두 분이 부단주님이세요."

'한거단?'

남천은 이채를 띤 눈으로 급히 소년을 쳐다봤다.

왕태삼은 또다시 히죽 웃었다.

"맞아요. 우린 개방에서 왔어요."

한거단이라면 개방 내에서도 가장 최고수들로만 모인 일종의 감찰단이었다.

그런 한거단의 단주와 부단주가 부유한 상인의 거처에 나타났다는 것은 놀라운 일이 아닐 수 없었다.

왕태삼은 이번엔 남천을 소개하려 했다.

"단주님 이쪽은 일전에 저를 도와주신 분으로서… 에 그게……."

그러나 그는 더 이상 말을 잇지 못했다.

아직까지 남천의 이름조차 모르고 있었기 때문이다.

남천은 급히 세 사람을 향해 포권을 취하며 입을 열었다.

"청양의 남천이라 합니다."

그러자 세 사람과 왕태삼의 표정이 눈에 띄게 변했다.

가장 최근 이곳 하북과 산서를 중심으로 가장 빠르게 유명세를 타고 있는 이름이 바로 패검무자 남천이었다.

세 사람은 서로 눈빛을 마주치더니 가장 우측에 자리한 한 거단주가 흐뭇한 표정을 지으며 입을 열었다.

"누구신가 했더니 강호에 명성이 자자한 패검무자셨구만. 이렇게 만나게 되어 반갑네. 나는 개방의 초곤상(楚坤湘)이라 하네. 이 두 사람은 각기 송립방(宋立芳)과 정패(丁覇)라 하지."

남천은 다시 두 사람을 바라보며 허리를 숙였다.

"만나 뵙게 되어 영광입니다."

세 사람은 모두 구파로 치면 장로에 버금가는 신분이었다.

송립방이 헤벌쭉 웃으며 손사래를 쳤다.

"다 늙어가는 우리에게 너무 예를 차릴 필요는 없다네. 오히려 강호의 신성을 만나게 된 우리가 영광이지. 자네를 보니 내 눈이 다 시원해지는구만. 그렇지 않은가 자네?"

옆에 있던 정패가 머리를 긁적였다.

"당연하지 당연해. 우리야 낼모레면 땅속으로 들어갈 몸이지."

송립방은 무슨 소리냐는 듯이 다시 손사래를 쳤다.

"아냐아냐. 나는 낼모레에도 버젓이 땅 위에 서 있을 테니. 나는 해당되지 않아. 자네나 땅속으로 어여 기어들어 가게."

그러나 정패는 고개를 설레설레 흔들며 말을 계속했다.

"당연하지, 당연해. 자네야말로 땅속으로 기어들어 갈 몸이지. 내가 묘는 잘 다듬어줄 테니 걱정하지 말아."

송립방의 송충이 같은 눈썹이 곧장 하늘로 솟구쳤다.

"이, 미친놈아. 귀 좀 후비고 살아. 내 말을 도대체 똥구멍으로 듣는 거야?"

"그럼, 그럼. 걱정 붙들어 매라니까. 다 너 생각해서 하는 소리니까. 너무 고마워하진 말고."

"아니, 이놈이 점점."

정패의 횡설수설에 송립방은 얼굴이 대춧빛처럼 뻘개졌다.

결국 두 사람의 추태가 계속되자 초곤상이 나직하니 말렸다.

"이제 그만. 여기엔 우리만 있는 자리가 아닐세."

그래도 아직 부아가 풀리지 않았는지 송립방은 한차례 정패를 향해 눈을 부라리고는 고개를 홱 돌렸다.

"자네에게 실례를 했구만. 원래 저런 사람들이니 자네가 이해해 주게나."

"별말씀을 다 하십니다."

그때까지 멀뚱거리며 남천을 올려다보던 왕태삼이 슬며시 물었다.

"형이 정말 그 패검무자예요?"

남천은 머쓱한 웃음을 지었다.

오늘만 벌써 여러 번 듣는 소리였다.

남천이 고개를 끄덕이자 왕태삼은 크게 탄성을 질렀다.

"이야! 전혀 의외네. 내가 생각하고 있던 패검무자와는 전혀 달라요."

이건 칭찬일까? 아니면 욕일까?

남천은 쓴웃음을 지었다.

왕태삼은 묘한 표정으로 계속 남천을 관찰하더니 불쑥 입을 열었다.

"형! 아예 우리 개방에 들어와요. 제가 잘 대해줄 테니. 어때요? 좋죠?"

남천은 다소 의외라는 표정으로 그를 보았다.

왕태삼은 자랑스럽게 자신의 가슴을 쾅쾅 두드렸다.

"이래 봬도 제가 개방의 후개라구요. 제가 추천하면 방주님의 허락을 받아 좋은 자리로 올라설 수 있을 거예요. 지금까지 제가 들은 패검무자의 소문이 진짜라면 충분히 가능한 일이에요."

개방은 구파일방 불리우는 강호명문대파 중에서도 가장 협에 충실하다고 알려진 문파다.

구성원 자체가 걸인들이다 보니 가난하고 힘든 사람의 어려움을 그만큼 잘 알기 때문이었다.

남천은 자신이 도와준 소년이 그런 개방의 후개라는 사실이 놀랍기는 하였으나 그의 말을 따르기에는 무리가 있었다.

"네 말은 고맙지만 나는 따로 생각해 둔 문파가 있어서 안 되겠구나."

"예? 정말요? 거기가 어디에요?"

그러나 남천은 묵묵히 웃음을 짓고 있을 뿐이었다.

그는 그 문파를 생각하는 것만으로도 기분이 좋아 보였다.

한참을 기다려도 아무런 대답도 들을 수 없자 왕태삼은 할 수 없다는 듯이 고개를 떨궜다.

"어느 문파인지 모르겠지만, 운이 좋은 곳이군요."

"운은 내가 좋은 거지."

"후후, 원하는 그곳에 들어가게 되면 반드시 절 초대하기 바래요. 구경이나 가게."

"꼭 그러도록 하마."

남천은 왠지 모르게 이 소년과의 대화가 즐거웠다.

아마도 어렸을 때의 자신을 보는 기분이라서였을까?

남천은 슬며시 고개를 들어 한쪽에 있는 백적산을 바라보았다.

그를 보자 잠시 풀어졌던 노기가 다시 솟구쳐 올랐다.

그런데 그와 함께 의아한 점도 있었다.

백적산은 얼굴을 푸들거리며 가만히 서 있었다.

왜 저자는 지금까지처럼 거칠 것 없이 당찬 모습을 보이지 않는 걸까?

자신의 집에 이렇게 많은 불청객이 찾아왔는데도 왜 잠자코만 있는 걸까?

"이제 이쪽으로 오시지요. 본 방의 일을 마무리 지을 때가 됐습니다."

초곤상이 왕태삼을 나직하니 불렀다.

왕태삼은 남천에게 눈을 한번 찡긋하더니 쪼르르 달려가 초곤상 옆에 섰다.

남천은 초곤상의 말에서 무언가 심상치 않음을 발견했다.

분명 본방의 일이라고 했다.

그렇다면 저 백적산이 설마 개방도란 말인가?

그 의문은 얼마 지나지 않아 풀렸다.

"이보게. 아직까지도 그 면구를 벗지 않을 텐가?"

백적산은 초곤상의 말에 한차례 흠칫하더니 그를 쳐다봤다.

그의 눈에는 언설로 표현할 수 없는 복잡한 빛이 쉴 새 없이 어른거렸다.

"흐으으음."

그러다 어느 한순간 깊은숨을 내쉬고는 천천히 얼굴로 손을 가져갔다.

남천은 호기심 어린 눈으로 그런 그를 바라보고 있었다.

백적산은 자신의 얼굴을 몇 번인가 문지르더니 천천히 무언가를 떼어내기 시작했다.

매미 날개처럼 얇은 면구가 그에 따라 서서히 벗겨졌고 그 안에 숨겨져 있던 진면목이 드러나기 시작했다.

그 모습을 지켜보고 있던 남천은 자신도 모르게 입이 벌어지려 하였다.

천하의 모든 이들이 부러워할 만한 놀라운 미남.

짙은 두 눈썹과 가늘면서도 도톰한 입술. 그리고 개방도라고는 믿기지 않을 정도로 하얗고도 깨끗한 피부.

그야말로 한시대의 장인이 옥을 정성 들여 조각한 듯한 모습에 나이조차 짐작키 힘든 용모였다.

여기 들어오기 전에 보았던 중년인도 미남이었지만 백적산의 진짜 얼굴은 그에 비할 수 있는 정도가 아니었다.

남천이 지금까지 본 사람 중에 가장 미남이라 할 수 있는 인물은 당가의 당옥이었다.

한데 그러한 당옥마저 백적산의 용모에 비한다면 태양 앞의 반딧불에 불과했다.

초곤상은 한참을 묵묵히 바라보다가 이윽고 탄식하듯 입을 열었다.

"최홍, 왜 그랬는가?"

밑도 끝도 없는 말이었다.

"어찌 알고 오셨습니까?"

초곤상은 그가 자신의 말에 대답치 않고 오히려 되물었으나 이를 전혀 개의치 않듯 대답했다.

"꼬리가 길면 잡히는 법이야. 자네는 꼬리가 길어도 너무 길었어."

"훗, 언제가 이런 날이 오리라고는 예상했지만, 제 생각보다는 조금 늦었군요."

최홍이라 불린 백적산은 깊은 여운이 감도는 말을 했다.

"인정하네. 그만큼 자네가 용의주도했다는 게지."

"그래서 저를 벌하러 직접 오셨습니까?"

"그렇다네."

그리고는 잠시 머뭇거리다가 말을 이었다.

"내가 자넬 직접 거두었으니 마지막도 내 손으로 보내주겠네."

최홍은 아무런 대답이 없었다.

다만 알 듯 모를 듯한 눈웃음을 짓고 있을 뿐이었다.

"후개, 진행하시지요."

초곤상의 말에 왕태삼은 품에서 하나의 두루마리를 꺼내

더니 낭랑한 목소리로 읽기 시작했다.

"최홍은 들으라. 그대는 개방도의 신분임에도 개인적으로 재산을 축재하고 여인을 농락했으며 그것도 모자라 목숨을 취했으니 그 죄는 죽어 마땅하다. 하여 후개 왕태삼과 한거단주 초곤상의 이름으로 그대의 목숨을 거둔다."

모두 읽고 나자 왕태삼은 두루마리를 접고는 추상같은 위엄으로 최홍에게 한 걸음 다가가며 물었다.

"그대는 마지막으로 할 말이 있는가?"

최홍은 고개를 숙이고 끝까지 듣고 있다가 서서히 고개를 들었다.

"후개, 한 가지 빠진 게 있지 않소?"

"……."

"내가 흑령신마공을 익혔다는 죄목은 왜 빼셨소?"

"그건……."

왕태삼이 말을 못하자 초곤상이 대신 나섰다.

"그건 내가 빼게 했네. 굳이 그게 아니라도 자네의 죄는 충분했기 때문이지."

최홍은 갑자기 매서운 눈으로 초곤상을 쏘아봤다.

"그게 아니겠지요. 제 과거를 이미 알고 선심 쓰신 것 아닙니까?"

초곤상은 지그시 최홍을 응시하다가 이내 눈을 감았다.

"부정하지 않겠네."

"크크크. 과연 개방입니다. 그토록 철저하게 조사를 끝마치다니 말입니다."

남천은 지금 이들이 하는 말의 내용을 자세히 알아들을 순 없었지만 무언가가 이들 사이에 있다는 것만은 대충 짐작할 수 있었다.

최홍은 혼자 히죽거리고 웃다가 허리를 곧게 펴며 초곤상을 불렀다.

"단주."

"말해보게."

"한 가지 청이 있습니다. 저의 마지막 부탁이라 해두죠. 옛정을 생각해서라도 거절치 않을 거라 믿고 싶습니다."

"……."

"이 친구와 끝을 보게 해주십시오. 아직 승부가 나지 않아서 말입니다."

그의 손은 남천을 가리키고 있었다.

그러나 초곤상은 고개를 저었다.

"그건 안 되네. 더 이상 자네에게 죄를 짓게 할 수는 없다네. 이게 나의 대답일세."

그러자 뭐가 우스운 듯 최홍은 크게 웃음을 터뜨렸다.

"하하하! 단주는 크게 착각하고 있습니다."

초곤상의 눈에 이채가 서렸다.

최홍은 그를 보며 히죽거리더니 다시 남천을 가리켰다.

"저 친구가 제 손에 죽을까 봐 걱정되십니까? 크크크. 패검무자를 너무 무시하시는군요."

"무슨 뜻인가?"

"이미 한 차례 겨루어 본 결과, 저 친구의 무공과 저의 흑령신마공은 호각이었단 말입니다. 결국 두고 봐야만 안단 뜻이지요."

초곤상은 최홍의 말이 쉽게 믿기지 않는지 남천을 쳐다봤다.

그러나 남천의 얼굴은 무표정하여 그의 내심을 파악하기란 어려웠다.

"자네의 생각은 어떠한가?"

"제 생각도 저자와 마찬가지입니다. 귀방의 일이기는 하나 허락하신다면 제 손으로 해결하고 싶습니다."

"후회하지는 않겠나?"

그는 아무리 무신의 제자라고는 하나 이제 약관을 갓 벗어난 남천보다는 수십 년간 무공을 익혔고, 흑령신마공까지 터득한 최홍이 한 수 위라 생각했다.

그러나 남천은 묵묵히 고개를 끄덕였다.

'할 수 없겠군. 만약의 사태가 벌어진다면 그때 나서는 수밖에.'

결국 초곤상은 결정을 내렸다.

"좋네. 두 사람이 승부를 결정짓게, 본방은 그 후에 나서겠네."

"호의에 감사드립니다."

남천은 정중히 포권을 취했다.

보통 하나의 방파에 속한 이가 잘못을 저질렀을 시에는 자체에서 해결하는 것이 강호의 원칙이었다.

비록 남천이 취하와 관련된 일로 중간에 끼어들긴 했으나 어찌 보면 그 역시 제삼자나 마찬가지였다.

그럼에도 개방에서 자신에게 양보하였으니 남천으로서는 진심으로 초곤상에게 감사하는 마음이 일었다.

왕태삼은 흥미진진하다는 표정으로 두 사람을 번갈아 바라봤다.

이곳에 오기 전 이미 흑령신마공의 무서움에 대해 전해들은 그는 지금부터 벌어질 승부가 기대되었다.

"훗훗. 그럼 시작해 볼까?"

최홍의 입에서 스산한 음성이 발해졌다.

그는 남천과 마찬가지로 장포를 벗어 던지고는 남천을 향해 돌아섰다.

그의 양팔은 이미 검게 변해 있었다.

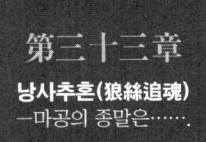

第三十三章

낭사추혼(狼絲追魂)
―마공의 종말은…….

侠

　남궁상연의 말에 탁영은 천천히 돌아섰다.

　남천을 뜻대로 잡아두지 못했기에 자존심이 상한 그는 갑작스레 신경이 날카로워져 있었다.

　한쪽 눈썹이 기이하게 솟구친 표정.

　여유로운 미소와 사내임에도 나긋한 음성으로 답하던 그의 입에서 욕설이 튀어나왔다.

　"네 년이 감히 나를 돌아서라고 했나?"

　그의 손목에는 자줏빛 투명한 실이 칭칭 감겨 있었다.

　이를 본 남궁상연은 몸이 흠칫 떨렸다.

　'저건! 적혈자사(赤血紫絲)?'

그녀의 목소리가 자신도 모르게 떨려 나왔다.

"다, 당신은 혹시… 낭사추혼(狼絲追魂) 탁영?"

그는 자신의 손목에 감긴 적혈자사를 힐끗 보고는 피식 웃었다.

"나를 알아봤나? 냄새나는 계집이 보는 눈은 있군."

남궁상연은 가슴이 쿵쾅거리기 시작했다.

낭사추혼 탁영은 십여 년 전까지만 해도 산동성에서는 우는 아이도 멈춘다는 흉마로 이름 높았다.

그러던 그가 어느 날 갑자기 사라져 강호에서는 그가 죽었다고 알려졌었는데 설마 이런 외진 곳에서 그것도 상인의 하수인으로 모습을 감추고 있으리라고는 아무도 예상치 못한 일이었다.

그는 적혈자사라는 가느다란 실을 병기로 사용했다.

적혈자사는 단단하기는 말할 것 없거니와 그 움직임 역시 종잡을 수 없어 상대하는 이로 하여금 수비를 무색케 하는 묘용이 있었다.

'내가 상대할 수 있을까?'

남궁상연은 내심 불안했다.

지금까지 탁영의 손에 죽은 이들을 떠올려 보아도 그녀보다 딱히 약한 사람이 없었다.

물론 직접적인 비교는 힘들겠으나 불안한 마음이 드는 것은 사실이었다.

'하지만……'

남천은 분명 자신이 이겨내리라 믿고 있었다

그렇지 않았다면 그가 자신만을 남겨두고 갔을 리 없다.

결국엔 되든 안 되든 자신의 힘만으로 이자를 꺾어야만 했다.

"뭘 고심하고 있으신가? 나보고 돌아서라고 했을 땐 뭔가를 보여주려는 것 아니었어?"

그는 마치 먹이를 눈앞에 둔 독사처럼 히죽거렸다.

"왜? 내 정체를 알고 보니 자신감이 사라졌나? 죽을까 봐 걱정돼?"

그는 한발한발 남궁상연을 향해 걸어갔다.

그러면서도 쉴 사이 없이 중얼거리고 있었다.

"아, 아. 너무 걱정하진 마. 느긋하고 여유있게 저 세상 구경을 시켜줄 테니. 게다가 자신의 팔다리가 하나씩 떨어져 나가는 것을 보는 것도 재미있을 거야."

남궁상연은 자신도 모르게 한 발 물러서려는 것을 간신히 참았다.

그녀는 기세에서 밀리고 있었다.

그녀는 대적 경험이 많긴 했지만 그녀와 동등한 수준의, 혹은 그 이상의 무인과는 싸워본 적이 없었다.

이는 지금과 같은 순간에 크게 작용했다.

'이대로는 안 돼'

다행히도 그녀는 자신의 마음 상태가 어떠한지를 잘 알았다.

그녀는 비스듬히 전신을 가리고 있던 망현검을 중단에 놓았다.

탁영의 눈에 가벼운 이채가 스쳐 갔다.

"호오. 먼저 덤벼들겠다는 건가? 좋은 생각이야. 선수라도 취하지 않으면 금세 사지가 토막날 테니 말이야. 흐흐흐."

남궁상연은 귀를 닫았다.

저 목소리를 듣고 있으면 자꾸 힘이 빠져나가려 했다.

사공도 아닌 듯한데 낮게 깔리는 음성이 머릿속을 후벼팠다.

'비연신법과 백화검법으로 안정을 찾아야 해.'

지금 같은 상황에선 자신이 가장 많이 펼쳐본 무공으로 상대하는 게 답이라 생각했다.

그리고 그 둘이라면 충분히 시간을 끌며 기회를 엿볼 수 있으리라.

"타앗!"

남궁상연은 애써 두려움을 떨쳐 버리려는 듯 크게 소리치며 신형을 움직였다.

쉬쉬식!

비연신법이 극성으로 펼쳐졌다.

그녀의 발이 지면에 닿을 듯 말 듯 스치며 기묘한 음향이 새어 나왔다.

그와 함께 망현검이 그녀의 등 뒤로 돌아갔다 급작스레 튀어나오며 적혈자사를 감고 있는 탁영의 오른 손목을 노리고 베어갔다.

스으응!

백화검법 중 사영패미(蛇影敗尾)였다.

느닷없이 튀어나오는 검이 상대의 눈을 어지럽히고 그 순간 손목을 잘라내는 초식. 그러나…….

티잉!

낯익은 소리와 함께 망현검이 제 갈 길을 잃고 옆으로 휘어졌다.

'또!'

처음 검을 쳐냈을 때와 같은 수법이다.

소리만 들어도 알 수 있었다.

그녀는 급히 검을 회수하여 재차 초식을 연결시키려 했다. 그러나 그녀가 검을 되돌리려는 순간.

"앗!"

무엇을 보았는지 다급성과 함께 그녀는 한쪽 어깨를 화급히 뒤로 피했다.

팟!

그와 동시에 그녀의 어깨가 있던 자리를 쇠꼬챙이처럼 빳빳하게 선 적혈자사가 꿰뚫고 지나갔다.

남궁상연의 이마로 자그마한 땀방울이 하나 흘러내렸다.

상대의 병기를 미리 알고 조심했기에 망정이지 그렇지 않았더라면 그대로 어깨에 구멍이 뚫릴 위험한 상황이었다.

"허어. 피하셨나? 너무 오랫동안 사용하지 않아 이놈이 미친 게로군."

그는 뱀처럼 날카롭게 일어선 적혈자사를 툭툭치며 농담조로 중얼거렸다.

남궁상연은 놀라면서도 한편으론 울화가 치솟았다.

놀리고 있는 거다.

거미줄에 걸린 벌레를 대하듯 자신을 가지고 노는 거다.

'급하게 마음먹지 말자 남궁상연.'

그녀는 겨우 끓어오르는 분노를 가라앉혔다.

그러자 얼굴에 한줄기 미소가 떠올랐다.

"훌륭한 솜씨군요."

갑자기 변한 그녀가 의심스러웠을까?

탁영은 기이한 눈초리로 그녀를 응시하다 또다시 키득거렸다.

"호기는 좋지만 상황을 봐서 부려야지."

하나 이에 남궁상연의 미소가 더욱 짙어졌다.

"그 말은 당신에게 적당한 말인 듯한데요."

"뭐?"

"처음엔 마치 남 소협과 저, 두 사람을 당신 혼자 처치할 것처럼 말했잖아요. 그런데 남 소협은 놓치고 나는 이렇게 아직까지 살아 있으니 말이죠."

탁영의 표정이 순간 딱딱하게 굳어졌다.

"말 다했느냐?"

남궁상연은 아예 한 손을 허리에 올리고 느긋하게 말을 이었다.

"아직 멀었어요. 지금 이 꼴을 본다면 당신의 주인 백적산이 퍽이나 좋아하겠군요."

"이… 미친년이 주둥일 함부로!"

그는 이어 씹어뱉듯 말했다.

"오냐. 네가 원하는 대로 당장 죽여주마."

그는 적혈자사를 풀더니 땅에 일 장가량 늘어뜨렸다.

그러나 한쪽 끝은 여전히 그의 손에 연결되어 있는 채였다.

남궁상연은 가만히 지켜보다 다시 입을 열었다.

"잠깐, 당신도 두 손으로 병기를 사용하니 나도 두 손을 사용하겠어요."

그녀는 품에서 무언가를 꺼내더니 검을 들고 있지 않은 왼손에 착용했다.

천녹투갑!

바로 남천이 사용하던 것이었다.

그는 청해의 경지에 오르자 더 이상 필요 없다며 그녀에게 전해주었다.

언젠가 필요할 날이 있으리라는 말과 함께.

그 필요한 날이 오늘이 될 줄은 몰랐지만, 저 상대하기 힘든 적혈자사를 상대하기엔 이보다 좋은 무기가 없었다.

그녀는 왼주먹을 몇 번 쥐었다 폈다 하더니 탁영을 보고는 빙긋 웃었다.

"자. 이제 오세요."

"오지 말라해도 가려던 참이었다!"

그의 말이 끝남과 동시에 땅에 늘어져 있던 적혈자사가 빠른 속도로 땅 위를 스치며 남궁상연을 향해 돌진했다.

휘두른 것도 던진 것도 아니건만 마치 생명을 지닌 듯한 적혈자사의 움직임은 재빠르면서도 눈으로 알아채기 힘든 변화를 보이고 있었다.

슈꽉!

적혈자사는 그녀의 발끝에 다다르자 불쑥 그녀의 몸통을 노리고 허공으로 치솟았다.

그동안 남궁상연은 공격할 생각을 버리고 오로지 적혈자사의 움직임에만 집중했다.

그래서인지 적혈자사의 움직임을 확연히 볼 수 있었고 어느 정도 간파했다.

자신의 몸통을 노리고 날아드는 적혈자사를 보면서도 그녀의 입가에는 한줄기 미소가 떠올랐다.

그녀가 노린 것이 바로 이것이었다.

두 번의 공격 모두 선수를 취하다 보니 상대 병기의 움직임을 전혀 파악치 못했다.

아무래도 공격할 시에는 자신의 공격 초식에 더 신경을 쓰게 마련이고 그에 따라 적혈자사처럼 가늘고 눈으로 분간하기 힘든 병기의 움직임은 더더욱 알아채기 힘들었다.

상대의 공격을 파악할 수 없다는 두려움.

그것이 남궁상연을 불안하게 한 원인이었다.

그러니 단 한 번만이라도 똑똑히 볼 수 있다면 그런 두려움은 사라지리라.

때문에 탁영을 충돌질했다.

탁영이 선수를 취하게 하기 위해서…….

오랜 경험이 있는 그라면 후수를 노리는 쪽을 책한다.

자신의 병기의 단점을 잘 알고 있기 때문이기드 했다.

이를 뒤집어야만 했다.

자신의 계책은 성공이었다.

지금 이처럼 적혈자사의 움직임이 똑똑히 보이 지 않는가?

보이기만 한다면 막는 것도 어렵지만은 않았다.

팍!

남궁상연은 신형을 제자리에서 한 바퀴 회전시키며 천녹투갑을 낀 왼손으로 적혈자사를 낚아챘다.

"미친년!"

탁영은 비웃듯이 소리쳤다.

패검무자였다면 양강지공으로 적혈자사를 태우며 막는 게 가능했지만 남궁상연에게는 어림없었다.

그러나 그의 예상은 보기 좋게 빗나갔다.

남궁상연은 잡아챘을 뿐만 아니라 더 나아가 왼손으로 원을 그리며 적혈자사를 자신의 손에 감아가고 있었다.

탁영은 대경하여 급히 공력을 통해 회수하려 했다.

피이잉!

그 힘에 의해 적혈자사가 팽팽하게 두 사람 사이를 연결했다.

그 거리는 삼 장.

"흥! 이게 얼마나 질긴가 한 번 보고 싶군요!"

그녀는 말을 마침과 함께 몸을 일 장가량 전진하며 팽팽한 적혈자사를 향해 망현검을 쳐올렸다.

툭!

검은 빛살이 허공을 갈랐다. 그 뒤로는 반 토막난 적혈자사가 뒤따랐다.

"……!"

탁영의 눈이 크게 떠진 것도 잠시.

"칫!"

그는 곧바로 나머지 적혈자사를 회수하고는 일직선으로 다시 뻗어냈다.

아무런 변화도 없다.

이전과는 비교할 수 없이 빠를 뿐이었다.

그러나 이는 그의 치명적인 실수였다.

고혼일검을 익힌 남궁상연에게 그 정도의 빠름은 익숙한 것이었다.

그녀의 목을 노렸지만 미묘한 차이로 빗나갔다.

차라리 처음처럼 계속 변화 위주의 공격을 했다면 나았을 것을 그는 이 한 번의 실수로 지금까지의 대가를 받아야만 했다.

남궁상연은 적혈자사를 피하자마자 기다렸다는 듯이 검을 찌르듯이 던졌다.

쒜애엑!

고혼비검(孤魂飛劍)!

검은 빛이 천공을 갈랐다.

탁영의 안색이 핼쑥해졌다.

"차앗!"

그는 급히 한쪽으로 허리를 비틀며 적혈자사로 검을 쳐내려 했다.

그러나 피하는 것도, 쳐내는 것도 그의 바람일 뿐이었다.

퍼억.

그의 머리가 망현검에 터져 나갔다.

얼마나 강한 공력이 실려 있었던지 그 준수한 얼굴의 형상조차 남기지 못했다.

허억, 허억.

남궁상연은 땅에 무릎을 꿇은 채 가쁜 숨을 몰아쉬었다.

이 한 번의 공격에 그녀는 모든 공력을 쏟아 부었다.

탁영을 상대로 같은 공격이 두 번이나 통할 리 없었기 때문이다.

그래서 고혼일검이 아닌 고혼비검을 사용했다.

설마 검을 던져내리라고는 그도 예상치 못할 게 분명했으니 말이다.

남궁상연은 숨을 몰아쉬는 와중에도 희색을 감추지 못했다.

남천의 기대에 응했다라는 기쁨.

자신이 적을 해치웠다는 기쁨.

그녀는 그렇게 잠시 숨을 고른 후 자리에서 일어나 탁영의 시신으로 다가갔다.

머리가 없는 시신.

처참하기 그지없었지만 남궁상연은 눈 하나 깜짝하지 않았다.

자신이 벌인 일에서 눈을 돌릴 바에는 처음부터 하지 않는 게 낫다고 아버지가 항상 말씀하셨다.

"휴우."

남궁상연은 다시 한 번 깊게 한숨을 내쉬며 망현검을 회수하고는 백전산이 있다는 건물을 향해 발걸음을 옮겼다 마음이 급했던 걸까 아니면 아무리 뭐라 해도 시신을 자세히 살피기엔 꺼림칙해서일까?

그녀는 한 가지를 놓쳤다.

바로 탁영의 왼 발목에 깊숙이 틀어박혀 있는 하나의 비도를…….

남궁상연이 산산이 부서진 문을 통해 안으로 들어섰을 때 안에서는 한창 경천동지할 격투가 벌어지고 있었다.

파팍, 쉬쉬쉭. 퍼퍽.

흑빛 인영과 남천의 신형이 어지럽게 뒤엉킨 채 장영과 격타음이 난무했다.

그리고 그 사이로는 여러 가닥의 붉으면서도 하얀빛이 어른거리고 있었다.

남궁상연은 그게 무엇인지 일시지간에 분간하지 못해 눈을 가늘게 떴다.

그리고는 자신도 모르게 놀람에 차 중얼거렸다.

"저건……?"

그 정체를 알 수 없는 빛은 남천의 손끝에서부터 이어진 홀벽쇄혼지였다.

"설마? 이미 백천의 단계에?"

남천은 이미 서자충천공 삼단공 청해에 완숙한 경지에 이르렀다.

월영파의 습격을 받고나서부터였으니 벌써 삼 개월이 훌쩍 넘었다.

그러니 백천의 단계에 이른 것은 아닐까?

하나 그녀는 계속해서 주의 깊게 살펴보더니 천천히 고개를 저었다.

"아니야. 아직은······."

그에게 듣기로 백천의 단계에 이르면 홀벽쇄혼지는 완벽한 흰색을 띤다고 했다.

한데 지금 저것은 흰색이라고 할 수 없었다. 다만 붉은 기운에 살짝 흰빛이 덮인 정도다.

하긴 그렇게 빨리 청해에서 백천으로 넘어갈 수 있다면 굳이 삼단공이니 사단공이니 하는 단계를 나눌 필요도 없었다.

그녀의 예상은 정확했다.

남천이 펼치고 있는 것은 그 중간 단계에 조금 못 미치는 홀벽쇄혼지였다.

남천은 최홍이 자신의 청해에 이른 홀벽쇄혼지를 단지 피육의 상처만으로 막아내는 것을 보고는 무리해서 공력을 끌어올렸다.

그 때문에 잠시 흰빛을 띠고 있는 것뿐이었다.

남궁상연은 한동안 멍하니 남천이 펼치는 무공을 바라보고 있다가 그제야 자신들 외에도 다른 사람이 이 방에 있다는 것을 알아챘다.

네 명의 거지.

'저들은 누구지?'

순간 그녀는 그들이 백적산의 동료가 아닌가 하는 의심이 들었다.

하나 그들의 표정을 보아하니 꼭 그렇지만은 않은 듯했다.

두 사람은 무표정 하니 보고 있었고, 제일 나이 많아 보이는 노인은 얼굴을 미미하게 찌푸린 채였다.

그리고 소년 거지는 흥미진진한 표정이었다.

마치 누가 이길지 궁금해 죽겠다는…….

그러니 결코 네 사람이 백적산을 도와 남천을 합공할 리는 없어 보였다.

남궁상연은 이에 조금은 편한 마음으로 관전하기로 했다.

그녀는 남천을 굳게 믿고 있었다.

그가 진다는 것은 상상할 수조차 없었다.

"크하핫. 확실히 네놈을 내 잘못 봤다."

최홍은 격한 움직임 속에서도 소리쳤다.

그는 이미 많은 부상을 입고 있었다.

홀벽쇄혼지를 처음엔 어느 정도 막아낼 수 있었지만, 색이 변한 뒤로부터는 오로지 몸으로 버텼다.

그것도 쉽지 않아 한 번 씩 후려쳐질 때마다 온몸에 타는 듯한 고통이 밀려들었다.

살가죽이 사정없이 찢겨지고 피가 튀었다.

겨우겨우 빗겨 맞으며 뼈가 부러지는 것만 면하고 있는 상황이다.

게다가 그보다 더 큰 문제가 있었다.

내력이 제대로 이어지지 않았다.

무엇 때문인지 면밀히 이어져야만 할 흑령신마공의 공력이 계속 중간에 끊어졌다.

곧바로 다시 이어지긴 했지만 한 번씩 그럴 때마다 힘이 쭉쭉 빠져나갔다.

찢어질 듯한 고통도 뒤따랐다.

그는 처음의 대결에서 남천이 쓰러지기 직전 자신의 배에 손을 갖다 댔다는 사실을 기억치 못했다.

바로 그때 서자충천공이 그의 몸속으로 주입됐다.

융합되지 않은 서자충천공은 이미 남천도 겪은 바처럼 극한의 고통을 초래한다.

그 때문에 그의 움직임은 점차 둔화되었다.

그러면서도 백적산의 호기는 전혀 줄어들지 않았다.

놀라운 인내력이었다.

남천은 이에 최홍이 비록 적이긴 하지만 찬탄을 금치 못했다.

'대단하구나. 움직이기 힘들 정도의 고통이 있으련만. 이토록 견뎌내다니.'

자신은 청해에 이를 당시, 좌정한 채 꼼짝도 못했기 때문이다.

그러나 찬탄하는 마음은 마음이고 마도는 마도였다.

인정을 베풀만 한 적도 아니었다.

남천은 조속히 끝내기로 마음먹고 극한까지 공력을 끌어올렸다.

"차앗!"

그는 여태껏 왼손으로 펼치던 이력충비수의 삼단합장법을 오른손으로 오른손으로 펼치던 홀벽쇄혼지를 순간 왼손으로 옮겼다.

원래는 서로 다른 무공을 양손으로 펼치는 것조차 힘든 일인데 이처럼 순식간에 바꾸는 것은 듣도 보도 못한 기이한 변초였다.

"헛!"

최홍은 우장으로 남천의 삼단합장을 막아가다가 느닷없이 그의 오지에서 희뿌연 빛줄기가 튀어나오자 대경하여 숨을 들이켰다.

급히 내밀던 초식에서 옆으로 쓰는 초식으로 방향을 바꿔 쇄혼지의 옆면을 쳐내려 했다.

그러나 그의 손목 움직임을 따라 홀벽쇄혼지는 철거머리처럼 따라왔다. 그리고는,

퍼퍼퍼퍽!

"카악!"

요란한 음향과 함께 비명성이 터져 나왔다.

여태껏 그만한 고통에 시달리면서도 신음성 하나 내뱉지 않던 그의 입에서 이토록 커다란 비명이 발해졌으니 그 고통이 얼마만 할지 상상조차 할 수 없었다.

"으으으……."

최홍의 입에서 쉴 새 없이 핏물이 흘러나왔다.

흑령신마공은 핏물마저 색을 변화시키는가? 흘러나온 피는 붉은색이 아니라 그의 팔처럼 검은색이었다.

그는 겨우 고개를 돌려 자신의 오른팔을 내려다봤다.

아니, 팔까지 고개를 돌릴 필요도 없었다.

그의 팔목, 팔뚝 그리고 어깨와 오른쪽 가슴을 다섯 개의 날카로운 홀벽쇄혼지가 꽈리를 틀며 하나로 꿰뚫고 있었다.

최홍은 남천의 눈을 쳐다봤다.

가까운 거리임에도 그의 눈은 너무나 깊어 지금 이 순간 무슨 생각을 하는지 전혀 알 수 없었다.

그는 고통에 두 뺨을 푸들거리면서도 웃으며 말했다.

"흐흐흐. 나의 흑령신마공이 이렇게 깨질 줄은 미처 몰랐구나."

남천은 천천히 오른손을 치켜들었다.

그의 손에는 형용키 힘든 강한 공력이 담겨 있었다.

"고통 없이 보내드리겠소."

"크크크크."

그는 고개를 숙인 채 기이한 웃음소릴 내었다.

그리고 갑자기 치켜든 그의 얼굴은 자신의 팔뚝처럼 시커멓게 변해 있었다.

"……!"

예기치 못한 변화에 남천은 순간 멈칫했다.

"십성의 흑령신마공!"

초곤상이 안색이 대변하여 소리쳤다.

"크크크. 패검무자. 적어도 내가 죽을 곳은 내가 직접 정하겠다."

그 말과 함께 그는 자신의 오른쪽 어깨를 좌수로 올려쳤다.

퍼억!

둔탁한 소리와 함께 홀벽쇄혼지에 묶여 있던 그의 오른팔이 잘려져 허공으로 떠올랐다.

그는 이어 곧바로 천장을 향해 몸을 솟구쳤다.

"앗! 저자가 도망가요!"

왕태삼의 급한 마음에 소리쳤다.

"어딜!"

남천이 그의 뒤를 따라 신풍광비보를 펼치려 할 때였다.

"잠깐!"

초곤상의 목소리가 들려왔다.

그 말에 남천은 멈춰서서 초곤상을 쳐다봤고 그사이 이미 최홍의 몸은 천장에 거의 다다라 있었다.

그러나 그때 아무도 예상치 못한 비명 소리가 최홍의 입에서 터져 나왔다.

"크아악!"

어디서부터 날아왔는지 그의 명문혈에는 붉은색 수실이 달린 비도가 깊숙이 틀어박혀 있었다.

하나 최홍은 그런 와중에도 천장을 뚫고 밖으로 나가더니 금세 사라져 버렸다.

"누구시오?"

남천은 비도의 주인을 찾으려 주위를 훑어보며 외쳤지만, 아무런 대답 소리도 들려오지 않았다.

남천은 공력을 집중하여 찾으려 했으나 이조차 아무런 소용이 없었다.

근처에는 쥐새끼 한 마리 느껴지지 않았다.

그조차 상대의 기척을 느끼지도 발견하지도 못했으니 다른 사람 역시 그의 종적을 찾기란 불가능했다.

'대단한 고수구나. 이처럼 모두의 이목을 감쪽같이 속이고 제집처럼 드나들다니.'

만약 저 비도가 격투 중 자신의 등을 노렸다면 과연 피할 수 있었을까?

아마 힘들었을 게 분명했다.

남천은 고개를 절레절레 흔들고는 초곤상에게 다가갔다.

"왜 말리셨습니까?"

남천은 약간 불만 서린 음성이었다.

그는 오늘 최흥을 처치하고자 마음먹었다. 그 때문에 미숙한 백천의 힘까지 무리하면서 끌어올렸다.

뒤늦게 나타난 저 네 사람 역시 자신과 같은 생각이라 여겼기에 크게 신경 쓰지 않았다.

한데 마지막 순간에 방해를 놓았으니 남천으로서는 화가날 수밖에 없었다.

초곤상은 씁쓸한 표정이었다.

"미안하네. 하지만 굳이 자네가 마무리 지을 필요까진 없었다네."

그의 말에 뭔가 사정이 있음을 눈치 챈 남천은 목소리를 누그러뜨렸다.

"자세히 말씀해주십시오."

"그는 마지막에 흑령신마공을 십성 발휘했네. 얼굴까지 검어진 걸 보면 알 수 있지."

"……."

"그러니 그가 부상을 당하지 않았다 해도 결코 오늘을 넘기진 못할 걸세."

일반적으로 하나의 무공을 자신이 익힌 단계보다 무리하게 끌어올리면 상대적인 균형이 깨지게 되어 일시지간 주화입마와 비슷한 증상이 일어난다.

하지만 그 때문에 죽는 일은 없었다.

일례로 남천 역시 백천을 시전했지만 멀쩡하지 않은가?

비록 흑령신마공이 마공이라고는 하나 어찌 그 정도로 목숨을 잃을 수 있을까?

남천으로서는 쉽게 예상할 수 없는 문제였다.

초곤상은 남천뿐만 아니라 다른 사람들도 믿지 못하겠다는 눈치자 부연하여 설명했다.

"이는 전적으로 흑령신마공의 특성 때문일세. 이 무공이 고된 수련과 깨달음에 의한 성취보다는 여인의 정혈을 통해 익히는 무공이기 때문이지."

그는 잠시 주위를 둘러보더니 주위에 부서지지 않고 남아 있는 의자가 있는 곳으로 걸음을 옮겼다.

"얘기가 길어질 듯하니 모두 이곳으로 와서 앉게나. 자네들도 어서 이리로 오게."

그에 말에 따라 모두 좌정하자 초곤상은 천천히 말문을 열었다.

"최홍은 삼십여 년 전 내가 직접 거둔 아이일세. 그 아이는……."

격투의 흔적으로 다 무너져 가는 전각 안에서 초곤상의 나직한 음성이 울려 퍼졌다.

백적산의 전각을 뒤로하고 급히 신법을 전개하는 두 개의 인영이 있었다.

완전히 전각이 시야에서 사라질 때쯤 그중 한 명이 도저히 못 참겠다는 듯 버럭 소릴 질렀다.

"아! 왜! 우리가 도망쳐야 하는 겁니까?"

그러나 다른 인영은 묵묵히 신법만 펼칠 뿐이었다.

"왜 아무 말도 안 합니까요? 꿀 먹었습니까요?"

귀청이 떨어질 듯한 고함 소리에 그제야 또 다른 인영이 묵직한 음성으로 대답했다.

"안 먹었어."

"이런 젠장!"

정신없이 도망치고 있는 두 사람은 악중일과 곽염이었다.

악중일은 어느 정도 멀어졌다 싶자 신법을 멈추고는 천천히 걸었다.

그는 무슨 일에서인지 잔뜩 움츠러든 모습이었다.

하나 곽염은 볼이 빵빵하게 부풀어 올라 금세라도 터질 듯했다.

"멋지게 등장해서 결의형제를 맺겠다면서요. 이게 어제 말한 그겁니까? 이렇게 꽁지 빠져라 도망치는 게 그거냐구요?"

"조용히 좀 해."

"뭐요! 지금 그런 소리가 입에서 나옵니까요?"

"……."

"말해봐요. 왜 도망쳤어요? 덕분에 나까지 덩달아 줄행랑 쳤네."

악중일은 곽염의 보챔에 뭐라 알아들을 수 없이 중얼거렸다.

"네? 안 들려요!"

"부끄럽잖아."

"……!"

"막상 나서려니까 부끄럽더라고. 언제 이런 걸 해봤어야지."

어처구니없는 대답에 곽염의 입이 떡 벌어졌다.

그는 할 말을 잊은 듯 입만 뻥긋거리다 또다시 목이 터져라 소리쳤다.

"아악! 아악! 그게 할 소립니까요? 백마흔여섯 명이나 검하고혼(劍下孤魂), 아니, 도하고혼(刀下孤魂)으로 만든 사람 입에서 부끄럽다는 말이 잘도 나오는구만요."

악중일도 곽염의 질책에 문득 화가 났는지 마주 소리쳤다.

"사람 죽이는 거하고 이게 같아? 비교할 걸 해야지."

"다르긴 뭐가 달라요. 쓱싹 사람 죽이는 거랑, 쓱싹 고백하는 거랑 똑같죠. 이건 뭐 여인네가 사랑 고백하는 것도 아니고 부끄럽긴 개뿔이……."

"너 말조심 안 할래?"

악중일이 눈을 부라렸으나 곽염은 고개를 획하니 돌리고는 먼저 앞장서 걸어갔다.

"몰라요. 암튼 난 이제 돌아갈 테니까 주인어른 혼자 잘해

보든지 말든지 하쇼."

"어? 야! 곽염!"

뒤에서 부르는 소리가 들리지 않는지 곽염은 신나게 앞으로만 걸어갔다.

"야! 거기서! 그러지 말고 내일은 반드시 내가 해치울 테니까 하루만 더 참아."

"흥!"

그는 콧방귀만 뀌어대더니 아예 달음박질쳤다.

"아니, 저놈이! 주인 말을 개소리로 알아듣나. 게 당장 서지 못해!"

두 사람은 좀 전과는 다른 이유로 또다시 뛰기 시작했다.

"크크큭. 결국 이렇게 끝이 났군. 카하하하! 쿨럭쿨럭!"

최홍은 마을을 벗어나 산으로 향하고 있었다.

신법을 펼치는 동안에도 끊임없이 기침과 함께 피가 토해졌다.

오늘 밤은 달조차 구름 속에 숨었는지 보이지 않았고 그 때문인지 사위는 어느 때보다 어두웠다.

그는 산을 올라가면서 자그마한 음성으로 뭐라 계속 중얼거렸다.

"이게 다. 이게 다……. 이 빌어먹을 무공."

그러던 한순간 밀려드는 울분을 감당하지 못하고 괴성을

질러댔다.

"으아아아!"

그는 빠른 속도로 다시 산을 올랐다.

"크크, 조금만 기다려라 못 본지 너무 오래됐구나. 이제부턴 영원히 함께 있을 게다."

최홍. 그는 열두 살의 나이에 개방에 입문했다.

초곤상이 그가 길거리에서 배를 곯고 죽어가는 것을 발견하고는 데려왔다.

그는 거지임에도 빼어난 용모로 인해 처음엔 고생을 많이 했다.

거지같이 생기지 않았다는 게 그 이유다.

개방이라 해도 지위가 낮은 사람들은 여전히 빌어먹어야만 했고, 이에 잘생긴 최홍의 외모는 방해만 되었다.

그래서는 그는 이를 감추려 얼굴을 항상 알아보지 못할 정도로 검은 칠을 하고 다녀야만 했다.

그렇게 몇 년이 흐르고 그는 초곤상에게 무공을 배우기 시작했다.

그의 자질은 놀라워 주위의 다른 개방도를 물리치고 가장 빠른 시간에 삼결이라는 위치에 올랐다. 지방의 분타주가 사결이고, 그보다 큰 마을의 분타주가 오결이었으니 그의 지위는 결코 낮은 게 아니었다.

그는 자신감을 얻었다.

그에게 맡겨진 모든 일이 일사천리로 해결되었다.

그때쯤 해서 초곤상이 총타로 들어갔다.

한거단에서 불렀기 때문이다.

그는 가장 좋아하는 친구이자 사부를 떠나보내야 했기에 가슴 아팠지만 어찌 보면 출세하여 떠나는 것이기에 웃으며 보낼 수 있었다.

그리고 그날.

분타로 돌아오는 길에 그는 웬일인지 자신의 참된 얼굴이 보고 싶었다.

자신의 얼굴을 보지 못한 지도 벌써 수년이 되었다.

최홍은 근처의 시냇가에서 얼굴을 씻었다.

너무나 오래되어 잘 씻기지 않았지만 그래도 이미 마음먹은 것이기에 계속해서 씻어냈다.

반 시진 끝에 드디어 시냇물에 비치는 자신의 모습을 볼 수 있었다.

천하제일의 미남.

더 이상 형용할 수조차 없었다.

그는 씨익 만족스럽게 웃고는 뒤돌아섰다.

문제는 바로 그 모습을 자신 혼자만 보고 있었던 게 아니라는 사실이었다.

근처에서 가장 부유한 상인의 딸인 또래의 여인이 그와 조금 떨어진 곳에 그의 얼굴을 보며 멍하니 서 있었다.

최홍은 몇 번인가 그 집에 밥을 빌러간 적이 있었기에 그녀의 얼굴을 기억했다.

그녀의 이름은 막여(膜餘)였다.

그녀는 최홍에게 단숨에 반해 버렸다.

최홍은 사실대로 자신이 개방도이며 거지라고 밝혔지만 그녀는 개의치 않았다.

그는 처음엔 응하지 않았으나 그녀의 구애에 결국엔 허락해 버렸다.

그렇게 기이한 사랑이 시작됐다.

몇 년이 흘러 두 사람 다 스물이 넘은 성인이 되었다.

가끔씩 막여는 최홍보고 개방을 나와 자신과 결혼하자고 했지만 최홍은 그럴 수 없었다.

자신을 거두어준 초곤상과 개방을 떠날 순 없었다.

최홍이 스물다섯이 되던 해. 그는 우연찮게 하나의 비급을 발견했다.

그게 바로 흑령신공이다.

비급에는 장보도도 있었으며 이를 보고 찾아간 곳엔 평생 처음 보는 진귀한 금은보화가 산처럼 쌓여 있었다.

그는 보물 앞에서 한참을 망설였다.

이를 어찌할 것인가? 자신이 임의대로 쓰는 것은 방칙에 어긋났다.

그러나 한편으로는 지금껏 아무것도 해준 게 없는 막여에게 선물을 해주고 싶기도 했다.

둘 사이에서 갈등하던 그는 결국 개방을 택했다.

그리고 진귀한 보화들을 그대로 묻어둔 채 돌아왔다.

이제 남은 것은 흑령신공에 대한 비급.

자신도 무인이니 무공을 싫어할 리 없었다.

남들에게 기재란 소리도 듣고 자랐다.

게다가 무공 이름에 신공(神功)이 들어간 무공치고 약한 무공은 없었다.

슬쩍 읽어본 바로는 대단한 외공인 듯싶었다.

그때부터 그는 남모르게 흑령신공에 심취되어 갔다.

처음 육 개월간은 큰 문제가 없었다. 성취도 대단히 빨라 그 짧은 시간에 삼성에 이르렀다.

그는 당시 자신의 재질이 뛰어나 그리된 것으로 짐작했지만 사실 이는 마공의 특성이라는 것을 그는 깨닫지 못하고 있었다.

문제가 생겨났다.

삼성에 이른 후부터 흑령신공을 운용하면 피부가 검게 변했다.

완전히 시커멓지는 않아도 눈에 뜨일 정도는 되었다.

그리고 여인이 생각났다. 범하고 싶어졌다.

일시지간의 일이라 치부하고 싶었지만 매번 그런 일이 반복되는 데다 흑령신공의 위력이 대단함을 시험해 보고는 쉽사리 멈추지도 못했다.

그러던 어느 날 결국 막여와 몸을 섞었다.

한데 막여와의 사랑 중에 자신도 모르게 흑령신공의 공력이 끌어올랐다.

주체할 수 없이 공력이 대주천을 이뤄갔다.

그는 자신의 피부가 검게 변해감을 알지 못하고 계속해서 공력을 운용했고, 막여는 그런 그를 보고는 소스라치듯 놀라 비명을 질러댔다.

그녀는 도망을 치려했다.

도대체 왜?

그는 자신이 욕설을 해대며 그녀를 쫓고 있다는 것도 인식하지 못했다.

그리고 원하는 만큼 일을 치뤘다.

다음날 날이 밝았을 때 막여의 피부는 자신과 마찬가지로 검게 변해 있었다.

깨어난 막여는 아무런 힘도 없었다.

말도 제대로 하지 못했다.

그제야 지난밤 일어난 일을 깨달은 최흥은 깊은 죄책감에 사로잡혔으나 밤이 되자 또다시 정신을 잃고 그녀를 탐했다.

그렇게 오 일이 지나고, 그가 사랑한 막여는 흉측한 몰골로 죽었다.

최흥은 사랑하는 이를 자신이 죽였다는 생각에 모든 의지를 상실했다.

아니, 단 하나의 욕심은 그 와중에도 남아 있었다.

바로 흑령신공에 대한 욕심.

기이하게도 모든 일의 원인이 된 흑령신공을 버리지 못했다.

한번 빠져들면 결코 헤어 나오지 못하게 하는 마공.

주인이 자멸에 빠져들 때까지 끊임없이 채찍질하는 마공.

그것이 바로 흑령신마공이었다.

그는 보물을 다시 찾아와 저택을 사고 가게를 열고 상인으로 둔갑했다.

밤에는 면구를 덮어쓴 상인이자 여인을 탐하는 악마, 낮에는 충실한 개방도.

그의 이중생활의 시작이었다.

최홍은 정신이 가물거리는 와중에 드디어 하나의 무덤에 도착했다.

묘비조차 없는 쓸쓸한 무덤.

그가 유일하게 사랑했고, 흑령신마공의 최초 희생자인 막여의 무덤이었다.

"흐흐. 여 매(餘妹). 내가 왔다."

최홍은 그 말을 끝으로 모든 힘을 소진한 듯 무덤 위로 털썩 쓰러졌다.

'왜 이렇게 됐을까? 응? 내가 왜 이렇게 됐을까? 초 사부에게 발견되지 않았다면, 개방도가 되지 않았다면, 아니, 내가 비급을 발견하지 않았다면…… 그랬다면 넌 살아 있을 텐데. 지금쯤 좋은 남자를 만나 예쁜 아이를 낳고 살고 있을 텐데……'

그의 눈가를 따라 눈물이 흘러내려 천천히 무덤을 적시기 시작했다.

'모두가 모두가 잘못됐어. 나도 그렇고 세상도 그렇고. 하지만… 하지만……. 너와 내가 사랑한 건 누구의 잘못도 아니다. 사랑은 잘못이 아니야. 그렇… 지……?'

그의 얼굴에 편안한 미소가 떠올랐다.

최홍은 그렇게 눈시울을 적신 채, 영원히 깰 수 없는 깊은 잠에 빠져들었다.

第三十四章

개방후개(丐邦後丐)
─개방의 도움

藍天俠傳

俠

　남천은 초곤상으로부터 최홍에 얽힌 모든 이야기를 듣고 나서야 왜 그가 자신을 말렸는지 이해했다.

　어차피 죽을 몸 마지막 소원이라도 들어주고자 했던 사부 된 자의 마음.

　남천으로서도 이를 뭐라 할 수는 없었다.

　"그런 일이 있었군요."

　"자네가 이해해주니 고맙네."

　초곤상은 어린 남천에게 정중히 포권을 취하며 고마움을 표시했다.

　"아닙니다. 초단주님의 배려가 오히려 저에겐 좋은 귀감이 되었습니다."

"허허. 그렇게 보아주니 더욱 몸 둘 바를 모르겠구만."

초곤상은 매우 흡족한 듯 너털웃음을 터뜨렸다.

그는 소문으로만 들은 패검무자가 자신의 예상보다 훨씬 인간됨이 좋은 것을 보고는 강호의 소문이 왕왕 와전되긴 하나 여기 있는 청년에 대해서만은 정확했다는 생각을 가지게 되었다.

게다가 남천이 왜 여기까지 오게 되었는가를 듣고 난 후에는 더욱 그가 마음에 들었다.

자신이야 방의 일로 최홍을 찾은 것이지만, 남천은 그야말로 아무 연고도 없는 이의 누나를 찾아주고자 목숨을 걸고 싸운 것이다.

천하에 그 누가 있어 자신의 목숨을 소홀히 하겠는가?

모든 이에게 목숨은 중요했다.

당연히 패검무자도 그리 생각할 테지만 그에 앞서 협을 따랐으니 무공으로만 신성이 아니라 협에 있어서도 신성이었다.

이는 강호의 홍복이리라.

최홍을 통해 침통했던 기분이 그를 통해 어느 정도 회복되는 듯했다.

"초 단주님."

"왜 그러시오, 후개."

왕태삼은 초곤상을 보며 방실방실 웃었다.

"말이 나왔으니 말인데. 일전에 저는 이분 패검무자 형께 은혜를 입은 적이 있습니다."

"아, 일전에 만나셨다 했지요? 하나 은혜를 입었다는 말씀은 처음입니다."

"제가 혼자만의 비밀로 간직하고 있었습니다. 한데 고의는 아니었다고는 하나 또다시 방의 일에 나서 도움을 주셨으니 어찌 이대로 보낼 수 있겠습니까? 이는 저희 방으로서도 도리가 아니지요."

"음. 후개의 말이 맞습니다. 하면 어찌하면 좋겠습니까?"

"단주님은 어떠실지 모르겠습니다만 저는 이분, 형이 매우 마음에 듭니다. 해서……."

"해서?"

"제가 지니고 있는 물건을 드리고 싶습니다."

초곤상은 그의 말이 뭔가 이상했지만 흔쾌히 고개를 끄덕였다.

"허허. 후개의 물건이니 후개의 뜻이라면 무어 문제가 되겠습니까? 그리하십시오."

"좋습니다. 후회하지 마십시오."

"……?"

그는 말을 끝냄과 동시에 품에서 무언가를 꺼내 남천에게로 던졌다.

"형! 받아요!"

남천은 얼떨결에 영문도 모른 채 자신에게 날아오는 물건을 받으려 손을 뻗쳤다.

"헛!"

"안 되오!"

초곤상의 옆에 있던 정패와 송립방이 벌떡 일어서며 누가 먼저랄 것 없이 소리쳤다.

하나 이미 물건은 남천의 손에 쥐어져 있었다.

그것은 하나의 나무로 만든 자그마한 패였다.

앞에는 한 명의 인물이 양각되어 있었고, 뒤에는 지(地)라는 글씨와 함께 무성한 대나무가 음각되어 있었다.

"이게 뭐지?"

남천은 두 사람의 반응으로 보아 귀중한 물건임엔 틀림없지만 전혀 알아보지 못했다.

"그건 후개임을 증명하는 저의 표식이에요."

남천의 눈썹이 살짝 치켜올라 갔다.

"만약 그렇다면 너에게 있어 중요한 물건이 아니냐? 아니, 그보다 개방에 있어서 중요한 물건일 텐데?"

"물론 그렇긴 하지만 제가 남에게 줄 수 없는 물건은 분명 아니에요. 그렇죠? 초단주님."

초곤상은 천천히 고개를 끄덕였다.

"맞습니다. 죽지패(竹地牌)도 타인에게의 양도가 가능하지요. 단, 후에 반드시 회수하긴 해야 합니다만."

왕태삼은 중인들을 보며 어깨를 으쓱거렸다.

특히 송립방과 정패를 보고는 놀리듯이 말했다.

"거봐요. 된다잖아요."

그들은 뭐 씹은 표정을 하고는 자리에 털썩 앉았다.

초곤상은 안타까운 눈초리로 그들을 보며 달래듯이 말을 이었다.

"자네들의 마음도 이해가 가나 너무 걱정하지 않아도 될 것이네. 남 소협이 함부로 사용하진 않을 테니 말일세."

"그렇지만……."

송립방은 말끝을 흐렸다.

더 이상 왈가왈부하는 것은 패검무자와 개방의 후개를 모욕하는 것과 다름없었기 때문이다.

남궁상연이 궁금한 듯 눈을 반짝이며 물었다.

"한데 어디에 쓰는 물건이지요? 혹시 소협토고 후개가 되라는?"

초곤상이 부드러운 미소를 지으며 대답했다.

"그건 아니네. 후개는 당연히 방주와 장로들에 의해 선출된 것이니 함부로 바꿀 수 없지. 다만 저 물건은 후개가 방주에 오르기 전까지 후개의 권력에 준하는 힘을 가지게 된다는 의미일세."

"네?"

"즉 다시 말하자면, 오결 이하의 방도를 부릴 수 있다는 의미지."

남궁상연은 초곤상의 대답에 커다란 눈이 더욱 커졌다.

오결 이하의 개방도라면 분타주도 포함됐다.

그렇다면 거의 전 중원에 있는 개방도에게 명령할 수 있다는 말이었다.

남천은 물끄러미 죽지패를 내려다보다가 왕태삼에게 내밀었다.

"나는 이런 귀한 물건을 받을 수 없다."

"예?"

남천은 어리둥절해하는 왕태삼에게 빙긋 웃어주었다.

"네 마음을 받는 것으로 난 만족할 테니 굳이 이런 걸 줄 필요는 없어."

"왜요? 그거 좋은 거예요. 은혜는 갚아야만 하는 게 개방의 철칙이에요."

왕태삼은 뾰루퉁한 목소리였다.

남천이 자신의 선물을 받지 않자 마음이 상한 게 분명했다.

"너무 부담스럽구나. 그리고 너는 자꾸 은혜라고 하는데 금전 하나 준 것밖에 없지 않느냐? 그에 대한 보답으로 이걸 받았다고 하면 남들이 비웃을 거야."

"형이 너무 부담스러워하셔서 드리는 말씀인데, 사실 저만 이런 게 아니에요. 방주님께서도 자신의 죽천패(竹天牌)를 남에게 주셨다구요."

초곤상이 옆에서 부연했다.

"후개의 말이 맞네. 예로부터 죽천패와 죽지폐는 그분들의 친우들이 간직하곤 했지. 믿을 수 있는 사람에게 전해주는 것이기 때문에 아직까지 큰 문제가 발생한 적도 없었네. 그리고 방주님의 죽천패도 아직 다른 이의 손에 들어가 있다네."

"바로 그게 문제 아닙니까?"

송립방이 참을 수 없다는 듯이 소리쳤다.

"어허. 조용히 하게."

"그렇지만 달라고 하면 돌려줘야지. 안 돌려주는 사람은 또 뭡니까?"

"조용히 하래도!"

초곤상의 음성이 의외로 엄숙하자 송립방은 조용히 다시 제자리에 앉았다.

남천이 혼잣말처럼 중얼거렸다.

"돌려주지 않는 사람?"

그러더니 초곤상을 바라보며 궁금한 듯 물었다.

"그런 분도 계셨습니까?"

초곤상은 난처한 듯이 손사래를 쳤다.

"아, 아. 자네가 크게 신경 쓸 일이 아니네. 그보다 내 말을 들어서 알겠지만 자네가 죽지패를 받는다 하여 본방이 피해를 입는 게 아니라는 사실을 알아주게. 오히려 그 반대로 득을 본 셈이지. 허허.”

그는 남천이 죽지패를 받기를 바랐다.

만약 후에 소문이 난다면 패검무자와 현 후개의 친분이 각별하다는 뜻이었으니 후개에 있어서도 도움이 되리라 판단했다.

남천은 잠시 생각하다가 아무리 그래도 받지 않는 게 나으리라 결정하고는 다시 정중히 거절하려 했다.

한데 그때 옆에 있던 남궁상연이 남천의 허리를 찌르며 속삭이듯 말했다.

“받으세요.”

“네?”

남천은 두 눈을 휘둥그렇게 떴다.

“받으라구요. 우리의 처지를 잊었어요?”

남천은 그녀의 말에 퍼뜩 깨닫는 바가 있었다.

백화선궁에서 그녀가 했던 말.

금난영을 찾는 데 있어선 육대세가보다는 개방이 더 도움이 될 것이리라는…….

‘아!’

남천은 급히 왕태삼을 돌아보며 물었다.

“혹시 내 부탁을 들어줄 수 있겠니?”

“물론이지요. 말씀하세요.”

왕태삼뿐만 아니라 초곤상 역시 남천이 무슨 부탁을 할까

하여 잔뜩 귀기울이는 모습이었다.

"사람을 한 명 찾고 싶구나."

왕태삼은 허리를 젖히며 웃었다.

"하하하. 그게 무슨 부탁입니까. 그것이야말로 본방이 전문 아니겠습니까?"

그는 뭐 대수로울 게 있냐는 표정이었다. 이는 초곤상이나 그 외의 개방도들도 마찬가지였다.

개방의 정보력은 전 중원에서 최고였으니 말이다.

"그렇게 쉽지만은 않을 거다. 꽤 예전 사람이거든."

"예전 사람이든 지금 사람이든 어려울 게 없어요. 자세한 사항만 말씀해 주세요."

남천은 그가 너무 쉽게 생각하자 다소 걱정이 되었으나 그의 말대로 금난영에 대해서 자세히 설명을 해주었다.

다만 백화선궁에 관한 내용만 빠뜨렸다.

모두 듣고 난 왕태삼은 자신의 가슴을 탕탕 두드렸다.

"저만 믿어요. 금세 찾아드릴 테니. 그러면 제가 드린 물건은 받아주시는 거겠죠?"

주는 사람이 애걸을 하니 참으로 우스운 상황이었다.

"좋다."

남천의 허락이 떨어지고 나자 왕태삼은 환하게 웃었다.

"후후후. 이로써 형과 저는 떼려야 뗄 수 없는 사이가 되고 말았어요. 고마워요."

남천이 죽지패를 소지한 이상 왕태삼과의 인연은 계속되기 때문이다.

남천은 비록 그를 안 지는 얼마 되지 않았지만 꾸밈없는 그의 모습에서 큰 호감을 느끼고 있던 참이라 싫을 이유가 없었다.

뿐만 아니라 개방의 후개는 엄격한 심사를 통해서 선출되기 때문에 인품 또한 확인된 바나 다름없었다.

"이런 귀한 선물을 받았으니 내가 오히려 고마워해야지."

남천 역시 흐뭇한 마음을 감추지 못했다.

그때 또다시 송립방이 끼어들었다.

"자네는 꼭 제때 돌려줘야만 하네."

"어허. 또!"

초곤상이 만류했으나 이번엔 그도 참지 못하겠는지 버럭 소릴 쳤다.

"분해서 그럽니다! 그 남궁 늙은이가 방주의 죽천패를 안 돌려주잖아요."

"……!"

"……!"

그 말에 남천과 남궁상연의 얼굴이 미세하게 굳어졌다.

남궁상연이 조금 긴장된 음성으로 물었다.

"남궁 늙은이라면 누구를 말씀하시는 건가요?"

송립방은 너 잘 걸렸다는 듯이 소리쳤다.

"누구긴 누구야. 자네 조부지."

그는 이번 기회에 아주 단단히 따지려고 했는지 손가락질까지 섞어가며 버럭버럭 소리쳤다.

"그 늙은이가 은거를 하는 중에도 뭐가 그리 좋다고 우리 방주가 달라는데도 안 주고 꼭 붙들고 있냔 말이다. 그 때문에 우리 착하신 방주가 얼마나 애를 태우는지 알아? 앙?"

남궁상연은 처음 듣는 이야기에 어리둥절했다.

할아버지가 개방의 방주와 그런 사이였다는 말은 금시초문이었다.

"어허. 실례일세. 이 처자가 무슨 잘못이 있다고 이리 난리인가?"

초곤상이 뒤늦게 말리려 했지만 이미 불붙은 송립방을 말리기엔 역부족이었다.

"다 같은 남궁세가 사람이잖아요. 고집불통 늙은이 같으니라구! 자네가 집에 가거든 꼭 좀 전해주게, 죽천패 좀 본방으로 돌려달라고. 아주 방주가 앓아누울 지경이야."

남궁상연은 가까이 다가와 침을 튀겨가며 말하는 송립방에게 얼떨결에 고개를 끄덕였다.

"좋아, 좋아. 자네는 훌륭하구만. 그래야지. 저 친구도 그러지 않기를 바라네."

한바탕 소란을 일으킨 그가 자리에 앉고나자 좌중엔 잠시 한기가 맴돌았다.

결국 참지 못한 초곤상이 헛기침을 하며 말문을 열었다.

"험, 험. 미안하게 됐네. 후기들에게는 아무 잘못도 없으니 신경 쓰지들 말게. 방주도 그렇고 다들 나이가 들다 보니 속이 좁아져서 그런 걸 게야."

남천과 남궁상연은 어색하게 고개를 끄덕였다.

초곤상이 손뼉을 치며 자리에서 일어섰다.

"자, 그럼 밤도 늦었으니 모두들 일어나세. 우리 거처로 초대하고 싶지만 그곳이 워낙 누추한지라 익숙지 않은 자네나 여인의 몸으로는 힘들 것 같네. 해서 오늘은 자네들이 묵고 있는 곳에서 하루를 보내세. 그래도 좋겠나?"

"저흰 괜찮습니다."

"그래? 그럼 얼른 가세."

그러더니 어딘지도 모르면서 자신이 앞장을 섰다.

남천은 그를 멀뚱멀뚱 쳐다보다가 일어섰고 뒤이어 다른 사람들도 그 뒤를 따랐다.

그때 남천의 귀에 정패와 송립방이 소곤거리는 소리가 들려왔다.

"우리 단주, 어색하면 당황해하는 버릇은 아직까지 고치지 못했구만. 쯧쯧."

＊　　　＊　　　＊

다음날 일찍 객잔을 나선 남천 일행과 개방도들은 초곤상의 안내에 따라 산 위에 자리한 어느 무덤 앞에 섰다.

바로 최홍의 연인이었던 막여의 무덤.

하나 그곳에 최홍의 시신은 없었다.

다만 검게 물든 무덤 위를 보고는 그가 이곳에서 숨을 거뒀다 짐작할 뿐이었다.

그는 비록 악인이었긴 하나 비참한 죽음 앞에선 모두 숙연해졌다.

전날 그의 사정을 전해들었기에 더욱 그랬다.

초곤상은 최홍의 어릴 적 모습이 기억나는지 한동안 눈물을 글썽였다.

개방도들은 준비해 온 음식들을 풀고는 최홍에게 희생된 이들을 위로하는 제를 지냈고, 최홍의 몫도 챙겨주었다.

모든 의식을 끝마치고 남천과 개방도들은 작별 인사를 나누고는 각자의 길로 헤어졌다.

헤어지면서도 왕태삼은 남천에게 빠른 시일 내에 꼭 총타로 찾아오라는 말을 잊지 않았다.

남천은 그들과 헤어지고 길을 걸어가며 많은 생각이 들었다.

인연은 돌고 돈다는 말이 자신에겐 정말 거짓말처럼 맞아들어갔다.

사부를 만난 것도 그랬고, 백화선궁에서도 그랬고, 어제 만난 왕태삼에서도 그랬다.

작년에 자신이 무심코 그를 도운 일이 이처럼 크게 돌아왔으니 말이다.

남천은 왠지 모르게 기분이 좋아졌다.

미소가 피어올랐다.

모든 일이 잘 풀릴 것만 같은 예감이 들었다.

"이것의 주인은 과연 누굴까요?"

남천은 퍼뜩 상념에서 깨어나 남궁상연을 바라봤다.

그녀의 손에는 붉은 수실이 매달린 하나의 비도가 들려 있었다.

비도는 오늘 아침 막여의 무덤에서 발견됐다.

마지막 최홍이 도주할 때 그의 등에 틀어박혔던 비도, 그의 시체가 한 줌의 핏물로 녹으며 비도만 남게 되었고 이를 남궁상연이 회수했다.

남천은 비도를 바라보다가 고개를 저었다.

"글쎄요. 하지만 놀라운 고수임엔 틀림없습니다."

남궁상연도 그의 말에 수긍했다.

"그래요. 정말 무서운 고수였어요."

그 상황에서 모든 이를 따돌리고 도주할 정도면 절정에 이른 고수가 아닐 수가 없다.

게다가 그 솜씨. 남천조차 제대로 볼 수 없을 만큼 빠르고 정확했다.

"소협이 보시기에 그의 비도술은 어땠나요?"

"정확한 판단은 어렵겠지만, 확실한 건 당자성보다도 위입니다."

"그 정도였나요?"

"확실합니다."

남천의 대답은 단호했다.

"비도술로 당자성보다 뛰어난 사람이라……. 게다가 이렇게 치렁거리는 수실을 달고서도 말이죠."

수실을 달면 속도가 줄어들 수밖에 없다.

그런 비도를 사용한단 것은 곧 그만큼 자신있다는 소리였다.

"혹시 생각나는 사람은 없습니까? 붉은 수실의 비도를 쓰는 강호인이? 그 정도의 비도술이라면 소문이 났을 터인데."

남궁상연은 잠시 생각에 잠겨 있다가 조그맣게 한숨을 내쉬었다.

"전혀 생각나지 않네요. 사실 제가 아는 사람들은 모두 아버님께 들은 사람들뿐이에요. 그렇게 많지도 않죠."

이는 남천 역시 마찬가지였다.

일수만병파에게 가끔 듣는 게 전부였으니 달이다.

그것도 요즘에 이름을 날리는 무인들보다는 전대의 인물들이 대부분이었다.

"어찌 됐든 적어도 한 가지는 유추할 수 있습니다."

남궁상연이 호기심 어린 눈을 물었다.

"그게 뭐죠?"

"일반적인 무인은 아니라는 것입니다."

"네?"

"많이 격어보지 않으셨습니까? 그런 이들에 대해."

남궁상연은 고개를 갸우뚱거리다 무엇을 생각해 냈는지 불쑥 남천을 바라봤다.

"살수!"

"맞습니다. 제 생각에 그는 살수가 분명합니다."

"그건 또 왜죠?"

"간단한 이치입니다. 그 비도가 발출된 곳은 우리가 있던 곳으로부터 채 오 장이 되지 않는 거리였습니다. 한데도 우린 아무도 그를 발견하지 못했죠."

"아!"

"최소한 무기를 발출할 때 그 어떤 기척이라도 느껴져야 했건만 그것조차 없었습니다. 단지 어느 순간 최홍의 몸에 비도가 박혀 있었죠. 그리고 살기 또한 없었습니다."

남천의 몸에서 부지불식간에 서늘한 한기가 흘러나왔다.

"살기를 감추고 모습을 감추고 일순간에 적의 숨통을 끊는 무공. 살수밖에 더 있겠습니까?"

살수를 생각하자 자신이 겪었던 고초가 자연스레 떠올랐던 것이다.

"그는 많은 살인을 저질렀으니 살수의 공격을 받았다 해도 하등 이상할 게 없군요."

"그렇긴 하지만 쓸쓸하기도 합니다."

"홋, 그건 소협이 너무 착해서 그래요. 어찌 됐든 비도의 주인이 우리 앞에 나타날 일은 없겠죠. 그의 곡표는 이미 사라졌으니 말이에요."

남궁상연이 남천의 손을 슬며시 잡으며 웃었다.

남천은 화들짝 놀란 얼굴로 주위를 두리번ㄱ렸다.

"누가 봅니다."

"누가 보긴 누가 봐요. 우리밖에 없는데. 또 보이면 좀 어때요."

그녀는 놓칠세라 잡고 있던 손에 더욱 힘을 주었다.

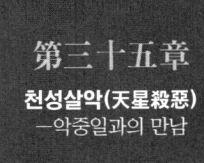

第三十五章

천성살악(天星殺惡)
－악중일과의 만남

俠

　남천과 남궁상연으로부터 얼마 떨어지지 않은 길가 옆 커다란 나무 뒤.

　"자자, 이제 옵니다. 긴장 푸시고 호흡하세요."

　"흡. 흡."

　"아, 정말 못 봐주겠네. 사람은 잘도 죽이시더니 왜 이런 일엔 그리 긴장해요?"

　"그거하고 이거하고 다르다고 어제도 말했잖아."

　악중일은 온몸에 힘이 잔뜩 들어간 모습이었다.

　곽염은 슬쩍 밖을 내다봤다.

　"이제 얼마 안 남았습니다. 어라?"

"왜? 일 생겼어?"

"저것들은 왜 대낮 길거리에서 손을 잡고 난리들이야? 부끄러운 줄도 모르고."

정인이 없는 그는 잔뜩 불만 서린 목소리로 투덜거렸다.

"후후, 좋을 때잖아. 요즘엔 다들 그래."

"크크, 이젠 긴장이 좀 풀렸소? 말씀도 잘하시는구려."

"자, 그럼 이제부턴 조용합시다. 가까이 올 때쯤 나가서 어제 연습한대로만 하면 될 거예요. 잘 기억하고 계시죠?"

"으… 응."

"좋아요, 좋아. 쉿!"

두 사람은 설마 주위에 자신을 지켜보고 있는 이가 있을 줄은 꿈에도 생각 못하고 한가로이 들길을 걷고 있었다.

어젯밤만 해도 쌀쌀한 날씨였는데 하루 만에 계절이 바뀐 걸까? 오늘은 훨씬 포근했다.

게다가 개방의 도움을 받아야 한다는 커다란 문제도 하나 덜어서 그런지 발걸음도 가벼웠다.

그렇게 두 사람이 커다란 어느 나무 앞을 지나갈 때였다.

휘익.

미약한 바람 소리가 남천의 귀를 간질였다. 그리고 눈앞에 괴이한 용모의 거한이 난데없이 나타났다.

기다란 금발은 어깨에서 휘날리고, 한쪽 눈만 파란색인 단벽안의 사내.

그는 딱딱히 굳은 얼굴로 두 사람을 내려다보고 있었다.

남천과 남궁상연은 그를 대하는 순간 급히 손을 놓고 동시에 뒤로 한 걸음 물러섰다.

남천의 눈에서 기광이 번뜩였다.

그는 상대의 신법에서 무공을 짐작했다.

'승부를 점칠 수 없다.'

저처럼 거대한 거구의 신법이 마치 비연신법을 펼치는 남궁상연처럼 가벼웠다.

게다가 이 갑작스러운 출현, 필시 자신들에게 좋은 감정을 품고 나타난 게 아니리라.

남천은 그를 올려다보았다.

정체불명의 단벽안의 사내는 남천보다도 거의 머리 하나가 컸다.

남천과 남궁상연은 강한 적을 만났다는 생각에 서서히 공력을 끌어올렸다.

세 사람은 모두 약속이라도 한 듯 아무 말이 없었다.

남천이야 당연히 그가 먼저 말을 걸어올 것이라 여겼기에 가만히 있는 것이겠지만, 왜 거한은 잠자코 있는 것일까?

말도 없고, 행동도 없고.

그렇게 한동안 정적 속에 시간만 흘러갔다.

한편 나무 뒤에서 기다리고 있는 곽염은 속이 타들어갔다.

'아, 저 곰탱이가 또 얼었네. 어제 그렇게 연습하더니만 저게 뭐여. 망부석이여? 아무튼 한심해 죽겠구만.'

남천은 시간이 지날수록 긴장도 풀려갔다.

상대가 아무런 반응이 없으니 긴장을 유지할래야 할 수가 없었다.

하지만 만약의 사태를 대비해야 했으니 공력만은 풀지 않았다.

한참을 기다려도 거한이 조용하자 결국 남천이 먼저 말문을 열었다.

"용건이 있소?"

악중일은 천천히 손으로 남궁상연을 가리켰다.

남천의 눈빛이 한순간 매서워졌다.

"소저를 노리고 온 것이오?"

그러나 대한은 고개를 젓더니 처음으로 입을 열었다.

"물건을 되찾으러 왔소."

"물건?"

남궁상연은 불쑥 되묻다가 안색이 돌변했다.

그녀는 품에서 비도를 꺼내며 다시 물었다.

"이것 말인가요?"

"그렇소. 내 물건이오."

남천과 남궁상연은 서로를 바라봤다.

둘은 믿기지 않는 표정이었다. 남궁상연이 비도의 주인이

나타날 리가 없으리라는 말을 한 지 일각도 되지 않아 주인이
나타났으니 말이다.

　남궁상연은 그를 유심히 응시하다 흥미롭다는 듯 물었다.

　"혹시 당신은 살수인가요?"

　"그렇소."

　"믿을 수 없어요. 어떻게 살수가 자신의 입으로 정체를 밝
힐 수 있죠?"

　그녀가 알기론 살수란 죽을 때까지 자신의 정체를 감추는
존재였다.

　이렇게 대낮에 나타나 '나 살수요' 하는 사람이 살수일 리
없었다.

　"당신들은 내가 노리는 인물이 아니니 상관없소."

　"그렇다면 당신이 노렸던 사람이 그 백적산, 아니, 최홍이
었나요?"

　"아니오."

　이번엔 남궁상연뿐만 아니라 남천도 어리둥절해졌다.

　살수가 노리는 사람도 아닌데 살인을 저질렀단 말인가?

　"원래 당신은 청부받은 사람이 아니어도 죽이나요? 아니면
그에게 원한이 있었다거나……."

　"그에게는 원한도 없었고, 청부받은 사람이 아니면 죽이지
않소."

　"하지만 손을 쓰셨잖아요."

"이번이 처음이었소. 게다가 그는 나 때문에 죽은 게 아니오. 그러니 나는 죄가 없소."

남궁상연은 그와 대화하면서 이상한 기분이 들었다.

분명 눈앞의 거한은 자신이 살수라고 했지만, 살수들이 풍기는 진득한 살기도 없었고, 그들 특유의 칙칙한 분위기도 아니었다.

오히려 성질은 달랐지만 남천이 풍기는 분위기와 비슷했다.

다만 한 가지, 무뚝뚝하니 말하는 게 거슬렸다.

남궁상연은 긴장이 완전히 풀렸다.

그의 말이 거짓으로 들리지 않은데다 자신들을 노리고 나타난 게 아니라 했기 때문이다.

그가 만약 자신을 죽이려 했다면 이렇게 대범하게 나타날 필요가 없었다.

숨어서 어젯밤처럼 무시무시한 비도만 날리면 되었다. 그게 훨씬 효율적이리라.

"잠시만요."

그녀는 가볍게 목례하고는 남천의 손을 잡고 악중일과 조금 떨어진 곳으로 데려갔다.

"저 사람 어때요? 제가 볼 때는 그리 나쁜 사람은 아닌 듯한데."

남천 역시 그녀의 말에 동조했다.

"제가 생각하기에도 그렇습니다. 다만 너무 의외의 일인지라 당황스럽군요."

"흠. 좀 더 물어보면 알 수 있겠죠. 왜 우리 앞에 나타났는지. 단순히 비도만 건네받으려 한 것 같진 않아요."

남궁상연은 악중일 앞에 서더니 빙긋 웃었다.

"당신의 말은 잘 들었어요. 하지만 이 비도가 당신 것이라는 증거가 없지 않아요?

그는 잠시 고개를 갸우뚱하다가 품에서 그와 똑같은 비도를 꺼내 들었다.

"이거면 충분하겠소?"

그러나 남궁상연은 도리질을 했다.

"보아하니 이 비도는 크게 특징이 없어요. 이와 똑같은 비도를 만들기란 쉽다는 이야기죠. 하지만 어젯밤에 보였던 비도술은 쉽게 따라할 수 없어요."

"무슨 말인지 알겠소."

악중일의 얼굴에 처음으로 표정이란 게 떠올랐다.

그것은 미소였다.

그는 처음 이들 앞에 서자 어제 연습했던 모든 것들이 깡그리 머릿속에서 사라져 무엇을 해야 할 줄 몰랐으나 남궁상연과의 대화가 이어지면서부터 평상심을 되찾았다.

그는 손에 든 비도를 잠시 바라보더니 머리 뒤를 향해 가볍게 손짓했다.

마치 파리를 쫓는 듯 아무런 힘도 없어 보였다. 그러나.

퍼억!

삼 장 뒤에 서 있는 커다란 나무에 칼자루만 남기고 박혀들었다.

남천은 눈을 크게 치떴다.

아무런 소리도 듣지 못했다. 번쩍하는 순간 나무에서 칼이 솟구친 듯 보였다.

무음(無音)의 비도술.

그가 정말 살수라면 목표가 된 사람 중 과연 그의 손에서 목숨을 부지할 만한 사람이 있을까?

남천은 모골이 송연해지는 기분이었다.

"괴, 굉장하군요. 이런 비도술은 처음이에요. 마치… 천비광섬이 이런 게 아닐까 싶네요."

그녀는 그의 비도술을 무신의 무공인 천비광섬에 비했다.

그만큼 남궁상연은 악중일의 비도술에서 깊은 감명을 받았다.

자신이 익힌 무공은 쾌검.

게다가 어제 펼쳤던 고혼비검 역시 악중일의 비도술과 일맥상통하는 비검술이었기 때문이다.

"과찬의 말씀이오."

남궁상연이 잘못 본 걸까?

순간 거한의 양볼이 부끄러움에 붉게 물든 듯 보였다.

커다란 덩치에 어울리지 않게 두 뺨을 붉히다니. 남궁상연은 다시 생각하는 것만으로도 웃음이 터져 나왔다.

"훗, 아… 죄송해요."

남궁상연은 자신이 보기에도 긴장이 많이 풀렸음을 느꼈다.

일초지적도 되지 못할 저런 무서운 고수를 앞에 두고 웃음을 터뜨리다니.

"정말 죄송해요."

그녀가 허리를 숙이며 사과하자 악중일은 오히려 보기 좋은 미소를 지으며 대꾸했다.

"괜찮소. 웃는 건 좋은 거요."

그의 미소엔 특유의 멋이 있었다.

아마도 그의 용모가 중원인과 다르다 보니 디소조차 그런 듯싶었다.

남천이 느끼는 바도 그녀와 크게 다르지 않았다.

거한은 지금까지 보아왔던 살수들과는 그릇이 달랐다.

자신을 죽이려 악착같이 달려들던 그들.

실력보다는 잔꾀를 동원하고 인질을 앞세워 진드기처럼 달라붙는 그들.

적어도 눈앞의 대한은 그런 치졸한 짓을 할 사람으로 보이지 않았다.

남천은 진정한 무인을 사랑했다.

여태까지 만났던 살수들은 무인이 아니었다. 그야말로 하류배들이었다.

그에 반해 대한은 어떤가?

생전 처음 보는 사람이 무공을 보여 달라는 말에도 거리낌 없이 펼쳤다.

그것이 얼마나 힘든 일인가는 어렸을 적 자신이 직접 겪어 보았다.

세류검문에서 자신이 남궁무의에게 무공을 보여달라 했을 때, 말도 안 된다며 남궁운비가 펄쩍 뛰지 않았는가?

남천은 정중히 포권을 취하며 입을 열었다.

말투 또한 처음과는 달랐다.

"귀하의 존성대명을 알 수 있겠는지요."

악중일은 남천이 자신의 이름을 물어오자 내심 뛸 듯이 기뻤지만 애써 침착성을 유지했다.

"존성대명이랄 것까지 있겠소? 나는 악중일이라 하오."

그가 정체를 밝히자 두 사람은 약속이나 한 듯 안색이 대변했다.

"천성살악(天星殺惡)!"

하늘의 별이 악인을 죽인다.

그만큼 그의 수단이 고명하다는 뜻이 포함된 별호였다.

그리고 강호삼대살수 중 가장 수위에 위치하는 존재.

중원의 모든 살수 중 최고의 위치였다.

그제야 남천은 그의 놀라운 비도술이 이해됐다.

거한은 고개를 저으며 묵직한 음성으로 말했다.

"과분한 별호요."

남천은 그에 관해 사부에게 들은 적도 있었다.

당시 사부는 천성살악에 대해 이렇게 말했다.

"그가 지금도 활동하고 있는지는 모르겠다만 내가 한창일 때 그 역시 한창 살수 일을 하고 있었다. 그는 비록 살수이지만 대의가 뭔지 아는 살수다. 그는 많은 살인을 했지만 그의 손에 죽은 자 중 악인이 아닌 사람이 없다. 웬 줄 아느냐?"

"모르겠습니다. 어찌 악인과 그렇지 않은 사람을 쉽게 구분할 수 있겠습니까?"

"그래서 그가 대단하다는 게다. 그는 청부를 받은 후 자신이 죽여야 할 자를 오랜 기간 동안 지켜보고 나서야 실행에 옮겼다. 혹시라도 무고한 자를 해칠까 걱정해서지. 그러니 어찌 실수가 있겠느냐? 게다가 무공 또한 뛰어나 그의 손길을 피할 자는 몇 없을 게다. 허허. 보아하니 한번 만나 보고 싶다는 눈치구나. 하지만 그가 네 앞에 모습을 드러낼 일은 없을 게다. 네가 악인으로 변하지 않는다면 말이다. 하하하."

사부의 예상은 빗나갔다.

이렇게 만났으니 말이다.

남천은 사부의 말이 있었던지라 그를 소홀히 대할 수 없었다.

그는 급히 허리를 숙이며 다시 포권을 취했다.

"천성살악을 이렇게 만나 뵙게 되어 영광입니다."

악중일은 벌어지려는 입을 자제하느라 애를 썼다.

'우핫핫. 이 친구 사람 볼 줄 아는구나. 일이 슬슬 풀려간다 풀려가.'

"나도 패검무자를 만나 뵙게 되어 영광이오."

그의 말에 남천은 다소 어리둥절했다.

"저를 알고 계십니까?"

'아차!'

그는 실수했다는 생각이 들었지만 역시 노련한 생강이 매운 법이었다.

"내 어찌 모를 수 있겠소. 어제 그 자리에 내가 있었다는 사실을 잊었소?"

"아!"

남천은 천천히 고개를 끄덕였다.

어제 자신이 싸우는 모습과 대화를 들었다면 충분히 자신의 정체를 파악했으리라.

'휴우. 큰일날 뻔했네. 하마터면 계속 미행한 걸 들킬 뻔했잖아.'

그의 등 뒤로 가느다란 식은땀이 흘러내렸다.

자신의 뒤를 오랫동안 쫓아온 이를 좋아할 사람은 세상에 없기 때문이다.

남궁상연은 알 수 없다는 얼굴을 하며 끼어들었다.

"한데. 어찌해서? 천성살악의 정체를 아는 사람은 강호에 거의 없을 텐데……. 저도 행적에 대한 이야기는 많이 들었어도 외모에 대해선 전혀 들은 바가 없어요. 이렇게 모습을 드러내서도 되나요?"

"……."

악중일은 갑자기 꿀먹은 벙어리가 되었다.

"혹시. 이 비도를 찾는 것 외에 달리 용무가 있는 것인가요? 이 비도는 제가 자세히 몰라서 그런지 특별히 구하기 힘든 것도 아닌 듯한데요. 군이 비도 하나를 찾자고 지금껏 감춰뒀던 정체를 밝히는 것이 조금 이상하네요."

"……."

그는 아무런 대답도 하지 못하고 있었다.

'망했다!'

오직 이 생각만이 머리를 맴돌았다.

그가 그렇게 조용하게 한참을 있자 남궁상연의 눈초리엔 의심의 빛이 점점 짙어갔다.

한편 이 광경을 지켜보는 곽염은 속이 타들어갔다.

'저 곰탱이가 또 꿀 먹었네. 그렇게 먹지 말라고 해도.'

그는 집으로 돌아가지 못할까 겁이 덜컥 났다.

'할 수 없지. 이 몸이 나서는 수밖에.'

그는 갑자기 대소를 터뜨리며 나무 뒤에서 걸어나왔다.

"하하하."

중인들의 시선이 모두 그에게 모아졌다.

특히 남천은 그 외에 또 다른 사람이 있으리라고는 전혀 예상치 못했기에 놀라움이 더욱 컸다.

'오늘은 정말 고수를 많이 만나게 되는구나. 천성살악이야 워낙 유명하니 낌새를 알아채지 못한다 쳐도 저 사람은 또 누굴까?'

"왔어?"

악중일은 곽염을 보고 아무도 몰래 안도의 한숨을 내쉬며 울상을 지었다.

곽염의 얼굴이 한차례 씰룩였다.

"왔습니다요. 아무튼 뭐 하나……."

그는 타박하려다 말고 남천과 남궁상연을 보고는 포권을 취했다.

"저는 이분을 모시고 있는 곽염이라 합니다. 말하자면 수하자 친구지요."

남천은 마주 포권을 취했다.

"만나 뵙게 되어 반갑습니다. 남천이라 합니다."

남천은 속으로 고개를 절레절레 저었다.

'과연 옛말이 틀린 게 없구나. 용장 밑에 약졸 없다더니.

그의 수하마저 저럴진대 본인은 얼마나 더 숨은 실력이 있을까?

"하하하. 저희 주인어른께서 숫기가 없으셔서 말씀을 잘 못하신답니다. 워낙 사람과의 왕래가 적다 보니 그리된 것이지요. 알고 보면 어린아이처럼 매우 쾌활하답니다."

그는 남궁상연은 바라보더니 빙긋 웃었다.

"소저께서 정확히 짚으셨습니다. 주인어른께선 단순히 그 비도만을 찾자고 오신 게 아닙니다."

남궁상연은 드디어 그들의 목적이 드러나려 하자 잔뜩 귀를 기울였다.

"그러면요?"

"바로 두 분을 만나 뵙기 위해섭니다. 비도는 단지 구실에 불과하지요."

"네?"

남궁상연은 정말 깜짝 놀란 듯 소리쳤다.

"놀라실 필요 없습니다. 저흰 어제 일을 모두 보았습니다. 그리고 이분 남 소협에 대한 이야기는 이전부터 귀가 닳도록 들었구요. 정말 오랜만에 나타난 강호의 협객이신지라 저희 주인어른께서는 꼭 한번 만나 보고 싶어하셨습니다."

남천은 천성살악이 자신을 그렇게 높게 평가해 주자 다소 어색했다.

그러나 곽염은 남천이 어색해하든 말든 제 할 말을 계속했다.

"마침 그러던 차에 운 좋게 어젯밤, 소협을 직접 보게 된 것이지요. 그러니 주인어른께서 어찌 가만히 계시겠습니까? 꼭 한번 만나 봐야한다고 이렇게 아침부터 기다렸지요."

남천은 그의 말에서 다소 의심스러운 점을 발견했다.

자신이 어디로 갈지 알고 이곳에서 기다리고 있었을까, 어젯밤에 왜 그 장소에 저들이 있었을까 등이다.

천성살악은 자신의 말대로 청부를 받지 않는 사람은 죽이지 않는다 했다.

그 말은 청부받지 않은 사람은 관찰할 필요도 없다는 말이 된다.

결국 그는 최홍에게 비도를 날릴 이유가 전혀 없었다.

그리고 그 집에 있을 이유도 없었다.

악중일이 이미 삼 개월 가까이 자신의 뒤를 쫓았다는 사실을 알 길이 없는 남천으로선 당연한 의문이었다.

그러나 그런 사소한 의문에 대해 남천은 굳이 캐지 않기로 했다.

어떤 말 못할 사정이 있을 수도 있는 데다, 천성살악에 대해 이미 감복한 마음이 일었기 때문이다.

곽염의 설명을 듣고 난 남천은 천성살악이 자신을 만나기 위해 아침부터 기다렸다는 말에 몸 둘 바를 몰랐다.

천성살악이 누구던가?

이미 수십 년 전부터 강호를 활동한 선배이자 그 까다로운 사부마저 극찬한 인물 아니던가.

남천이 어찌 말해야 좋을지 고심하고 있을 때 다행스럽게도 남궁상연이 먼저 입을 열었다.

"그러셨군요. 하면 이렇게 길에서 이야기할 게 아니라 어디 다른 장소로 옮기는 게 어떨까요?"

천성살악과의 만남은 정말 쉽게 오기 힘든 호재였다.

어찌 보면 강호행에 있어 가장 중요한 것은 돈이나 무공이 아닌 사람이었다.

실제로 강호에서 가장 오래 살아남는 사람은 무공이 높거나 돈이 많은 사람이 아닌 친우가 많은 사람들이었다.

이를 잘 아는 남궁상연은 이번 기회에 천성살악과 남천과의 관계를 더욱 긴밀히 하는 게 장차 남천에 있어 큰 도움이 될 거라 판단했다.

"마침 저희가 이전에 묵었던 객잔이 이곳에서 그리 멀지 않으니 그곳으로 가시죠."

남궁상연은 세 사람의 대꾸가 없자 자신의 뜻을 승낙한 것으로 믿었다.

그러나 그녀는 한 사람의 표정을 자세히 신경 썼어야만 했다.

바로 곽염이었다.

그의 미간은 미미하게 찌푸려져 있었다.

'아, 빨리 해치우고 집에 가고 싶은데 저 계집이……'

그의 머릿속엔 오로지 집에 빨리 돌아가고 싶은 생각뿐이었다.

곽염은 설마 하는 마음에 악중일을 돌아봤다.

다른 사람들이라면 그의 얼굴에 드러나는 미미한 변화를 알아채지 못했을 것이나 곽염은 단박에 그의 속마음을 간파했다.

'앗! 저 곰탱이가 매우 기분이 좋은 걸 보니 필시 따라가려 하는구나!'

그는 속으로 욕지기를 내뱉으며 고개를 저었다.

'안 되지 안 돼. 그러면 또 집에 돌아가는 시간이 하루 지체된단 말이다.'

이윽고 곽염이 진지한 음성으로 입을 열었다.

"잠깐만 소저. 저희 또한 그러고는 싶지만 이미 많은 시간이 지체되어 여유로운 대화를 나누긴 힘들 듯싶습니다."

악중일은 사뭇 의외라는 듯 곽염을 돌아봤다.

"너 바빠?"

"바빠요!"

"난 안 바쁘니 그럼 먼저 가. 난 천천히 갈게."

"안 됩니다. 주인어른도 바쁩니다요. 잊었습니까? 그 일을?"

"그 일? 그게 뭔데?"

"여기서 말씀드리긴 힘들고 아무튼 바빠요. 그러니 잠자코 좀 있어요."

악중일은 고개를 갸웃거리며 그 바쁘다는 일을 기억해 내려 했지만 헛수고였다.

'암, 바쁘지. 내가 집으로 돌아가는 일인데……. 흐흐.'

곽염은 속으로 비웃음을 날리고는 다시 하던 말을 계속했다.

"사실 오늘의 만남은 하나만 이뤄지면 됩니다. 저희 주인어른의 바람이지요."

악중일은 그가 슬슬 본론으로 들어가려 하자 다시 자세를 가다듬었다.

"그건 차마 제가 말씀드릴 수는 없고 주인어른께서 직접 말씀해 주실 겁니다. 자. 주인어른 말씀하세요."

악중일은 곽염이 모든 일을 처리할 거라 굳게 믿고 있다가 자신에게 화살이 돌아오자 순간 움찔했다.

그는 멀뚱거리는 눈으로 곽염을 쳐다보았다.

"왜 그런 눈으로 보십니까?"

"네가 말해야지."

"아 빌어먹을. 그 정도는 좀 직접해요. 무슨 어린애도 아니고."

"그래도……."

남천은 천하의 대살수라는 천성살악이 자신의 종복에게

꾸지람을 듣는 모습이 믿겨지지 않았다.

그래서인지 더욱 호감이 갔다.

"아, 몰라요. 이제 내가 할 일은 다했으니 나머지는 주인어른이 알아서 하십쇼. 전 입 다물래요."

그는 아예 팔짱을 끼고선 고개를 획 돌려 버렸다.

악중일은 난처한 형색으로 곽염을 물끄러미 쳐다보다 어쩔 수 없는지 남천을 쳐다보며 가까스로 입을 열었다.

"음. 그게 말이오."

남천과 남궁상연은 잔뜩 긴장된 표정으로 귀를 기울였다.

악중일은 잠시 머쓱해하더니 조용한 목소리로 말했다.

"나는 말이오. 패검무자 그대가 내 가족이 되었으면 하오."

"……!"

"……!"

그의 말이 끝났음에도 남천과 남궁상연은 두 눈만 멀뚱멀뚱 뜨고 있었다.

반면에 곽염은 다른 쪽을 바라보던 고개를 다시 획하니 돌려 악중일을 쳐다봤다.

'아니, 저 곰탱이가 머라고 하는 거야?'

한없이 이어질 것만 같던 정적을 깨뜨린 것은 남궁상연이었다.

그녀의 음성이 조금씩 떨려 나왔다.

"지, 지금 가족이라고 하셨나요?"

악중일이 천천히 고개를 끄덕이자, 돌연 그녀의 눈빛이 매섭게 변했다.

"설마 사위를 삼으시려는 건가요?"

그녀가 볼 때 남천이 악중일의 가족이 되려면 두 가지 길밖에 없었다.

양자가 아니면 사위.

부모가 있는 사람을 양자로 삼을 때는 친부모의 허락이 먼저지 당사자가 아니었다.

그렇다면 답은 하나 자신의 딸을 주어 사위로 삼겠다는 의미였다.

악중일은 자기가 말해놓고도 당황스러웠다.

'의형제, 의형제'라 한참을 연습해 놓고는 정작 입에서 나온 말은 가족이라니.

머리를 쥐어뜯고 싶은 심정이었다.

거기다 남궁상연마저 잡아먹을 듯한 눈초리로 노려보고 있었으니 그는 더욱 허둥댔다.

"아, 아니. 그런 의미가 아니오."

"그럼, 뭐죠?"

그녀는 여전히 얼음장처럼 냉랭했다.

"그게 말하자면……. 형제. 그렇소. 형제를 말함이오. 나는 남 소협과 의형제를 맺었으면 하오."

'드디어. 해내셨구려.'

곽염은 뿌듯함을 감추지 못했다.

저 말을 하기 위해 세 달이나 걸렸다.

눈앞으로 그리운 집이 어른거리기 시작했다.

"네?"

"네? 그건…….."

남천과 남궁상연은 동시에 소리쳤다.

처음 만난 자리에서 의형제를 맺자하니 놀라지 않는 게 더 이상했다.

그와는 연배를 따져도, 나이를 따져도 한 세대가 차이났다.

이미 형님 동생할 만한 나이 차가 아니었다.

비록 강호의 인물들이 제멋대로인 경우가 많다고는 하지만 이런 경우는 극히 드물었다.

"선배님이 어찌 무림 말학에 불과한 저와…….."

그는 말을 극히 조심했다.

하나 악중일은 하고 싶었던 말을 한번 내뱉고 나자 슬슬 용기가 솟는지 그때부턴 거침없었다.

"아니오. 그대와 나는 선후배를 따질 필요가 없소. 당신은 살수가 아니잖소. 그러니 하등 문제될 게 없소."

"하지만…….."

남천이 또다시 거절의 말을 꺼내려 하자 이번엔 곽염이 끼어들었다.

"우리 주인어른이 저리 우락부락하게 생겼어도 마음만은 항상 진실되다오. 그러니 제발 받아주시오. 윗사람의 청을 거절하는 것도 예가 아니지 않소."

말은 그럴싸했지만, 그에게 오로지 집에 가고 싶다는 생각뿐이었다.

만약 남천이 거절이라도 하게 되면 악중일의 성격상 이대로 물러날 리 만무했다.

몇 날 며칠이고 쫓아다닐 게 분명했다.

그 꼴만은 도저히 눈뜨고 못 봤다.

남천은 난처한 기색이 역력했다.

분명히 거절의 뜻을 내비쳤는데도 상대측에서 이리 막무가내니 마땅한 말을 찾기가 힘들었다.

게다가 남궁상연마저 거들었다.

그녀는 남천의 팔을 잡으며 귀에다 악중일이 듣지 못하게 조용히 속삭였다.

"받아들이세요. 좋은 기회잖아요. 그의 힘을 얻을 수 있다면 큰 도움이 될 거예요."

순간 남천의 표정이 미세하게 굳어졌다.

그는 눈을 크게 뜨고는 남궁상연을 쳐다봤다.

단지 바라보는 것에 불과했지만 남궁상연은 그가 무슨 말을 하고 싶어하는지 깨달았다.

자신을 질책하는 것이다.

남의 앞이라 차마 소리 내어 말하지 못하고 있는 것뿐이었다.

그녀는 곧 자신의 실태를 깨닫고는 희미하게 웃으며 다시 남천의 귀에 대고 말했다.

"죄송해요. 제가 실수했어요. 그러니 얼굴 좀 풀어요."

남궁상연은 사과하는 행동도 빨랐다.

이게 그녀가 사랑을 알아가며 변한 점이었다.

예전 같았으면 죽었으면 죽었지 잘못했다는 말 따윈 절대 하지 않았으리라.

그녀는 즉시 악중일을 바라보며 안타까운 듯이 입을 열었다.

"죄송하지만 소협께선 수락할 수 없는 피치 못할 사정이 있어요. 때문에 방금 전 말씀은 거두어주셨으면 해요."

남천은 의외의 눈빛으로 다시 그녀를 쳐다봤다.

그녀의 말은 사실이었기 때문이다.

남천은 형이 한 명이면 족했다.

그 외에 다른 사람이 그의 형이 된다면 하늘에 있는 남유가 슬퍼하리라 생각했다.

그게 악중일의 부탁을 고사하는 진정한 이유였다.

악중일은 뭔가가 와르르 무너지는 기분이었다.

당당하던 어깨가 서서히 쳐졌다.

몇 개월의 공이 물거품처럼 사라져 버렸다.

그는 시무룩하게 천천히 돌아섰다.

그 광경을 지켜보는 곽염은 혀가 바짝바짝 타들어갔다.

'안 돼. 절대 안 돼. 이렇게 되면 내가 모든 후환을 감당해야 한단 말이다!'

이는 생각만 해도 끔찍한 일이었다.

그가 참지 못하고 뭐라 소리치려던 순간이었다.

남궁상연이 외치듯 급하게 말했다.

"하지만 저는 괜찮아요."

악중일은 돌리던 몸을 멈추고 그녀를 쳐다봤다.

남궁상연은 싱그러운 미소를 짓고 있었다.

"뭐라 하셨소?"

"저는 괜찮다고요. 우리 의남매를 맺는 건 어때요?"

남천은 자신의 귀를 의심했다.

이는 곽염도 마찬가지였다.

묵청치화가 다른 사람에게 의남매를 맺자하다니 직접 들었으면서도 믿지 못할 일이었다.

그녀는 항상 혼자이지 않았던가?

그 사교성 없는 성격 탓에 세가 내에서도 그녀와 말을 나누는 이는 극히 드물었다.

이런 사실을 잘 아는 남천은 어안이 벙벙했다.

'확실히 소저가 많이 변했구나.'

남궁상연은 그의 말대로 확실히 변했다.

그러나 악중일과 의자매를 맺자한 것은 그와는 조금 다른 문제였다.

그녀는 악중일과 몇 마디 나누지 않았지만, 그의 순수함을 발견했다.

강호에서 수십 년을 살아왔고, 살인을 그토록 많이 했음에도 불구하고 순수함을 잃지 않았다는 사실이 그녀에겐 경이롭게 다가왔다.

그녀가 아는 주위의 인물들은 결코 그런 순수함을 가지고 있지 않았다.

기껏 헤아려 봐야 남천 그리고 그녀의 아버지가 전부였다.

"어때요? 저는 물론 좋거니와 당신도 싫지 않을 거예요. 왜냐면 당신이 남 소협과 의형제를 맺는 것과 저와 의남매를 맺는 것은……. 어떤 면에서 같으니까요."

악중일은 그녀가 마지막에 한 말이 무슨 뜻인지 순간 잘 모르는 눈치였으나 곽염은 단번에 깨달았다.

'여우 같은 계집이구만. 흐흐. 부부는 일심동체라 이거지?'

악중일은 곰곰이 생각했다.

처음 패검무자를 처음 보았을 때, 그는 자신의 목숨을 아랑곳하지 않고 저 여인을 구하려 했다.

그리고 분명 남녀가 유별한데도 저 두 사람은 수개월을 함께 보냈다.

그렇다면 뒤에 일어날 것은 뻔했다.

혼인.

그렇게 되면 패검무자는 자신의 매제가 됐다.

'그렇지. 매제나 의제나 거기서 거기 아닌가.'

악중일은 남궁상연을 유심히 바라봤다.

지금까지 지켜본 바로 저 여인은 아름다울 뿐만 아니라 행실에 있어서도 모남이 없었다.

패검무자가 사랑하는 여인이니 어쩌면 당연하리라.

"좋소. 그대가 허락한다면."

"정확히 말씀하셔야죠. 허락은 제가 아니고 천성살악께서 하시는 거예요."

악중일은 흠칫하다가 돌연 지축이 흔들릴 정도로 크게 웃었다.

"좋소, 좋아! 내 허락하겠소!"

"경축드립니다. 주인어른. 저렇게 어리고 아리따운 동생을 맞이하시다니."

일이 이상하게 돌아가긴 했지만 어찌 됐든 의자매를 맺었으니 다행이었다.

악중일은 매우 기분이 좋은 듯 곽염의 어깨를 세게 후려쳤다.

"고맙다. 고마워. 이게 다 네가 나서서 설쳐 준 덕분이다."

"네, 네."

그는 욱신거리는 어깨를 주물럭거리며 건성건성 대답했다.

남천도 즉시 허리를 숙이며 포권을 취했다.

"진심으로 축하드립니다, 대협."

"고맙네, 매제. 앞으로 잘 부탁하겠네. 하하핫."

남천은 매제라는 말에 움찔하고는 어색한 미소와 함께 얼굴을 붉혔다.

한창 그렇게 악중일이 희희낙락하고 있을 때 곽염이 불쑥 입을 열었다.

"자, 그럼 이제 모든 일을 끝마쳤으니 가십시다."

그러더니 악중일을 잡아끌었다.

"응? 어딜?"

하나 악중일은 뭔 소리냐는 표정이었다.

"왜 이러십니까. 이제 집에 가셔야죠."

"집엘 왜 가?"

곽염은 잡아먹을 듯이 눈을 부라렸다.

'아니, 이 작자가!'

그는 자신도 몰래 튀어나오려는 거친 말을 겨우 삼켰다.

"허허, 농담도 잘하십니다. 저와 약조하셨잖습니까?"

"무슨 약속? 난 기억 안 나."

악중일은 이렇게 툭하니 내뱉고는 남천과 남궁상연을 향해 이를 환히 드러내며 웃었다.

"하하. 자, 그럼 오늘 이렇게 새로운 가족을 맞이했으니 어찌 내 가만히 있을 수 있겠나. 이런 좋은 날엔 즐겨야 하지 않겠나?"

 그러더니 두 사람을 앞세우고는 마을로 향했다.

 한잔 거하게 걸치려는 게 분명했다.

 뒤에 홀로 남은 곽염은 이 어처구니없는 상황에 입만 멍하니 벌린 채 서 있었다.

 그리고 그의 머릿속엔 오직, 하나의 옛말만이 맴돌고 있었다.

 배은망덕(背恩忘德)이라는…….

第三十六章

생사비무(生死比武)
一반고의 제자들

俠

　적적함만이 느껴지는 커다란 장원.

　어느새 봄이 시작되었는지 화려한 꽃들이 곳곳에 싹을 틔우고 있었음에도 적막함은 전혀 사그라지지 않그 있었다.

　이는 오직 한 사람에 의해서였다.

　일도궁일도양 반고의 제자 창해극.

　그가 내뿜는 무형의 기운이 이 아름다운 장원을 정막에 잠기게 했다.

　기백 명이 들어설 수 있는 널따란 장원에 그 혼자만이 있었건만 그는 전혀 외로움을 느끼지 않는 듯 보였다.

　창해극에게 그런 것은 어울리지 않았다.

그의 별호처럼 무심함만이 그에게 적합한 말이었다.

그렇게 적막한 공간.

가만히 서서 허공만을 응시하던 그가 불쑥 입을 열었다.

"찾았느냐?"

그러자 아무도 없음에도 어디선가 말소리가 들려왔다.

"그는 지금 오태산(五太山)을 지나 남하하고 있습니다."

"행로는?"

"그곳에서 관도를 탄다면 역현(易縣)을 지나 정주(定州)로 향할 것입니다. 지금 출발하신다면 망도(望都)에서 그를 만나실 수 있습니다."

"수고했다. 사제에게도 전해주어라."

"존명."

목소리의 주인이 사라지고 나자 한순간 그의 눈에서 진한 광망이 뿜어져 나왔다.

'망도라……. 패검무자에겐 망도(亡道)가 되겠군. 피를 뿌리기엔 적당한 곳이야.'

*　　　*　　　*

"크으! 도대체 어디에 있다는 거야?"

대낮이었음에도 나무들이 빽빽하게 들어차 어둑어둑해 보이는 곡양의 어느 산속, 산이 떠나가라 큰 소리로 불만을 토

로해 내는 이가 있었다.

그는 어느 땅바닥에서 뒹굴어댔는지 군데군데 얼룩지고 시커멓게 변한 백의 아닌 백의를 입고 있었다.

얼굴을 짜증으로 잔뜩 찌푸리고 산속을 헤매는 그는 다름 아닌 도화만창 강서백이었다.

다른 때처럼 자신의 거처에서 두 다리 뻗고 쉬고 있을 법한 그가 이런 산속에서 골을 내며 떠돌고 있는 이유는 간단했다.

남천과의 일전을 치른 후 그는 곧바로 돌아가려 하다 마음을 바꿨다.

돌아가 보았자 사부의 잔소리를 들을 게 뻔했기 때문이다.

결국 그는 이번 기회에 그동안 쌓아두었던 울분을 모두 풀어버리리라 결심했다.

도화만창의 울분이란 다른 것이 있을 수 없다.

바로 비무!

때문에 강서백은 이곳저곳을 돌아다니며 비브 상대를 찾았고, 비록 만족할 만한 수준은 못되었지만 몇 번의 그럴듯한 성과도 얻었다.

특히 이십여 년간 산동 지방에서 명성을 날리던 각법의 고수, 철퇴산각(鐵頹散脚) 태동명(太同明)과의 만남은 꽤 괜찮은 편이었다.

그를 꺾기 위해 무려 세영파창을 열여섯 개나 사용했기 때문이다.

처음엔 방심을 하다 손을 그대로 걸어채이는 바람에 한동안 고생도 했지만 결국엔 강서백의 승리였다.

그렇게 비무행을 하던 중 이곳 곡양에 다다라서 묘한 소문을 접하게 되었다.

정확한 위치는 모르겠으나 화만산(和萬山) 어느 한 자락에 은거 고인이 살고 있다는 소문이었다.

두어 달에 한 번씩 괴성이 산 전체에 울려 퍼져 처음엔 모두들 귀신이 산다고 떠들어댔으나, 후에 지나가던 소림승이 고수의 사자후(獅子吼)라는 말에 은거 고인이 살고 있다는 소문으로 바뀌었다.

강서백은 눈이 번쩍 뜨였다.

산 전체를 울릴 정도의 사자후를 터뜨리는 고수.

어찌 궁금하지 않겠는가?

참지 못한 그는 그 길로 산에 올랐다.

하나 화만산은 태산이나 황산처럼 거대하진 않았지만 험하기로는 강호에서도 몇 손가락 안에 꼽혔다.

아무런 준비 없이 산에 오른 그는 톡톡한 고생을 치렀고 얼마 못 가 지금처럼 낭패스런 꼴이 되고 말았다.

엎친 데 덮친 격으로 강서백은 지금 자신이 있는 곳이 화만산인지 아님 다른 산인지도 몰랐다.

무려 사흘을 앞뒤 가리지 않고 들쑤셔 댔으니 어쩌면 당연한 결과였다.

"아이고, 죽겠네."

결국 힘이 빠진 그는 둥글게 말린 세영파창을 베개 삼아 털썩 누워버렸다.

수풀들 사이로 하늘이 올려다보였다.

간간이 떠가는 구름이 해를 가렸다 말았다 하며 생기는 그림자가 그의 얼굴을 간질였다.

"훗. 이것도 나름대로 편하구나."

그는 사흘 만에 느껴보는 여유로움에 서서히 젖어들었다.

그러자 지금까지 한 번도 생각해 본 적이 없는 무언가가 떠올랐다.

왜 자신은 비무에 그리 목숨을 매는 걸까?

되새겨 보면 자신은 무인들 중에서도 가장 운이 좋은 편에 속했다.

무신의 제자.

얼마나 많은 무인들이 무신을 사부로 모시고 싶어하겠는가?

이는 노력한다고 해서 되는 게 아니었다.

'휴우. 어렸었지.'

처음 사부를 따라 문에 들어섰을 때 그의 나이 겨우 다섯이었다.

먹을 것만 밝히던 그에게 뇌우신창 백서림은 창을 내밀었다.

그는 딱히 무공 익히기를 바라지 않았다. 다만 배불리 먹을 음식만 있으면 되었다. 하지만 무공을 익히지 않으면 음식이 나오지 않았다.

그 후론 고된 수련의 연속이었다.

그가 비로소 무에 눈을 뜨게 된 것은 그로부터 오 년 후 사형이 펼치는 무공을 보고나서부터다.

창공을 날아가는 수많은 창들…….

어찌나 멋있었던지. 어린 강서백에게는 경이로웠다.

그때부터 죽어라 매달렸다. 잠도 자지 않았다.

예순네 개의 세영파창을 모두 다루기 위해서는 잠을 자는 시간도 아까웠다.

그리고 강서백이 드디어 사부의 모든 것을 익혀냈을 때, 그는 사형에게 비무를 요청했다.

그러나 그는 단언지하에 거절했다.

이유는 너무도 간단했다. 놀아줄 시간이 없다는 것.

그의 사형은 사부의 눈에 들기 위해, 자신을 따르는 사람을 끌어 모으기 위해 항상 분주했다.

그래야만 사부의 후인이 되고 다음 문주가 되기 때문이다.

결국 그는 자신이 익히 무공을 시험할 상대를 찾지 못했다.

문에는 물론 무인들이 수두룩했으나 사형에게 거절을 당한 뒤론 같은 문파인과의 비무가 싫어졌다.

그는 밖으로 눈을 돌렸다.

밖에는 과연 수많은 고수들이 있었다.

듣도 보도 못한 기이한 무공을 펼치는 이들.

그들과 하나하나 부딪치는 게 언제부터인가 그의 유일한 즐거움이 되었다.

한데 얼마 전에 꼭 그렇지만은 않은 상대를 만났다.

세영파창을 든 이후 처음으로 승부를 짓지 않고 끝을 냈다.

일수만병파의 제자.

그와는 후에 자웅을 겨뤄야 할 듯했다.

왜였을까? 삼 년의 수련만에 강기를 뽑아낸 놀라운 자질 때문이었을까?

아니면 자신이 늙었기 때문일까?

"하아. 그 녀석은 뭐 하고 있을까나? 많이 발전했을까? 소문으로는 뭐 대단한 녀석이 되긴 했다만."

강서백도 남천에 관한 소문을 들었다.

육대세가비무대회에서의 우승, 그리고 패검무자라는 별호, 그리고 협행.

"훗, 그냥 형님으로 삼아버릴 걸 그랬나."

척박하기 만한 강호에 한줄기 협이라는 빛을 보여줄 것만 같았다.

그는 눈을 감았다.

슬슬 졸려왔다. 사흘간이나 자지 못했으니 당연했다.

그렇게 눈꺼풀이 무거워지려 할 때였다.

그는 돌연 눈을 부릅떴다.

'싸움!'

강서백은 벌떡 일어났다.

정말 싸움이라는 말에 자다가도 벌떡 일어난다는 말이 그에게 딱 맞았다.

"하하핫! 내가 간다."

강서백은 산등성이를 타고 내달렸다.

언제 힘이 빠졌었냐는 듯이 펄펄 날았다.

얼마나 정신없이 뛰었을까? 그는 벼랑에 도착했다.

"어라? 뭐야, 이거?"

그는 어리둥절했다.

분명 싸우는 소리가 이 근처에서 났건만 난데없이 벼랑이라니.

아래는 그야말로 천길 낭떠러지였다.

안개인지 구름인지 모를 하얀 연기가 잔뜩 끼어 있는 데다 군데군데 날카로운 돌들이 솟아 있어 내려다보는 것만으로도 현기증이 일었다.

그는 무심코 반대편 벼랑을 바라봤다.

이십여 장은 넘게 떨어져 있는 반대편 벼랑은 이쪽보다 오장여 정도 낮아서 그 위의 모습을 볼 수 있었다.

순간 강서백은 무엇을 발견했는지 얼굴빛을 굳혔다.

그의 입이 꽉 다물어지고 눈에서는 한광이 줄기줄기 뻗어

나왔다.

　파앙!

　강서백이 쥐고 있던 세영파창 보따리가 한순간에 터져 나
갔다.

　그와 동시에 그의 양손에는 세영파창 한 무더기가 쥐어졌
다.

　"차아아앗!"

　강서백의 기합성이 벼랑을 가로질러 울려 퍼졌다.

　쉬아아악!

　그리고 산을 울려대는 기합성이 사라지기도 전에 수많은
세영파창이 허공을 찢어발기는 굉음과 함께 섬뜩처럼 날아가
기 시작했다.

＊　　　＊　　　＊

　"후, 천이 녀석은 언제 돌아올 셈이지. 벌써 네 달이 넘어
가는데……."

　남궁세가로부터 다소 떨어진 황산 태평사(泰平寺).

　대웅전이 바라다보이는 소전각 돌계단 위에 쭈그려 앉은
남궁운비가 북쪽을 바라보며 중얼거렸다.

　절의 이름은 태평사이건만 정작 그는 전혀 태평스럽지 못
했다.

남궁운비는 남천이 이렇게 늦게까지 돌아오지 않으리라고
는 예상조차 하지 못했었다.

그저 급한 일이 있으니 잠시 관화를 돌봐달라는 말이 그에
게 들은 전부였기 때문이었다.

남궁운비는 다시 조그맣게 탄식하고는 대웅전으로 고개를
돌렸다.

그 안에선 한창 사관하가 불공을 드리고 있을 터였다.

'녀석의 무사함을 비는 걸까?'

겨울이 막바지에 이르렀을 즈음 사관화는 그에게 근처에
절이 있냐고 물었다.

그래서 이곳에 데려왔다. 천천히 걸어 반 시진이 걸리니 그
다지 가깝다고는 할 수 없었지만, 이곳이 그나마 남궁가로부
터 제일 가까운 절이었다.

그때부터 지금까지 거의 한 달간을 사관화는 하루도 빠지
지 않고 이곳엘 들렀다.

아침에 와서 불공을 드리고 돌아가면 점심때. 하루의 반을
그렇게 보냈다.

당연하게도 남궁운비는 그때마다 사관화와 동행했다.

물론 그녀는 수고를 끼칠 수 없다며 만류했지만 순순히 그
녀의 말을 들을 남궁운비가 아니었다.

만에 하나 위험이 발생한다면 남천의 얼굴을 무슨 면목으
로 본단 말인가?

아니, 그보다도 남궁운비는 자신에 대한 조책감에 살아가지 못할 게 분명했다.

이미 그녀는 그 자신만큼이나 아니, 오히려 더욱 소중한 존재였다.

한참 동안 이런저런 상념에 잠겨 있던 남궁운비가 자리에서 일어났다.

대웅전 계단으로 사관화가 내려오고 있었다.

"소저."

그는 사관화를 부르며 급히 달려갔다.

멀리서 보았음에도 그녀의 표정은 좋지 못했다.

"무슨 안 좋은 일이라도……?"

남궁운비는 걱정스럽게 물으며 그녀의 손을 잡았다.

하지만 사관화는 묵묵부답이었다.

"왜 그러십니까?"

"아무래도 느낌이 안 좋아요."

그녀는 힘없는 음성으로 겨우 입을 열었다.

"느낌이라니요?"

"오라버니께 혹시나 불상사가 생긴 것인지……. 어젯밤부터 불길한 생각만 계속 들어요. 오늘 이곳에 오면 나아질까 했지만, 이상하게… 지금까지도 사라지지 않네요."

"괜한 걱정이십니다. 천이가 그리 호락호락한 녀석이 아니란 건 누구보다 잘 아시지 않습니까?"

"그건 알지만……."

남궁운비는 그녀가 침울해하자 그 역시도 점점 답답해지는 기분이었다.

그러나 자신마저 그녀의 분위기에 젖어 들어선 안 되었다.

그는 애써 하얀 이를 드러내며 활짝 웃었다.

"소식을 듣자하니 천이가 이곳을 향해 오고 있는 듯한데 조금만 더 기다리시면 될 겁니다. 그때가 되면 우리 확실하게 술 한잔하자구요. 이번엔 그 녀석도 빼지 못할 겁니다."

북쪽에서 들려온 소문에 의하면 그의 행로는 확실히 황산을 향해 있었다.

사실 남천은 금난영을 찾기 위해 청양으로 가는 중이었지만 이를 남궁운비가 알기는 어려운 노릇이었다.

사관화는 희미하게 웃었다.

이미 일 년 가까이를 함께했지만 그 긴 시간 동안 남궁운비는 그녀가 가슴 아파할 말을 단 한 번도 하지 않았다.

덤벙대고 허둥대는 그로서는 정말 기적과도 같았다.

이는 그만큼 사관화를 대할 때 그가 몇 번을 생각하고 조심했기에 가능했다.

사관화도 이런 사실을 굳이 누가 말해주지 않아도 잘 알고 있었다.

때문에 더 이상 그를 곤란하게 해서는 안 된다는 생각이 들었다.

그리고 자신의 불길한 느낌은 어디까지 느낌일 뿐 사실도 아니지 않은가.

"그래요. 오라버니가 돌아오시면 저도 그땐 술이란 걸 해 봐야겠어요."

"네?"

남궁운비의 우스꽝스런 표정에 사관화는 피식하고 웃음을 터뜨렸다.

"남자들이 그렇게 좋아하는 술 맛이 어떨지 궁금해요. 도 대체 얼마나 맛있기에 그리도 정신을 못 차리는지 직접 확인 해봐야겠어요. 운비 공자도 술을 잘하시는데 저라고 못할 이 유가 없죠."

"그… 그건. 저는 사실 술을 잘 못하는데요."

"피, 거짓말."

그는 갑자기 머쓱해져 머리를 긁적였다.

그러다가 번뜩 고개를 치켜들었다.

"아, 우리 오늘은 이 근처를 좀 둘러보다 갈까요? 이곳에 드나든 지 거의 한 달이 되어가지만 여유롭게 구경해 본 적이 없잖아요."

사관화는 손뼉을 치며 눈빛을 반짝였다.

"그럴까요?"

두 사람은 서로를 웃으며 바라보았다.

그들은 좀 전까지 나눴던 심각한 대화를 모드 잊어버린 듯한 모습이었다.

하나 사람이 어찌 그럴 수 있겠는가.

다만 서로를 위해 더 이상 언급하지 않는 것뿐이었다.

두 사람이 사라지고 난 대웅전, 은은한 풍경 소리가 그들의 뒤를 배웅하듯 조용히 울려 퍼지고 있었다.

*   *   *

남궁상연이 악중일과 의남매를 맺기로 한 그날, 남천은 생애 처음으로 술에 취했다.

처음 보았을 때의 과묵하면서도 위압적인 악중일의 모습은 함께 자리한 지 얼마 되지 않아 씻은 듯이 사라져 버렸고 그때부터는 흔히 말하는 난장판이 벌어졌다.

얼마나 술을 마셔대는지 주점 안의 술이 모두 바닥을 드러내고도 모자라 다른 곳에서 더 가져와야만 할 정도였다.

남천을 연신 매제라고 불러대며 술을 권하는 통에 어쩔 수 없이 마신 게 평생 마신 술보다도 많았다.

여인들치고 남자들이 술 마시는 것을 좋아하는 이는 없으련만, 어찌 된 일인지 남궁상연은 옆에서 적극 거들었다.

아마도 남천을 부르는 '매제'라는 악중일의 호칭이 지극히 마음에 들었나 보다.

그렇게 끝날 기미를 보이지 않던 술자리는 다행스럽게도

곽염에 의해 종지부를 찍었다.

그는 참다 참다 어느 한순간 대폭발을 일으켰다.

곽염은 눈이 풀린 채 연신 술을 들이켜는 악중일의 멱살을 틀어잡고는 '이제 집으로 가자고, 이 곰탱아!' 를 주점이 떠나가라 소리쳤다.

악중일의 벌게진 뺨을 후려쳐 더욱 벌겋게 만드는 그의 모습은 공포 그 자체였다.

결국 악중일이 정신을 잃자, 곽염은 그를 들쳐 업고 운회루로 찾아오라는 말을 남기고는 사라졌다.

두 사람은 내심 어이가 없으면서도 운회루가 이전에 자신들이 묵었던 객잔임을 깨달았다.

그리고 당시 들었던 객잔 주인의 용모를 떠올리고는 고개가 끄덕여졌다.

그 주인이 바로 악중일임을 알 수 있었던 것이다.

천하의 대살수가 객잔을 운영하고 있다는 비밀을 알아챈 그들은 묘한 기분이 들었다.

어찌 됐든 남궁상연은 이번 만남으로 비록 느닷없기는 했으나 절정고수이며 호남아에 협객인 오라버니를 얻었고, 남천은 그런 고수의 솜씨를 보고 함께 즐길 수 있어 좋은 경험이 되었다.

이후 두 사람은 서둘러 남하했다.

금난영을 찾기까지는 일 년이라는 시간이 남아 있었으나,

남천은 그런 사실을 제외하더라도 자신의 소꿉친구가 과연 백화선궁의 소궁주인지가 더욱 궁금했다.

그렇게 해서 도착한 망도.

한데 전혀 예상치 못하게 망도에 도착하자마자 그를 반갑게 맞이하는 이가 있었다.

문사 차림의 중년인이었는데 정령육가의 마지막 후손으로 이름이 육대명(陸大冀)이라 했다.

마등태세에게 모든 가솔이 몰살당했다 알려진 정령육가.

육대명은 운 좋게도 당시 공부를 하러 자리를 비웠기 때문에 그 참변에서 살아남을 수 있었다.

그는 이후 망도로 옮겨와 남아 있는 집안의 재산으로 서원을 세웠다.

그리고 얼마 전 마등태세가 패검무자의 손에 죽임을 당했다는 소문을 듣게 되었고, 이에 감사의 마음을 표시하고자 남천을 자신의 집으로 초대한 것이다.

남천은 처음엔 거절하려 했으나 그의 거듭된 청에 못 이겨 결국 그의 장원으로 함께 가게 되었다.

장원은 뇌한산(雷邯山) 초입에 위치했는데 남천은 그곳에 도착한 후 얼마 지나지 않아 자신의 결정을 후회했다.

그들의 대접이 너무 부담스러웠기 때문이다.

가문의 원수를 갚아줬다며 육대명은 나이 어린 남천을 마치 상전 대하듯 했다.

결국 대청에서 음식을 들던 중 그가 잠시 자리를 비운 사이 남천은 남궁상연에게 조그맣게 속삭였다.

"아무래도 빨리 떠나는 게 좋지 않을까요? 너무 저들에게 피해를 주는 것 같습니다."

남궁상연도 그와 마찬가지 생각이었는지 살며시 고개를 끄덕였다.

"그래요. 한데 저분이 보내줄지가 의문이네요."

남천도 내심 그게 걱정이었다.

지금까지의 그의 모습을 보면 절대 쉽게 보내줄 리 없었다.

"하지만 언제까지 이렇게 있을 수만도 없잖습니까. 제가 한번 말씀드려 보겠습니다."

나타난 육대명은 또 뭔가를 한 짐 매고 있는 하인과 대동했다.

"이건 별거 아니나 소협에 대한 고마움의 표시입니다. 받아주시기 바랍니다."

남천은 놀라 자리에서 급히 일어나 손사래를 쳤다.

"이러시면 안 됩니다. 무엇이 되었든지 저희는 받을 수 없습니다. 지금까지만으로도 과분합니다."

"그래도 저의 마음이라 생각하시고 받아주시기 바랍니다."

육대명은 정중하게 다시 권했다.

사십이 넘은 그가 허리를 숙이고 있으니 남천으로선 난처하기 그지없었다.

"하지만……."

남천이 다시 사양하려 할 때였다.

하인 한 명이 급히 뛰어오더니 육대명의 귀에 뭐라 속삭였다.

그러자 육대명은 두 눈을 크게 뜨고는 묘한 표정을 지었다.

"그들이 누구지? 게다가 남 소협이 이곳에 계신 줄 어찌 알고 찾아왔단 말이냐?"

"그건 소인도 잘 모르겠습니다. 그들은 자신들이 누구라 밝히지 않은 채 그저 그렇게만 말했습니다."

"너는 물어보지도 않았느냐?"

육대명의 목소리가 조금 커졌다.

밝히지 않아도 확인은 해야 하지 않겠는가? 그는 하인의 일 처리가 마음에 들지 않았다.

하인은 땀을 뻘뻘 흘리며 급히 대답했다.

"그… 그게 저도 물어보고는 싶었으나, 그들이 강호인으로 보였기에……."

"강호인? 그들이 병기를 패용하고 있었단 말이냐?"

"그렇습니다. 두 사람 다 무언가를 허리에 차고 있었습니다."

"흐음……."

육대명은 잠시 생각하다가 남천을 향해 다시 허리를 숙

였다.

"죄송하지만, 소협. 제가 누가 찾아왔는지 확인하고 돌아오겠습니다. 잠시만 기다리시면……."

그의 말이 끝나기도 전에 대청 밖에서 커다란 웃음소리가 들려왔다.

"핫핫핫. 당신은 굳이 나올 필요가 없어. 우리가 이렇게 찾아왔으니 말이야."

육대명은 대경하여 급히 뒤돌아섰다.

그가 돌아섰을 때는 이미 대청 안으로 두 명의 남자가 들어선 후였다.

한 사람은 삼십대 중반 정도였는데 무슨 생각을 하는지 알 수 없게 무표정했고, 또 다른 사람은 하얀 피부에 준수한 미남자였다.

그는 조금 어려 보였으나 그래도 서른은 되어 브였고 두 사람 다 허리에는 한 쌍의 도가 걸려 있었다.

웃음을 터뜨린 자는 그였던 듯 어슬렁거리며 육대명에게 다가오고 있었다.

"무슨 짓들이요? 남의 집엘 함부로 침입하다니. 도대체 예를 아는 사람들이오?"

육대명은 불같이 호통을 쳤으나 그는 얼굴빛 하나 변하지 않았다.

"당신은 그만 조용히 하는 게 좋을 거야. 마등태세에게 그

꼴을 당했으면서도 아직 정신을 못 차리셨나? 아니면 다시 한 번 겪고 싶다는 건가?"

"뭐… 뭣!'

육대명은 치미는 분노에 전신을 사시나무처럼 떨었다.

일가족이 살인마에게 죽은 사실을 아무렇지도 않게 끄집어내다니.

정신이 박힌 인간이라면 할 소리가 아니었다.

남천은 상황이 심상치 않음을 보고 자리에서 천천히 일어섰다.

"나를 찾아왔소?"

"바로 보았다. 너를 만나기 위해 사형과 내가 힘든 걸음을 했지."

남천은 그의 남다른 기도와 허리에 걸린 쌍도를 보고 어느 정도 예상은 했지만 침착하게 물었다.

"당신들은 누구요?"

"우리? 뭐 비밀이랄 것도 없지. 나는 가백헌이고 이쪽은 나의 사형으로 창해극이란 분이시다."

남천의 표정이 다소 굳어졌다.

쌍도를 보고선 쌍하도문의 사람일 것이라 예상했지만 설마 무신 반고의 직전제자일 줄은 몰랐다.

남궁상연도 눈에 띄게 안색이 변해 자리에서 급히 일어섰다.

"나와 당신은 일면식도 없건만 이렇게 찾아온 이유가 무엇이오?"

"하! 이유는 간단해. 네가 일수만병파의 제자이기 때문이지. 뭐 내 경우에는 또 다른 이유가 있긴 하지만."

남천은 사부를 모욕하는 듯한 그의 발언에 목소리가 한층 싸늘해졌다.

"용기없는 자군."

"뭐라?"

"사부님을 뵐 용기가 없으니 나를 찾아온 것 아니겠소?"

일수만병파에 대한 도전의 대가는 그 누가 되었든 이기지 못하면 죽음이었다.

가백헌은 멍하니 남천의 얼굴을 쳐다보다가 양어깨를 크게 흔들며 웃어젖혔다.

"크하하핫, 뭐 네 말이 맞다고 해두지. 하나 우린 너와 말싸움하고자 온 게 아니야."

"그래서 그렇게 떠들고 있소?"

'저놈이!'

가백헌의 안색이 갑작스레 휙 하니 변했다.

남천의 비꼬는 말에 화가 난 것일까?

그의 전신에서 살을 엘 듯한 날카롭고도 차가운 기운이 스멀스멀 피어올랐다.

하나 숨을 막히게 하는 그의 예리한 기세에도 남천은 미동도 없이 예의 침잠된 눈빛으로 그를 응시하고 있었다.

남천은 이들과 편하게 대화를 나눌 생각이 없었다.

형이 죽고 관화가 그 위험에 처하게 된 것도 따지고 보면 모두 쌍하도문 때문이었다.

관화의 일이 급해 먼저 찾아가지 못한 게 한이 될 지경인데 오히려 이처럼 자신을 찾아와 줬으니 고맙다는 생각이 들 정도였다.

두 사람의 기세 싸움이 계속되자 그때까지 조용히 있던 창해극이 처음으로 입을 열었다.

"넌 조용해라."

"사형!"

창해극은 옆에서 소리치는 가백헌에겐 일별도 하지 않고 남천에게 시선을 고정시킨 채 느릿하게 손을 움직였다.

그의 손은 허리에 걸린 하얀빛 백한양도(白寒兩刀)의 도파를 잡아가고 있었다.

그 모습을 본 남천이 크게 소리쳤다.

"잠깐!"

창해극의 손이 도파에 걸린 채로 우뚝 멈추었다.

"여기서 일을 벌일 셈이오?"

"……."

"나는 단지 이곳의 객에 불과하오. 하니 장소를 옮겼으면 하오만."

그는 한동안 남천을 바라보더니 도파에 올려놓은 손을 천천히 늘어뜨렸다.

그리고는 말없이 뒤돌아 밖으로 걸어갔다.

"소협, 괜찮겠어요?"

남궁상연이 걱정스러운 목소리로 조심스레 물었다.

"그들은 손속이 잔인하기로 유명한데다 지금까지의 상대와는 비교할 수 없는 고수들이에요."

"갑작스럽긴 하지만 언젠가는 만나야 할 자들이었습니다. 그 시간이 조금 앞당겨졌다 생각하면 됩니다."

"하지만 아직 소협은 어르신의 무공을 대성하지 못했는데 저 둘을 상대로는……."

그녀는 차마 부족하지 않겠냐는 말을 꺼내진 못했다.

그녀가 듣기로 반고의 이제자인 창해극은 이미 그 사부의 진전을 완벽히 터득했다.

그 성취는 놀라워 자신의 사형을 뛰어넘었고 명실 공히 쌍하도문의 이인자였다.

그런 창해극을 상대로 남천은 아직 서자충천공의 다섯 단계 중 아직 사단공의 초입이었으니 객관적으로 봤을 때 무리인 것만은 틀림없었다.

하지만 남천의 생각은 달랐다.

물론 자신의 성취를 잘 알고 있었지만 오늘의 일은 결코 피할 수 없었다.

아니, 피해선 안 되었다.

처음 강호에 나섰을 때부터 각오한 바였다.

사부를 두려워하는 자들이 자신을 노린다면 반드시 응당의 대가를 치르게 해주겠다고 마음먹었다.

게다가 쌍하도문. 결코 용서할 수 없는 자들이었다.

남천은 희미하게 웃으며 그녀의 손을 잡았다.

"너무 걱정하지 마십시오. 반드시 돌아오겠습니다."

"네? 돌아오다니요?"

남궁상연은 잠시 어리둥절했다.

그러다가 그의 말뜻을 문득 깨닫고는 팔을 덥썩 움켜잡았다.

"안 돼요. 혼자 가시려는 거죠? 저도 함께 갈 거예요."

남천은 한동안 그녀를 지그시 응시하다가 머리를 설레설레 저었다.

"소저, 소저께서 생각하는 그런 일은 없을 터이니 이번만은 제 뜻에 따라 주셔야 합니다."

"그러니 저도 가야 해요. 아무 일도 없다면서요. 그리고 절 지켜주겠다고 하셨잖아요."

남궁상연은 이제 울 듯한 표정이었다.

그녀는 왠지 이대로 남천을 보내면 영영 보지 못할 것만 같았다.

남천은 비록 말은 그리했지만 그 역시 반고의 제자 둘을 상대로 무사하리란 생각은 하지 않았다.

그래서 더욱 그녀와 동행할 수 없었다.

그랬으나…….

"나를 데려가지 않으면 다시는 소협을 안 보겠어요."

남궁상연은 굳은 결심을 한 듯 입술을 지그시 깨물며 말했다.

'휴우…….'

남천은 눈을 감아버렸다.

여인을 달래기는 세상 무엇보다 힘들다고 하더니 그 말이 실감됐다.

이윽고 남천은 희미하게 웃으며 입을 열었다.

"그럼 한 가지만 들어주십시오."

"그게 뭐예요?"

"제가 그들과 직접 손을 부딪칠 시에, 그땐 제 말씀을 따라주서야 합니다."

"그것도 안 돼요."

남궁상연의 단호한 거절에 남천의 안색이 ㅁ미하게 찌푸려졌다.

"만약 그때 저보고 가라고 한다면 지금 따라가지 않는 것과 하등 다를 바가 없잖아요."

"소저께서는 너무 비관적으로만 보고 계시는군요. 사부님의 무공은 강합니다."

"그렇지만……."

남천은 얼굴을 굳혔다.

"만약 이도 안 된다 하시면 저는 혼자 가겠습니다."

남천의 의외로 강경한 모습에 남궁상연은 일순 당황했다.

하지만 그럴수록 그와 함께 가야한다는 생각은 더욱 강해졌다.

'할 수 없지. 지금은 일단 승낙하고 막상 일이 닥치면 그때 결정해야겠어.'

남궁상연은 그리 생각하고는 마지못한 기색으로 고개를 끄덕였다.

"좋습니다. 분명 저와 약속하셨습니다."

"빨리 따라오지 않고 뭣들 하는 거야?"

대청 밖에서 가백헌이 기다리기 지쳤다는 듯 소리쳤다.

남천은 그를 향해 슬쩍 한번 눈길을 주고는 육대명에게 고개를 돌렸다.

"이렇게 되어 죄송합니다. 이만 가봐야겠군요. 하나 대인의 호의는 기억하도록 하겠습니다."

남천은 깊이 허리를 숙이고는 그를 따라 대청을 나섰다.

육대명은 뭐라 말을 하려는 듯 입을 달싹였으나 끝내 남천이 사라질 때까지 아무런 말도 하지 못했다.

그의 얼굴은 심하게 일그러졌고, 눈은 쉴 사이 없이 떨리고 있었다.

육대명은 남천이 왜 이곳을 떠나는 줄 알았다.

마등태세에게 가솔을 잃은 자신에게 더 이상의 칼부림을 보이지 않기 위해서다.

그리고 만의 하나 자신들의 가문에 누를 기칠까 염려해서다.

'패검무자……'

지금 육대명이 할 수 있는 일이라곤 단지 마음속으로 염원하는 것뿐이었다.

'그대의 무운을 비는 게 내가 할 수 있는 전부이구려. 무능한 날 용서하시오.'

평생을 글만 읽고 살아온 육대명, 가문의 은인을 이렇게 떠나보내야만 하는 그의 마음은 가족을 잃었을 때와 크게 다르지 않았다.

남천은 두 사람의 뒤를 따랐다.

그들은 이곳 지리를 잘 아는지 장원 뒤쪽에 나 있는 길을 통해 뇌한산으로 올라가고 있었다.

남천은 그들의 뒤에서 두 사람의 걸음걸이를 유심히 지켜봤다.

어슬렁거리며 걷는 가백헌, 일견 허술한 듯하면서도 균형이 잡혀 있다.

명문의 제자임을 보여주는 증거다.

그의 어수룩한 걸음걸이만 보고 섣불리 기습을 한다면 낭패를 보기 십상이리라.

저리 건들거리다가도 위험이 닥치면 눈 감짝할 사이에 절정의 보법이 펼쳐질 테고 그의 도가 춤출 것이다.

반면에 창해극은 일보일보가 무공을 펼치는 듯했다.

걷는 게 바로 보법이다. 뛰는 게 바로 신법이다.

항시 무공이 몸에 달라붙어 있다.

굳이 마음을 먹고 공력을 끌어올리지 않아도 자연스런 행동에 공력과 초식이 뒤따른다.

자신은 저 정도에 이르렀는가?

단언할 수 없었다.

옆에서 걷고 있는 남궁상연은 그녀답지 않게 긴장한 모습이었다.

그녀는 남천이 비무하는 걸 여러 번 지켜봤으면서도 이렇게 긴장하기는 처음이었다.

남궁상연은 남천보다 그들에 대해 잘 알았다.

어렸을 때부터 그들에 대한 이야기를 들어왔다.

도화만창 강서백도 무신의 제자였지만 그와 남천이 비무할 때는 전혀 두렵지 않았다.

그 이유는 단 하나.

생사비무가 아니었기 때문이다.

강서백은 비무 중 남을 죽인 적이 없다.

이미 그런 사실을 알고 있었던 남궁상연은 걱정할 게 없었다.

그러나 저 창해극과 가백헌은 다르다.

그들은 강서백과는 반대로 상대를 살려두는 법이 없었다.

그게 무인이 되었든 아니었든 상관하지 않았다.

거역하면 죽는다. 강한 자가 약한 자를 죽이는 건 당연하다. 이게 그들의 법이었다.

남궁상연은 마른침을 삼켰다.

떠나기 전에 목을 축였건만 그새 또 갈증이 났다.

남천은 그녀의 비정상적인 상태를 한눈에 꿰뚫어봤다.

"마음을 편하게 하세요."

남천의 말에 그녀는 퍼뜩 정신을 차렸다.

'바보같이……'

이 얼마나 추태란 말인가?

옆에서 도움을 줘야 할 자신이 이리 긴장한다면 어떻게 그가 마음 놓고 그들과 맞서겠는가?

"미안해요."

남천은 그녀를 보며 빙긋 웃었다.

"괜찮습니다. 저도 두근거리는걸요. 사부님과 저를 업신여기는 자들은 반드시 후회하게 만들고야 말겠습니다."

이는 그녀를 안정시키려고 한 말이기도 했지만 무엇보다도 자신의 각오를 다지기 위함이 더 컸다.

갑자기 들이닥쳐 도를 뽑으려는 것을 보아 멀리 나가지 않고 승부를 걸 듯 보이던 창해극은 예상외로 반 시진 가까이나 산을 올라서야 뒤돌아섰다.

남천은 주위를 천천히 둘러보았다.

싸움을 하기 전, 지형을 살피는 것은 필수다.

산이라 그런지 바람이 조금 불긴 했지만 날씨는 오히려 따듯했다. 구름도 간간이 눈에 뜨일 뿐 햇살이 드는 시간이 더 많았다.

산 정상이라고 하긴 애매하나 한쪽 끝은 절벽이고 다른 쪽 끝은 자신이 올라온 언덕이다.

남천은 슬쩍 벼랑 끝을 내려다보았다.

자세히 보이지는 않으나 지금 자신이 서 있는 곳이 생각보다 훨씬 높다는 사실을 알 수 있었다.

이는 뇌한산 자체의 기묘한 배치로 인한 현상이었다.

망도는 남쪽으로 갈수록 지형이 높아졌다.

그 끝에 위치한 뇌한산도 마찬가지……. 그렇게 알아채지 못하게 높아진 뇌한산은 높다란 화만산과 만나 깊은 골을 이뤘다.

절벽과 절벽이 만나는 자리.

그곳은 어둠만이 짙게 깔려 있었다.

남천은 그 벼랑을 보며 하나의 대비책을 떠올렸다.

만약 자신의 무공이 그보다 못할 때에 이 벼랑이 도움을 줄 것이다.

무공의 격차를 줄여줄 만한 예기치 못한 변수였다.

창해극은 남천과 남궁상연을 번갈아 바라보더니 불쑥 입을 열었다.

"여기다."

"……?"

"네가 죽을 장소는."

남천은 입가에 알 듯 모를 듯한 미소가 떠올랐다.

"좋은 장소요."

"그의 무공이니 무기는 필요없겠지?"

"그렇소."

남천의 입가에 떠올라 있는 미소가 더욱 짙어졌다.

여유로운 모습이었다.

그는 이미 여기까지 걸어오는 동안 완전히 마음을 비웠다. 이게 창해극이 의도한 바인지는 모르지만 남천에겐 분명 도움이 되었다.

남천의 손에 서서히 서자충천공이 운집하기 시작했다.

그의 손이 점점 붉게 물들어갔다.

창해극은 잠시 지켜보다 도를 잡아가기 시작했다.

하나 그때.

"잠깐만요, 사형."

창해극의 미간이 일순 꿈틀거렸다.

가백헌은 그의 심기가 불편해지려는 것을 눈치 채고는 급히 말을 계속했다.

"저에게 기회를 주신다 이미 말씀하셨잖습니까. 개 잡는데 소 잡는 칼을 쓰실 필요 뭐 있겠습니까?"

창해극은 무슨 생각을 하는지 가만히 있다가 뒤로 한 발 물러섰다.

무언의 허락이었다.

가백헌의 얼굴이 활짝 펴졌다.

하마터면 기껏 여기까지 와서 놀림만 당하고 끝날 뻔했지 않은가.

"감사합니다, 사형!"

가백헌은 히죽 웃고는 남천을 향해 돌아섰다.

"네놈을 내 손으로 처치할 수 있게 되어 무척 기쁘구나. 너는 다행으로 여겨야 할 거다. 형님이 손을 쓰셨으면 아무것도 못해보고 저세상으로 떠났을 테니 말이야. 뭐, 나라 해도 크게 달라질 건 없겠지만. 하하핫."

남천은 예의 미소를 띠운 채 느긋하게 입을 열었다.

"나도 기쁘오."

"응?"

"당신의 무공이 과연 입만큼이나 뛰어난지 확인해 보고 싶었으니 말이오."

"……!"

가백헌은 잠시 얼빠진 표정이더니 입 언저리를 씰룩거렸다.

"목이 달아나도 그런 소릴 하는지 두고 보겠다."

그는 특유의 어슬렁거리는 걸음으로 남천에게 다가가기 시작했다.

둘의 거리는 대략 삼 장.

한 번의 도약으로 초식을 펼치기엔 다소 먼 거리였다.

남천은 비록 말은 그리했지만 잠시도 마음을 풀지 않고 있었다.

아니, 가백헌이 한 발을 내딛는 것과 동시에 이미 남천의 전신은 공력으로 충만해져 있었다.

그의 양다리에는 언제라도 신풍광비보를 펼칠 수 있게 내력이 흘러넘쳤다.

드디어 가백헌이 허리에서 도를 꺼내 들었다.

빠르지도 않다. 특이함도 없다. 그리고 기수식이랄 것도 없었다.

단지 양손에 하나씩, 석자 반 길이에 네 치 폭의 도를 들고는 자연스레 아래로 늘어뜨린 채였다.

그렇게 어슬렁거리며 다가가던 그는 남천과의 거리가 이 장에 이르자 한쪽 입가를 슬쩍 치켜올렸다.

눈은 가늘어져 웃고 있는 것처럼 보였다.

"헷!"

웃음소리였나?

그의 몸이 풍차처럼 제자리에서 선회하는가 싶더니 어느새 우수에 들린 도가 남천의 목을 노리고 휘둘러져 오고 있었다.

第三十七章

철심도법(撤心刀法)
─창해극의 무공

侠

　남천의 눈에서 일순 정광이 번뜩였다.

　그는 도를 확인한 즉시 상체를 뒤로 살짝 젖혔다.

　휘익!

　남천의 목이 있던 자리로 눈부신 은빛을 뿌리는 가백헌의 도가 수평으로 스쳐 갔다.

　남천은 그의 도가 지나감과 동시에 상체를 원래대로 돌리며 그의 도의 궤적을 쫓아 손목을 움켜쥐려 했다.

　그러나 또다시 덮쳐 오는 예리한 도기를 느끼고는 급히 우로 상체를 비틀었다.

　휘이잉!

처음보다 더욱 강력한 바람 소리를 내며 아래로부터 비스듬히 두 번째 도가 치켜올라 왔다.

눈부신 연환도격(連環刀擊)이다.

이것이 쌍도의 위력이었다.

하나의 도가 눈앞에서 사라지기도 전에 또 하나의 도가 재차 쳐온다.

두 개의 도가 물샐틈없이 이어져 상대는 피하기에만 급급하다 결국은 베일 수밖에 없게 하는 도법.

가백헌이 자랑하는 태음쌍면도법(太陰雙綿刀法)이었다.

이를 직접 확인이라도 시켜주듯 남천의 신형이 안정되기도 전에 세 번째 도가 옆구리를 쓸어왔다.

치익.

도에는 닿지도 않았건만 허리 부위의 옷자락이 도세만으로 찢겨 나갔다.

남천은 뒤로 물러나는 대신 땅을 쓸 듯 자세를 낮추어 도를 흘려보내더니 그 힘을 빌어 축이 되는 가백헌의 다리를 노리고 매섭게 후려찼다.

그의 다리를 따라 흙먼지가 딸려갔다.

아니, 그의 다리가 지나가고 나서야 흙가루가 떠올랐다.

가백헌은 막 세 번의 도를 휘두르고 네 번째를 비스듬히 위에서 아래로 남천의 머리를 노리고 펼치는 중이었다.

오른 다리는 허공에 떠 있고 양팔을 휘돌리며 전신을 왼 다리로 지탱하고 있었다.

남천의 공격을 피할 수 없는 상황이었다.

남천 역시 그 자세로는 자신의 회단각(回斷脚)을 피하지 못하리라 생각했다.

그러나.

남천의 다리에 차이려는 순간 기이하게도 그의 왼 다리가 두 자가량 허공으로 떠올랐다.

휘이잉!

남천의 다리가 허공을 갈랐다.

그의 눈이 믿을 수 없다는 듯이 치켜떠졌다.

가백헌은 도를 빠르게 아래로 휘두르면서도 몸을 띄웠던 것이다.

도의 움직임과는 반대 방향!

몸을 먼저 움직이고 반대편으로 도를 휘두르는 것은 그리 어렵지 않았지만, 이미 초식이 아래로 펼쳐진 이후에 몸을 반대로 움직일 수 있다는 것은 실로 놀라운 광경이었다.

덕분에 가백헌의 신형은 묘한 형태였다.

오른 다리와 왼팔은 쭉 펴서 허공을 갈랐고 오른팔과 왼 다리는 몸통에 찰싹 붙어 있었다.

"흡!"

남천은 자신의 머리 위로 떨어져 내리는 도를 느끼고는 급히 숨을 들이켰다.

그는 다리를 펼 수도 허리를 비틀어 피할 수도 없었다.

그러나 다른 다리로 펼치는 회단각으로 아무것도 없는 허공을 쓸어 차며 그 힘을 빌려 움직일 순 있었다.

휘휙!

남천의 다리가 허공을 찢는 소리와 가백헌의 도가 남천의 머리 한 치 옆을 스치는 소리가 동시에 발해졌다.

한 사람은 다리 힘을 빌려 땅에서 회전하고 또 다른 사람은 팔의 힘을 빌려 허공에서 회전했다.

"헷! 따라하기냐?"

가백헌은 우습다는 듯이 내뱉었다.

아직 여유가 있다는 사실을 과시하고 싶었을까?

"아직 시작도 안 했어. 이제부터야."

그는 싸우는 도중 입 벌려 말하는 게 매우 숙달된 듯했다.

그러면서도 신형은 쉴 사이 없이 연속해서 좌우로 회전하며 도를 떨쳐 내고 있었다.

보는 사람이 어지러울 정도다.

그러나 남천 역시 만만치 않았다.

단 한 번의 격돌로 상대의 초식 변화를 어느 정도 읽어냈다.

비록 완벽하진 않지만 그 정도만으로도 피하는 데는 충분했다.

도법과 백타의 만남이었지만, 두 사람의 거리는 매우 가까웠다.

이는 가백헌이 자신의 무공에 자신이 있어서이기도 했지만 그보다는 먼 거리와 가까운 거리에 상관없이 펼칠 수 있다는 태음쌍면도법의 특성 때문이었다.

두 사람의 신형은 눈에 보이지 않을 정도로 빠르게 교차하고 있었다.

어느 순간에는 남천의 주먹이 그의 머리를 스쳐 갔으며 또 어느 순간엔 그의 쌍도가 아슬아슬하게 남천의 목을 스쳐 갔다.

허공에 떠 있다 싶으면 땅바닥을 기듯이 쓸어갔고, 도광이 번쩍이며 장내를 덮다가도 이내 남천의 권풍이 휘몰아쳤다.

그렇게 두 사람의 공방은 우열을 가리지 못하고 한참이 계속됐다.

이 광경을 지켜보고 있는 남궁상연은 속이 시커멓게 타들어갔다.

'왜? 왜 아직도 저러고만 있는 거지?

남천은 어찌 보면 전혀 서자충천공의 공능을 사용하지 않고 있는 듯했다.

서자충천공은 타 심법과 비교할 수 없는 막대한 내력을 지녔다.

그런 막강한 공력으로 인해 상대의 병기를 브수는 게 가능했고, 그랬기에 남천의 사부는 일수만병파란 별호를 얻었다.

한데도 지금까지 남천은 한 번도 그의 쌍도를 직접적으로 공격하지 않았다.

또한 청해의 이력충비수와 홀벽쇄혼지의 특징인 피처럼 붉은 빛이 보이지도 않았다.

'설마, 저 상황을 즐기고 있는 건가?'

남궁상연은 문득 그런 생각이 들었다.

남천도 무인이기에, 비록 적일지라도 강한 상대를 만난 게 기뻐서 저러는 게 아닐까 하는 의심이 들었다.

그녀가 답답해하고 있을 때 갑자기 가백헌의 광소 소리가 터져 나왔다.

"크하하핫! 일수만병파의 무공이 겨우 이 정도인가? 그동안의 소문은 역시 헛소문에 불과했군그래!"

그는 연이어 도광을 뿌려대며 남천의 신형을 압박해 들어가면서 계속 소리쳐 댔다.

"아무래도 놀이는 이제 그만 하고 끝내야겠어."

가백헌의 쌍도가 그의 말이 끝남과 동시에 하얀빛을 띠어 갔다.

그에 따라 도에서 뿜어져 나오는 예기가 더욱 날카로워졌다.

절정에 다다른 도기였다.

그뿐만 아니라 도의 속도도 배가되었다.

"이건 어찌 피해내는지 볼까?"

가백헌의 득의양양한 목소리가 쩌렁거리면 울렸다.

그의 도가 후려쳐 왔다.

얼마나 빠른지 도의 뒤로 한 폭의 백광이 길게 이어졌다.

순간 남천의 눈이 매섭게 빛을 발했다.

그의 손이 드디어 시뻘겋게 변했다.

마치 붉은 수투를 착용한 듯, 아니, 불이 뿜어져 나오는 듯 착각을 일으켰다.

"피할 필요조차 없다. 너의 도는 강하지 않아."

남천의 입에서 싸움이 시작된 뒤 처음으로 음성이 흘러나왔다.

가백헌은 모든 힘을 발휘하지 않고 싸웠다지만 이는 남천 역시 마찬가지였다.

그는 지금껏 청해의 초입 단계의 공력만 사용하여 그의 도를 피해내고 있었다.

처음엔 가백헌의 기이한 도법에 당황했으나, 이어진 초식들은 그 틀에서 크게 벗어나지 않았다.

남천이 익힌 이력충비수는 세상의 모든 도법을 파훼하기 위해 만들어진 무공이다.

때문에 태음쌍면도법이 쌍하도문의 무공 중 어느 정도 절기에 속하는지는 모르나 남천의 목숨을 위협할 정도는 못되었다.

때문에 남천은 되도록 오랫동안 반고의 무공을 견식하고자 하는 생각에 공력을 줄였다.

가백헌을 이겨낸다 해도 뒤에는 창해극이 있었다.

그를 조금이라도 미리 알기 위해서는 그의 사제인 가백헌을 통하는 수밖에 없었다.

가백헌은 자신의 도를 향해 남천이 손을 뻗어오자 어이가 없어 웃음이 나올 지경이었다.

일수만병파의 무공이 상대의 병기를 부서뜨린다는 사실은 이미 그도 알고 있었다.

그러나 이는 단순한 병기일 경우다.

지금 남천의 목을 향해 베어가고 있는 도에는 그런 병기가 지닐 수 없는 막대한 진기가 깃들어 있었다.

보도도 단숨에 잘라 버릴 정도의 극한에 이른 도기.

그가 도기를 다룰 수 있게 된 건 이미 십여 년 전이었지만 이처럼 응축시킬 수 있게 된 것은 채 일 년도 지나지 않았다.

무신의 제자가 이십 년의 연공 끝에 이뤄낸 도기.

이제 스물이 갓 된 상대가 버텨낼 만한 무공이 아니었다.

그런데 도면도 아니고 정면의 날을 향해 남천이 손을 밀어넣고 있었으니 그로서는 웃음밖에 나오지 않았다.

"크하핫. 미친……."

가백헌의 웃음소리가 사위로 퍼져 나갈 때 남천의 시뻘겋게 붉은 손이 그의 도에 닿았다.

쿠아앙!

"크억!"

도와 손이 부딪치는 강한 충격에 가백헌의 입에서 탁한 비명이 토해졌다.

무심한 표정으로 두 사람의 싸움을 지켜보고 있던 창해극의 눈에 순간 기광이 어른거렸다.

믿을 수 없게도 그의 도는 남천의 손바닥에 막혀 더 이상 전진하지 못한 채 멈춰 있었다.

응축된 도기가 점점 풀려나려 했다.

강렬한 충격에 그의 진기가 흐트러졌다.

휘이익. 턱!

그에 따라 첫 번째 도를 뒤따라오던 두 번째 도마저 힘을 잃어버렸다. 그리고 이번엔 손목을 틀어 잡혔다.

우수에 들고 있던 도와 좌수의 손목을 남천에게 붙들린 상황.

"크… 큭… 이, 이게!"

한 번 틀어진 진기는 제 갈 길을 찾지 못해 헤맸고, 잡힌 손을 빼내려 힘을 주었지만 꼼짝도 하지 않았다.

우드드드득!

그의 도면을 남천의 손가락이 서서히 파고들어 갔다.

티티팅.

기이한 음향과 함께 도에 금이 가기 시작했다.

그리고는 곧이어.

콰아앙!

굉음과 함께 그의 도가 산산이 부서지더니 도편들이 사방으로 터져 나갔다.

"크아아악!"

남천에게 손을 잡힌 그는 자신을 향해 덮쳐 오는 도편을 피하지 못했다.

결국 얼굴과 전신에 도편이 틀어박힌 그는 커다랗게 비명을 지르며 비틀거렸다.

남천은 그의 손을 놔줬다.

그는 얼굴을 감싼 채 연신 휘청대며 뒷걸음질쳤다.

"흐… 흐……."

그의 입에서는 알아들을 수 없는 괴상한 소리가 새어 나오고 있었다.

남천은 그런 그를 뚫어져라 쳐다보았다.

"이게 그대가 그토록 보길 원했던 사부님의 무공이오."

가백헌은 고통 속에서도 고개를 치켜들어 남천을 노려보았다.

"네… 네놈이."

그는 도저히 믿을 수 없었다.

자신의 도를 박살 내는 자가 있다니.

그것도 극한의 도기가 서린 도를 말이다.

사부로부터 일수만병파의 무공에 대해 들었을 때 그는 비웃었다.

상대의 병기를 부서뜨리는 것은 잔재주에 불과하다고.

병기가 움직이는 궤적을 알아내면 누구나 할 수 있는 것이라고.

도나 검은 옆면이 약하니 그곳을 적당히만 노린다면 자신도 가능하다고 믿었다.

결국 이를 노릴 수 없게 현란한 도법 혹은 검법을 펼치거나, 상대의 움직임보다 빠르다면 무기를 파훼할 길은 없다고 굳게 믿었었다.

그랬는데…….

그는 중요한 사실을 간과하고 있었다.

만약 일수만병파의 무공이 그런 잔재주였다면 자신의 사부가 그토록 그와 손을 잡고 싶어하지 않았으리라는 사실을 말이다.

아니, 그 역시 어느 정도 자신의 생각이 틀릴지도 모른다는 것을 직감하고 있었는지도 모른다.

하지만 인정할 수 없었다.

왜냐하면 쌍하도문은 가장 강한 문파이기에, 자신의 사부가 육무신 중 가장 강한 사람이라 믿었기에 용납할 수 없었다.

"감히… 네놈이!"

가백헌은 발악하듯 소리쳤다.

"당신의 무공은 빠르고 날렵하긴 하지만 힘이 없소."

"뭐라고!"

모욕도 이런 모욕이 없었다.

자신도 무신이라 불리는 이의 제자건만 이런 소릴 들어야 하다니.

그의 몸이 분노로 부들부들 떨렸다.

남천은 그런 가백헌을 냉정한 눈으로 응시하다 고개를 돌렸다.

철저한 무시였다.

도가 깨어져 나가는 동안 가백헌은 내상을 입었다.

자존심도 상처를 입었다. 그러나 그의 투지마저 꺾인 건 아니었다.

이미 부러져 도파만 남은 도를 내던졌다.

"아직 끝나지 않았다! 이놈!"

그는 크게 소리치며 우수로 나머지 하나 남은 도를 휘두르며 남천의 등을 향해 덮쳐들었다.

"위험해요!"

남궁상연은 자신도 모르게 외쳤다.

그러나 가백헌의 몸놀림은 이전과는 이미 천양지차였다. 도에 깃든 기운 역시 미약하기 그지없었다.

그가 입은 건 간단한 내상이 아니었다.

그의 손이 잡혔을 때 주입된 서자충천공의 어리한 기운은 그의 내력을 갈가리 찢어냈다.

껍데기만 남은 그의 도.

남천을 노리기엔 턱없이 부족했다.

티티티팅. 촤아악!

남천은 고개를 돌리지도 않은 채 뒤로 손을 휘저었다.

그의 손으로부터 비롯된 홀벽쇄혼지가 그의 도를 난자했다. 그리고 가백헌의 우수를 팔꿈치에서부터 잘라냈다.

"으아악!"

그에게서 찢어지는 비명이 터져 나왔다.

꿈틀거리는 홀벽쇄혼지는 거기에 만족하지 않고 그의 목을 노리고 움직였다.

가백헌의 눈이 부릅떠졌다.

다섯 마리의 시뻘건 뱀이 목을 조여오듯 빠른 속도로 덮쳐 오고 있었다.

그러나 그에겐 이를 피할 힘조차 남아 있지 않았다.

바로 그때.

쉬잉.

매서운 바람 소리와 함께 우윳빛처럼 하얀색의 도가 그의 앞으로 나타났다.

도는 남천의 홀벽쇄혼지를 비스듬히 아래에서 위로 부딪쳐 갔다.

휘리리릭.

마치 깃발 펄럭이는 듯한 음향이 발하는 순간.

백도와 부딪친 남천의 홀벽쇄혼지가 갈 길을 잃고 허공으로 떠올랐다.

남천은 급히 몸을 돌렸다.

그의 앞에는 한 손에 도를 든 창해극이 예의 무심한 표정으로 우뚝 서 있었다.

남천의 눈에 언뜻 놀람의 빛이 스쳐 갔다.

'도대체 언제?'

그는 좀 전까지만 해도 분명 자신으로부터 좌측 비스듬한 위치에 서 있었다.

남천은 그가 자신의 뒤로 돌아왔음에도 별다른 기척을 느끼지 못했다.

가백헌과 비할 수 없는 놀라운 신법이었다.

풀 스치는 소리도 바람 가르는 소리도 들리지 않았건만 그 순간에 이 장이 넘는 거리를 움직였다.

남천은 물론 그런 그의 신법에도 놀라고 있었지만 더욱 경악스러운 건 자신의 홀벽쇄혼지가 어떻게 저리 맥없이 튕겨 나갈 수 있는가였다.

남천이 홀벽쇄혼지를 펼친 이후 지금처럼 당황스런 적은 없었다.

가백헌은 창해극의 등 뒤에서 급히 혈도를 막아 지혈하더니 허탈한 음성으로 입을 열었다.

"사형."

그의 새하얀 얼굴은 핏기를 잃어 더욱 창백했다.

"저쪽으로 가 있어라."

창해극의 목소리엔 사제를 걱정하는 마음이 전혀 묻어 나오지 않았다.

마치 시체가 되살아나 말하는 것처럼 싸늘할 뿐이었다.

"……."

가백헌은 뭐라 다시 말하려다 결국 고개를 푹 숙이고는 한쪽으로 비틀거리며 걸어갔다.

남천도 남궁상연도 그리고 창해극도 그런 그를 돌아보지 않았다.

일견 안타까워 보이기도 했으나 좌중의 그 누구도 가백헌을 그리 생각하는 사람은 없었다.

오히려 죽지 않은 것만 해도 그로서는 다행스럽게 여겨야만 했다.

남천은 모든 신경을 눈앞의 창해극에게 모았다.

그러자 그의 손에 쥐어진 도가 유난히 커 보였다.

무심쌍도 창해극의 성명병기라 할 수 있는 백한양도, 그 이름처럼 하얗고도 차가운 기운을 뿌리고 있었다.

강한 기세를 흘리는 것도, 그렇다고 도기가 서린 것도 아니건만 가백헌의 그것보다 훨씬 무서워 보였다.

남천의 주먹이 서서히 쥐어졌다.

그러자 잠시 모습을 감추고 있었던 붉은 빛이 다시 나타나기 시작했다.

아니, 이번엔 단순히 붉기만 하지 않았다. 은은하게 회색이 들어 있는 회적색이었다.

백천에 가까운 삼단공이다.

'빈틈을 줘선 안 돼.'

남천의 입이 굳게 다물어졌다.

남천은 이미 방금 한 수에서 그가 가백헌과는 차원이 다른 고수임을 직감했다.

가백헌을 상대할 때처럼 적당히 했다가는 단 일 초도 견디지 못할 듯했다.

남천은 조금이긴 했지만 그에 대해 알고 있었다.

그는 사람을 죽일 때 여러 번 손을 쓰지 않았다. 가백헌처럼 농담을 나누지도 않는다.

깨끗하고도 빠른 시간 내에 쓰러뜨리는 것. 그게 바로 그가 사람을 죽이는 방식이었다.

창해극이 예기치 못하게 끼어들었기 때문에 남천과 그는 넉 자가 채 못되는 거리였다.

팟.

남천은 뒤로 몸을 날려 그와 적당한 거리를 두고 떨어졌다.

무엇 때문인지 창해극의 눈이 미미하게 가늘어졌다 돌아

왔다.

그 변화는 너무나 짧고 미약해 가까이 있는 남천만이 겨우 알아챌 정도였다.

창해극은 아직 도를 하나밖에 뽑지 않았다.

"시작해도 되겠소?"

남천이 물었으나 그는 대답하지 않았다. 단지 남은 하나의 도를 천천히 뽑아 들었을 뿐이었다.

남천은 고개를 끄덕였다.

콰아앙!

굉음과 함께 폭풍처럼 거센 바람이 남천의 뒤로 터져 나가고, 그의 신형이 창해극의 정면으로 폭사되어 갔다.

남천의 푸른 장포가 그의 몸에 찰싹 붙은 채 뒤쪽으로 미칠 듯이 펄럭였다.

그가 펼칠 수 있는 한 최대한의 신풍광비보!

남궁상연의 눈에는 마치 파란 벼락이 들이쳐 가는 것처럼 보였다.

그 순간 창해극의 신형이 앞으로 살짝 기울어졌다.

다리는 조금 굽힌 상태였고, 그의 좌도는 땅과 평행하게 눈앞을 가리고, 우도는 뒤로 뻗어 하늘을 찌르고 있었다.

남천은 신풍광비보를 펼치며 우권을 그의 미간을 노리고 찔러 넣었다.

쾌에엑!

가장 빠르면서도 가장 단순한 초식.

이력충비수의 섬전철파(閃電徹波)였다.

그에 따라 찔러가는 주먹 앞으로 기이한 회적색 정(釘)이 솟아났다.

진정한 강기의 무공.

만약 남천이 백천의 단계였다면 완전한 흰빛이었으리라.

창해극의 왼발이 비스듬히 앞으로 내디뎌졌고 그의 등 뒤에 있던 우도가 벼락처럼 앞으로 베어왔다.

그의 도는 정확히 남천이 만들어낸 강기의 정 끝을 노리고 있었다.

하나 그의 도는 정에 부딪치려는 순간 미묘하게 방향을 틀었다.

그러자 놀랍게도 그의 도신은 강기를 부서뜨리지 않고 그것의 옆면을 따라 흐르기 시작했다.

끼이이이.

날카로운 음향이 귀청을 울려댔다.

그리고는 그 기세대로 곧장 우측 팔을 잘라 버릴 듯 쭈욱 밀려들어 갔다.

'헛!'

남천은 그 기이한 도의 움직임에 눈이 번쩍 뜨였다.

그대로 전진한다면 어깨뿐만이 아니라 몸통마저 두 갈래로 갈라질 상황이었다.

남천은 반응은 신속했다.

이력충비수는 비록 무공명에 손수(手) 자가 포함되어 있었지만 권법이나 장법만이 아닌 모든 백타를 아우르는 무공이었다.

그는 급히 권에 집중했던 공력을 어깨로 돌렸그 허리를 비틀며 어깨로 도면을 강타해 갔다.

그러면서도 한편으로는 천뢰금신으로 가슴을 코호했다.

그의 도에 남천의 어깨가 부딪치려는 찰나.

그의 우도는 아무 일도 없었다는 듯 그대로 남천의 몸을 건드리지 않고 우측으로 지나쳐 갔다.

아무리 백한양도가 보검이고 창해극이 펼치는 도법이라고는 하지만 창해극 역시 도면을 남천의 어깨에 부딪치기에는 부담스러웠던 것일까?

그러나 그게 끝이 아니었다.

위이잉!

그의 우도는 그렇게 사라졌지만 어느새 나타난 좌도가 남천의 허리를 양단할 듯이 베어오고 있었다.

남천은 그의 도에서 뿜어져 나오는 차가운 한기를 느끼고는 비틀던 허리에 더욱 탄력을 줘 그대로 회전하면서 좌장을 등 뒤로 크게 휘둘렀다.

남천의 좌장이 도를 잡아채 갔다.

그 순간 창해극의 도가 크게 흔들렸다.

그러자 남천의 손은 아무것도 움켜잡지 못하고 그대로 스쳐 갔고, 지나쳐 간 빈자리에 잠시 사라졌던 도가 다시 모습을 드러냈다.

휘익, 촤아악!

등을 덮고 있던 남천의 장포가 찢겨져 나가며 그 사이로 붉은 피가 도의 움직임을 따라 뿜어졌다.

"흐음!"

남천의 굳게 다문 입술을 뚫고 자그만 신음이 새어 나왔다.

남천은 그를 지나치고도 이 장가량을 더 전진한 후에서야 멈춰 섰다.

그의 등은 새어 나온 피로 붉게 물들어 있었다.

천천히 돌아선 남천은 깊이 침잠된 눈빛으로 창해극을 바라보았다.

그제야 창해극 역시 남천과 마찬가지로 다리를 펴며 돌아섰다.

단 한 수의 격돌이었다.

그럼에도 남천은 등이 갈라지는 상처를 입었다.

비록 살가죽만 찢긴 미약한 상처일지라도 창해극의 실력이 남천보다 한 수 위라는 사실을 확인시켜 준 상처였다.

남궁상연은 그에게로 달려가고 싶었다.

상처가 어떤지 확인하고 싶었다.

그러나 아직 싸움은 끝나지 않았다.

자신이 걱정하는 것이 오히려 지금의 남천에겐 방해가 된다는 걸 잘 알고 있었다.

남천처럼 그녀 역시 무인.

애타긴 했으나 그를 돕는 길은 이처럼 잠자코 지켜보는 것뿐이었다.

"이건 무슨 도법이오?"

남천의 음성은 묵직하게 가라앉아 있었다.

두 사람은 스쳐 가는 그 짧은 시간에 각기 세 개의 초식을 사용했다.

남천은 절대 방심하지 않았다.

단 한 수에 끝을 내리라 마음먹었기 때문이다.

게다가 무심쌍도를 상대로 방심이라니 어불성설이다.

그랬으나 상대의 옷깃조차 스치지 못했다. 이에 남천은 은근히 화가 치미는 중이었다.

남천의 물음에 그는 묵묵히 입을 다물고 있었다.

그러다 한참이 지난 후에야 무슨 일인지 눈썹을 한차례 꿈틀거리고는 한마디 했다.

"철심도법(撤心刀法)."

남천의 눈에서 순간 기광이 번뜩였다.

철심도법! 반고의 성명절기였다.

그를 무신으로 만들어준 절기.

'그랬었나? 그래서……'

남천은 그의 말을 듣고 보니 한편으로 위안이 됐다.

　일도궁일도양의 최고 도법이라면 충분히 조금 전의 상황이 이해됐다.

　남천은 천천히 고개를 끄덕였다.

　그러나 다음에 이어지는 창해극의 한마디에 전신이 돌처럼 딱딱히 굳어버렸다.

　"오성(五成)."

　"……!"

　"오성의 철심도법."

　남천의 세차게 뛰려는 심장을 애써 진정시켰다.

　'그게 겨우 오성?'

　창해극의 말은 계속 이어졌다.

　"그리고 이게 칠성."

　그는 왼손에 들고 있던 도를 뒤집어 역도(易刀)의 자세를 취했다.

　창해극의 얼굴이 알아보기 힘들 정도로 미미하게 찌푸려졌다.

　사실 그는 오성만으로 충분히 남천의 등뼈를 자를 수 있다 예상했었다.

　사제와 겨루는 것을 보고 판단한 것이니 빗나갈 리 없었다.

　하나 막상 맞부딪쳐 보니 그게 아니었다.

　상대의 감추어진 무공과 순발력은 자신의 예상을 훨씬 뛰어넘는 것이었다.

자신은 철심도법을 칠성까지 익혔다.

이를 익히기 위해 얼마나 뼈를 깎는 수련을 했는가?

철심도법은 무공의 재질만 있다고 해서 익힐 수 있는 무공
이 아니었다.

철심은 마음을 없앤다는 뜻이다.

이는 상대의 마음을 없앤다는 의미도 있지만 무공을 익히
는 본인의 마음을 없앤다는 뜻도 있었다.

그래서 자신의 마음을 제대로 다스리지 못하는 가백헌은
철심도법 대신 그에 맞는 태음쌍면도법을 익혔다.

창해극은 이를 익히기 위해 혼인을 하지 않았다.

사랑하는 사람이 생기면 마음이 흔들린다. 가족이 생기면
희생이 강요된다.

친구도 없었다. 우정이란 사랑과도 같았다.

그렇게 해서 전수받은 철심도법.

지금 그 모두를 끄집어내야 할 상황이었으니 아무리 냉정
한 그라 해도 자존심이 상할 수밖에 없었다.

뿐만 아니라 상대는 겨우 자신의 반밖에 나이가 되지 않았
으니 말이다.

때문에 남천도 그랬지만 그도 평정심을 유지하려 애를 쓰
고 있었다.

하나 만약 남천이 무공을 익힌 지 채 사 년이 되지 않았다

는 사실을 그가 알았더라면 이런 평정심마저 유지할 수 없었을 것이다.

창해극은 천천히 고개를 숙였다.

그리고 그의 신형이 가볍게 앞으로 기울어진다 싶은 순간 고개가 번쩍 들리고 쌍도가 열십자 모양으로 빠르게 허공을 그었다.

쉬쉭!

도가 움직이는 순간 생겨난 강렬한 기파가 남천을 네 토막 낼 것처럼 쏘아져 왔다.

"큭!"

허공으로 몸을 솟구치기엔 너무 늦었다.

그에겐 선택이 없었다.

십자 모양의 아래쪽으로 급히 몸을 숙이고 앞으로 나아갔다.

그러나 남천이 채 고개를 들기도 전에 어느새 다가왔는지 그의 도가 떨어져 내리고 있었다.

남천은 좌수를 쳐올렸다.

그의 오지에서 홀벽쇄혼지가 튀어나왔다.

"차앗!"

붉은 실가닥이 넓게 퍼지며 창해극의 도를 감싸 안으려 꿈틀댔다.

기기기긱.

하나 창해극의 도는 홀벽쇄혼지와 만나자 또다시 기이한 음향을 내며 그 사이를 헤쳐 나갔다.

비스듬히 강기의 힘을 무력화시키며 미끄러졌다.

콰앙!

결국 실가닥은 크게 휘어지더니 방향을 잃고 굉음과 함께 땅바닥에 처박히고 말았다.

'저런 식으로!'

남궁상연은 두 눈을 크게 떴다.

가백헌은 강기에 정면으로 부딪쳤었다. 그래서 도가 부러졌다.

그러나 창해극은 남천의 강기에 정면으로 쿠딪치는 법이 없었다.

철저히 피해냈다.

그러면서도 강기의 움직임을 봉쇄한다.

강한 내력이 없어도 강기를 무력화시키고 상대의 혼을 찢는 무공.

그것이 바로 철심도법이었다.

남천의 좌수에서 뻗어 나온 홀벽쇄혼지는 창해극의 우도에 막혀 힘을 잃었다.

그사이 역수로 쥐어진 좌도가 남천의 뒤쪽에서부터 비스듬히 떨어져 내렸다.

베는 것도 아니다. 그렇다고 해서 찌르는 것도 아닌 묘한 움직임이었다.

상대의 수비가 어떤 형태를 띠던지 간에 기필코 그의 숨통을 끊겠다는 강한 의지가 숨 쉬고 있었다.

남천은 움직일 수 없게 된 좌수는 그대로 놔둔 채 우장을 들어 올렸다.

바로 그 순간 창해극의 상체가 기묘하게 비틀렸다.

이어 팔과 손목이 비틀리고 도신이 비틀렸다.

또다시 남천의 손바닥을 피해냈다.

도신은 남천의 손목과 팔꿈치 그리고 어깨를 지나 아래로 뚝 떨어지더니 가슴과 허리 사이에서 곧장 횡으로 그어졌다.

남천은 위험을 직감하고 미리 천뢰금신을 운용하고 있던 중이었지만 그의 날카로운 도를 완전히 막아내진 못했다.

쉬이이익.

우드드득. 뚜둑.

뼈 부러지는 소리가 멀리 떨어진 남궁상연의 귀에까지 들려왔다.

늑골이 서너 개는 베어졌다.

남천의 가슴에서 뿜어져 나온 핏물이 장포를 흠뻑 적신 것도 모자라 땅으로 떨어져 내리고 있었다.

그럼에도 남천의 눈빛은 흐려지지 않았다.

이러리라는 것을 이미 예상이라도 하고 있었던 것일까?

한데 이상한 것은 오히려 창해극의 상태였다.

그의 이마에는 조그맣긴 했지만 분명 땀방울이 맺혀 있었다.

"어떻소?"

남천은 그와 몸이 가까이 붙어 있는 채로 나직하니 입을 열었다.

남궁상연은 그를 도우려 막 뛰쳐나가려다가 그 소리에 우뚝 멈춰 섰다.

그녀로선 지금 두 사람이 어떤 상황인지 확인할 수 없었다.

창해극은 남천의 눈을 한동안 응시하더니 천천히 고개를 끄덕였다.

"훌륭하군."

그는 진심으로 경탄하는 듯 보였다.

남천의 몸이 그로부터 조금 떨어졌다.

그제야 남궁상연은 볼 수 있었다.

창해극의 왼 팔꿈치는 기이하게 꺾인 채 남천의 오른쪽 겨드랑이에 잡혀 있었다.

남천의 가슴뼈가 부서지는 소리에 뒤이어 들려온 음향은 남천의 것이 아니라 창해극의 팔이 부러지는 소리였던 것이다.

남천은 그의 도를 잡기가 어려움을 알고 월영파와의 싸움을 떠올렸다.

그때 검이 천뢰금신에 부딪치면 설사 베어낸다 해도 속도가 현저히 늦춰진다는 사실을 깨달았다.

역시나 창해극의 도도 마찬가지, 자신의 가슴뼈를 가르며 지나갈 때 약간의 틈이 생겨났고 이처럼 잡아챌 수 있었다.

뼈를 주고 뼈를 깎는다.

이게 남천이 생각한 그의 도를 잡아내는 방법이었다.

쌍도를 쓰는 자가 한 팔을 사용하지 못한다. 이는 반 이상 약해졌다는 의미와도 같았다.

"소협!"

남궁상연은 너무나 기쁜 나머지 자신도 모르게 남천을 불렀다.

그때 불현듯 창해극의 입가에 기이한 미소가 떠올랐다.

'……!'

남천은 일시지간 그 미소의 의미를 파악하지 못했다.

싸움은 끝이 났다.

도 하나만으로는 자신을 상대할 수 없었다.

그런데도 엄습하고 있는 이 정체 모를 한기는 무엇이란 말인가?

창해극은 이미 부러져 버린 좌수에서 힘을 풀었다.

백한양도가 아래로 천천히 떨어져 내렸다.

창해극의 눈이 날카롭게 번쩍인 것은 그 순간이었다.

쉬익!

그의 홀벽쇄혼지를 가두고 있던 우도가 새하얀 빛을 뿌리며 남천의 목을 베어왔다.

'헛!'

이처럼 가까운 거리에서 백한양도와 같은 장도를 휘두른 다는 게 불가능이라 생각했건만 그의 도는 거리에 상관하지 않았다.

놀란 남천은 급히 그의 팔을 풀고 뒤로 물러났다.

그러자 창해극은 기다렸다는 듯이 남천의 목을 향해 베어 가던 우수를 아래로 선회시켰고 떨어지고 있던 좌도를 잡아 챘다.

하나의 손에 두 개의 도.

그중 좌수에 들려 있었던 도는 여전히 역도의 모양새로 쥐 어져 있었다.

한데 이상한 점은 한 손으로 두 개의 도를 쥐었음에도 전혀 어색해 보이지 않았다.

마치 처음부터 두 개의 도가 연결된 듯 보였다.

하나의 도첨은 하늘을 향하고 있고, 또 하나의 도첨은 땅을 가리켰다.

창해극은 자신의 도를 물끄러미 쳐다보다가 어리둥절해 있는 남천을 바라봤다.

그리고는 지극히 낮은 음성으로 중얼거렸다.

"팔 하나가 없다 해서 쌍도를 쓸 수 없는 건 아니지."

"……!"

그의 우수가 미세하게 꿈틀거렸다.

철컥.

그러자 뭔가가 맞물리는 듯한 음향이 새어 나왔다.

도파에 어떤 기관 장치라도 있었던 건지 그의 도는 굳이 꽉 잡지 않아도 되게끔 하나로 연결되었다.

휘휘휙, 픽!

그는 확인이라도 하듯 몇 번 한 손으로 도를 휘두르더니 그대로 땅에 꽂았다.

남천은 그가 하는 양을 가만히 보고만 있었다.

그의 머릿속은 복잡했다.

창해극은 느긋하게 자신의 왼 팔꿈치를 더듬더니 한순간 벼락처럼 비틀었다.

뚜두둑.

무시무시한 소리가 들리더니 그는 왼팔을 휘휘 저었다.

엄청난 고통이 있었을 게 분명했건만 그는 무심한 표정 그대로였다.

부러졌던 팔이 어느새 멀쩡해졌다.

남천은 그 광경에 후회가 물밀듯이 밀려들었다.

'완전히 부수었어야 했는데…….'

그러나 후회해도 이미 늦었다.

이어 창해극은 가백헌을 돌아보더니 왼팔을 내밀었다.

가백헌은 알았다는 듯 고개를 끄덕이고는 들고 있던 나머지 하나의 도를 던졌다.

결국 창해극의 손에는 세 개의 도가 쥐어졌다.

잠시 그런 창해극의 모습을 바라보던 가백헌은 갑자기 광소를 터뜨렸다.

"하하핫, 사형. 진정한 철심도법을 펼치기엔 하나가 모자라군요."

"무슨!"

남궁상연은 두 눈을 치켜뜨며 가백헌을 노려보았다.

"멍청한 계집. 철심도법은 원래 네 개의 도로 펼치는 무공이다. 아무것도 모르면 잠자코나 있어."

가백헌은 능글맞게 히죽거리며 대꾸했다.

네 개의 도로 펼치는 무공?

그녀로선 금시초문이었다.

그렇지만 눈앞에서 세 개의 도를 들고 있는 창해극이 있었으니 아니라 할 수도 없었다.

'반고의 무공은 분명 궁양쌍도로 펼치는 철심도법인데 그렇다면?'

"반고 역시?"

무심코 입 밖으로 나온 남궁상연의 말에 가백헌이 버럭 소리 질렀다.

"무례한 년. 어디서 주둥이를 함부로 놀려대느냐?"

그는 잡아먹을 것 같은 눈초리로 그녀를 쏘아보다가 냉랭

한 음성으로 내뱉었다.

"그렇다. 사부님의 궁양쌍도 역시 네 개다. 그분이 펼치는 철심도법 앞에선 일수만병파도 버티지 못할 거야."

남천 역시 그의 말을 들었다.

'그랬었나? 무신들의 무공은 제대로 알려진 게 없다더니, 사부님의 말씀이 사실이었구나. 하나 아무리 그래도······.'

어떻게 다루는 병기조차 잘못 알려질 수 있단 말인가.

남천의 얼굴에 한줄기 쓸쓸한 미소가 떠오르고 있었다.

第三十八章

사중구생(死中求生)
一사라진 남천

藍天俠傳

俠

남천의 몸은 온전한 상태가 아니었다.

늑골은 부러졌고 피는 계속해서 흘러나왔다.

최홍과의 일전 때처럼 기를 운용해 보았으나 상처가 쉽게 아물지도 피가 멈추지도 않았다.

확실치는 않으나 그의 도기의 특성 탓인 듯싶었다.

반면 창해극은 멀쩡했다.

일견에도 승산이 없는 싸움.

'결국 그 방법밖엔 없나……'

남천은 이곳의 지형을 떠올렸다.

자신의 뒤쪽으로 오 장만 가면 천애절벽이 있다.

그걸 이용하는 것 외엔 마땅한 방법이 떠오르지 않았다.

남천은 무언가를 결심한 듯 입을 굳게 다물었다.

주먹에 힘이 들어갔고 다리를 굳건히 했다.

두 사람은 마주 본 채 한참의 시간 동안 아무런 움직임도 없었다.

벼랑 쪽에서 불어오는 바람만이 두 사람의 머리카락을 흩날려 시간이 멈추지 않았음을 확인시켜 줄 뿐이었다.

창해극은 예상외로 남천이 공격해 오지 않자 의아했다.

이대로 시간이 흘러간다면 당연히 상대가 손해다.

그는 피를 흘리고 있었으니 기다리기만 해도 자신의 승리였다.

그러나… 그의 자존심은 이를 허락지 않았다.

'할 수 없군.'

드디어 창해극의 신형이 움직이기 시작했다.

마치 번개가 치는 듯했다.

남천의 십지에서도 홀벽쇄혼지가 솟아났다.

찰나의 시간 만에 남천의 앞에 도달한 그는 그대로 덮쳐들며 도를 종횡으로 그어댔다.

쉬쉬쉭.

남천도 보고만 있지 않았다.

열 개의 실가닥이 허공을 가득 매우며 그의 도를 맞아갔다.

백한양도 중 하나가 홀벽쇄혼지를 비스듬히 쳐내면 그 벌어진 틈 사이를 또 다른 백한양도가 휘저었다.

남천의 지력이 사방으로 너풀거렸고, 하얀 섬광이 눈부시게 번뜩였다.

남천의 공력은 창해극에 비해 큰 차이가 없었다. 아니, 오히려 그보다 높을지도 몰랐다.

그러나 초식의 운용에선 차이가 났다.

그가 휘두르는 세 개의 도엔 남천의 무공이 통하지 않았다.

홀벽쇄혼지든 장법이든 창해극의 도는 남천의 공격을 빗겨내고 튕겨냈다.

그리고 실낱같은 그 빈틈을 치고 들어왔다.

스슥, 촤악.

남천은 조금씩 뒤로 밀리고 있었다.

그의 도가 난무할 때마다 남천의 몸엔 칼자국이 생겨났고 피가 솟았다.

아직까진 뼈가 잘라지거나 치명상을 당하진 않았지만 오래 버티지 못하리라는 건 자명한 일이었다.

그렇게 서서히 밀리더니 이제 벼랑 끝까진 일 장도 남지 않았다.

'안 돼!'

남궁상연은 검을 잡아갔다.

이대로 놔두면 남천은 죽는다.

벼랑에서 떨어지는 게 먼저일지 창해극의 도에 당하는 게 먼저일진 모르지만 죽는다는 사실은 변함이 없었다.

휘이익!

남궁상연은 비연신법을 펼치며 창해극을 덮쳐 갔다.

어느새 뽑혀 나온 망현검이 허공을 가르고 있었다.

"이년이!"

가백헌이 그녀의 돌출된 행동에 크게 고함쳤지만 그는 아무런 행동도 할 수 없었다.

남천에게 당한 내상이 극심하여 내공조차 끌어올리기 힘들었다.

남궁상연의 귀엔 가백헌의 목소리가 들리지 않았다.

눈으로 분간할 수 없을 정도의 빠른 속도로 움직이는 창해극의 등에 모든 신경을 집중하고 있었기 때문이다.

쐐에엑!

절정에 이른 고혼일검이 그녀의 검에서 펼쳐졌다.

남천을 살리고자 하는 그녀의 마음이 스며들었는지 지금까지 그녀가 펼친 고혼일검과는 차원이 달랐다.

검이 응축되어 하나의 점처럼 보일 정도였다.

망현검은 창해극의 명문혈을 향해 극쾌의 속도로 뻗어갔으며, 진기로 충만하여 강성한 힘마저 깃들어 있었다.

그녀는 자신의 성공을 의심치 않았다.

창해극이 남천을 밀어붙이느라 정신을 쏟고 있는 지금이라면 절대 실패할 리 없었다.

한데 그 순간, 불쑥 그의 등 뒤로 도가 솟구쳐 올라왔다.

"헛!"

치이이잉!

정체 모를 도는 망현검과 비스듬히 부딪치며 기이한 음향을 만들어냈다.

그러자 믿을 수 없게도 정절에 이른 고혼일검이 옆으로 한 자나 비껴 나가는 게 아닌가?

휘익.

망현검은 결국 헛되이 창해극의 등을 지나쳐 허공을 찔렀다.

그리고 뒤이어, 또 하나의 도가 아래에서 솟구치더니 중심을 잃은 그녀의 몸을 베어냈다.

촤아악!

"악!"

남궁상연의 피가 허공을 적셨다.

"소저!"

남천은 남궁상연의 비명 소릴 듣고서야 그녀가 자신을 도우려 공격했음을 알았다.

그는 모든 신경을 창해극에 쏟아 붓느라 눈치 채지 못했던 것이다.

허리에서부터 어깨까지 쳐올린 도는 길게 붉은 피를 뿌리더니 다시 허공에서 선회하며 남궁상연의 목을 향해 떨어져 내렸다.

"이놈!"

남천의 눈에서 시퍼런 안광이 폭사되어 나왔다.

흩어졌던 홀벽쇄혼지가 모여들며 창해극의 목줄기를 노리고 짓쳐들었다.

창해극은 순간 망설이는 듯했다.

도를 그대로 떨쳐 낸다면 남궁상연의 목숨은 취할 수 있었으나 대신 자신의 목도 날아간다.

그는 어쩔 수 없이 떨어져 내리던 도를 거두고는 홀벽쇄혼지를 맞아갔다.

티티팅!

또다시 두 사람의 접전이 시작되었다.

"쿨럭, 쿨럭!"

한편 남궁상연은 땅에 엎드린 채 연신 기침을 해댔다.

목구멍에서 검붉은 피가 쉬지 않고 토해져 나왔다.

창해극도 남천을 상대하느라 그녀의 요혈을 벨 만한 여유는 없었던 게 분명했다.

그게 아니었다면 지금처럼 숨을 쉬고 있지도 못했을 터였다.

남궁상연의 기침 소리에 남천은 그녀가 살아 있다는 사실에 다행스러우면서도 분노했다.

'끝을 내겠다.'

남천의 얼굴이 한순간 무섭게 변했다.

창해극은 그의 변화에 흠칫하면서도 손을 늦추지 않았다.

이제 한 걸음만 더 밀리면 절벽에서 떨어질 상황.

"차아앗!"

남천은 무슨 생각에서인지 커다란 기합 소리와 함께 그의 도를 무시한 채 양팔을 휘저으며 앞으로 달려들었다.

허술하기 짝이 없는 공격.

푸욱!

백한양도가 남천의 오른쪽 가슴을 꿰뚫었다.

한데 오히려 창해극의 눈이 부릅떠졌다.

그는 도를 뽑을 수 없었다.

천뢰금신이었다.

그는 위험을 직감하고 급히 도를 비틀었으나 이 역시 남천의 천뢰금신에 막혀 꿈쩍도 하지 않았다.

그사이 남천의 홀벽쇄혼지가 그의 다리를 휘어 감으려 아래로 뻗어갔다.

그는 선택을 해야만 했다.

도를 그대로 남천의 몸에 박아둔 채 뒤로 물러설 것인가, 아니면 이대로 다리를 내준 채 나머지 검으로 목을 쳐낼 것인가.

하나 그는 그 둘이 아닌 다른 선택을 했다.

창해극의 다리가 땅을 박차는 순간 그의 신형이 남천을 향해 그대로 부딪쳐 갔다.

콰앙!

그리고 둘의 몸이 허공을 날았다.

그들의 밑은 더 이상 땅바닥이 아니었다.

끝이 보이지 않는 낭떠러지.

어둠만이 보이는 낭떠러지 위였다.

그 상태에서 창해극의 눈과 남천의 눈이 마주쳤다.

무심해 보이는 창해극의 눈, 웃고 있는 듯 보이는 남천의 눈.

창해극은 이런 상황에서 남천이 웃고 있다는 사실을 믿을 수 없었지만 나직하게 중얼거렸다.

"잘가라."

퍽!

그는 백한양도를 남천의 몸에 박아둔 채 다리로 남천을 찼고, 그 힘을 빌어 다시 땅 위를 향해 신형을 날렸다.

"안 돼!"

남궁상연의 입에서 처절한 비명이 터져 나왔다.

그에 따라 울컥거리며 또다시 피가 뿜어져 나왔으나 그녀는 그런 것에 신경 쓸 정신이 없었다.

남천이 죽는다.

저기서 떨어지면 그 누구도 살 수 없었다.

"그렇겐 안 되지!"

후아아악!

파악!

순간 석 자 길이였던 흑벽쇄혼지가 갑자기 넉 자 다섯 치로 늘어났다.

그리고 좌수에 이어진 기운은 굉음과 함께 담벼락에 틀어박혔고, 우수에 이어진 회적색 기운은 창해극의 발을 휘감아갔다.

"큭!"

항상 무심한 표정이었던 창해극도 이때만큼은 안색이 돌변했다.

지금까지의 홀벽쇄혼지였다면 그는 충분히 피하고 땅에 내려설 수 있었다.

하지만 갑작스레 늘어난 한 자 반의 길이.

충분히 자신의 발목에 닿을 만한 길이였다.

만약 남천이 발목을 잡은 채 그대로 끌어당긴다면 자신은 저 아래로 떨어지고 상대는 벽에 박힌 회적색의 기운 덕분에 살아날 터였다.

남천은 처음부터 이를 노렸다.

그가 자신의 가슴에 도를 박을 것도, 그가 피하지 않고 절벽으로 함께 뛰어내릴 것도…….

자존심 강한 창해극이라면 피할 리 없었다.

그때가 마지막 기회였다.

위기의 순간까지도 숨겨두었던 홀벽쇄혼지의 여력.

그것이 승부를 결정지을 것이다.

그의 도로는 자신의 홀벽쇄혼지를 밀어내기만 할 뿐 잘라

낼 순 없기 때문이다.

　'끝났다.'

　남천이 머릿속에 끝이라는 말을 떠올릴 때. 갑자기 창해극의 고함 소리가 터져 나왔다.

　"하앗!"

　그의 도가 아래를 향해 휘둘러지고 있었다.

　남천의 얼굴에 순간 놀람의 빛이 떠올랐다.

　분명 저 각도와 힘으로는 홀벽쇄혼지를 쳐내지도 잘라내지도 못하건만.

　그러나 그가 노린 건 홀벽쇄혼지가 아니었다.

　써걱.

　좌아아악!

　노린 건 바로 그의 발이었다.

　홀벽쇄혼지는 그의 발이 있던 빈 허공만을 휘저었다.

　한쪽 발이 도에 잘려 허공으로 떠오르고 피가 분수처럼 뿜어져 나와 남천의 얼굴을 적셨다.

　"큭!"

　자신의 발을 자른 것만은 참지 못했는지 처음으로 창해극의 입에서 신음이 새어 나왔다.

　하지만. 그는 덕분에 무사히 땅에 내려설 수 있었다.

　"헛!"

　반면 남천은 다급성을 들이켰다.

이미 틀려 버렸다.

이젠 절벽에 틀어박힌 흘벽쇄혼지의 힘을 이용해 벽에 붙은 후 다시 올라가 싸우는 수밖에 없었다.

단 한 번의 도약이면 가능했다.

남천은 팔에 힘을 줬다. 그러자 그의 몸이 절벽을 향해 빠른 속도로 다가갔다.

바로 그때.

휘이이이잉!

바람을 가르고 하늘로부터 무언가가 매서운 속도로 떨어져 내렸다.

창해극의 도였다. 아니, 하나 남은 가백헌의 도였다.

도는 맹렬하게 회전하며 덮쳐 오더니 그대로 흘벽쇄혼지가 박혀 있는 절벽을 가격했다.

콰앙!

굉음과 함께 절벽 한 귀퉁이가 부서져 나갔다.

돌 부스러기가 사방으로 흩날렸다.

그리고 지지할 곳을 잃은 흘벽쇄혼지는 허공에서 춤을 췄고 남천의 몸은 아래로 떨어져 내렸다.

'아… 안 돼!'

남천은 속으로 부르짖었다.

남궁상연이 죽는다.

자신이 죽는 건 상관없었다.

중요한 건 이미 부상을 입은 남궁상연은 결코 창해극의 손에서 살아날 수 없다는 사실이었다.

미칠 것만 같았다. 아무것도 할 수 없다는 게 미칠 것만 같았다.

반드시 지켜주겠다 약속했는데. 이렇게… 이렇게…….

남천은 절망감에 눈물을 흘렸다.

그러나 얼마나 빠른 속도로 떨어지는지 그것마저 순식간에 말라 버렸다.

가슴이 아파왔다.

백한양도가 꽂혀 있는 오른 가슴보다 심장이 있는 왼쪽 가슴이 미어져 왔다.

저 멀리 보이는 땅 위에 그녀가 있다.

그녀를 다시 느껴보고 싶었다.

남천은 마지막으로 그녀를 보기라도 하겠다는 듯이 눈을 부릅떴다.

그때 그는 볼 수 있었다.

반대편 절벽에서부터 그녀가 있는 절벽을 향해 날아가고 있는 무수한 죽창들을…….

남천은 한눈에 그것의 정체를 알아보았다.

어찌 잊을 수 있겠는가? 그 무서운 죽창을.

남천의 얼굴에 희미한 미소가 떠올랐다.

"세… 영파창."

그녀가 살 길이 열렸다.

안도감 때문이었을까. 남천의 눈이 스르르 감겼다.

점점 정신을 잃어갔다.

그렇게 남천은 절벽 밑으로 떨어지고 있었다.

절벽 아래로 도를 던져낸 창해극은 허리를 숙여 남천이 떨어지는 모습을 바라보았다.

그의 표정은 무슨 생각을 하는지 모를 정도로 여전히 무심했으나 처음 나타났을 때와는 어딘지 모르게 달라져 있었다.

이는 창해극의 눈빛 때문이다.

항상 침착했던 그의 눈이 조금이긴 했지만 가늘어져 있었다.

무언가 불만이 서린 모습이었다.

그와 가백헌이 가지고 있던 도는 모두 네 개.

그러나 지금 그들이 가지고 있는 도는 없었다.

모두 네 개의 도를 사용하고도 남천의 목숨을 직접 취하지 못했고, 겨우 벼랑 끝에 밀어 넣은 것뿐이었다.

가백헌은 그 점이 못마땅했다.

실력이 모자라서 그랬다면 이해라도 할 수 있다.

하지만 자신은 충분히 감당하고도 남을 실력이 있었다.

시간만 더 있었더라면, 그랬다면 충분히 목을 잘라낼 수 있었을 터인데…….

"흐음."

결국 그의 입에서 의미를 알 수 없는 탄식이 자그맣게 새어 나왔다.

순간, 무슨 생각에서인지 한쪽 입술을 씰룩이더니 돌아섰다.

그는 시체의 그것처럼 한기가 펄펄 날리는 눈빛으로 남궁상연을 바라보았다.

남궁상연 역시 핏발이 가득 선 눈으로 그를 뚫어져라 노려보고 있었다.

입가엔 피가 가득 묻어 있다.

가슴과 허리 그리고 한쪽 다리도 피로 잔뜩 젖었다.

제때 조치를 취하지 않아 그녀의 상처는 갈라져 크게 입을 벌리고 있었다.

일견에도 제정신을 유지키 힘들 만한 부상이다.

하지만 그녀의 끌어오르는 울분은 그런 고통을 모두 삼켜버렸다.

"사형, 괜찮으십니까?"

가백헌이 급히 물었다.

하나 창해극은 아무런 말도 없었다. 다만 남궁상연을 쳐다보고 있을 뿐이었다.

가백헌은 창해극의 잘라진 발을 응시했다.

어이없이도 애송이 하나 처치하는데 자신은 얼굴이 망가

지고 내상을 입고 팔이 잘렸으며, 사형은 발을 잃었다.

"이 미친 것들이!"

그는 버럭 소릴 지르며 바닥에 주저앉아 있는 남궁상연에게 달려들려 했다.

"백헌."

하나 곧이어 들려온 나지막한 음성에 우뚝 멈칫 설 수밖에 없었다.

"왜 말리십니까?"

가백헌이 불만 어린 음성으로 크게 소리치자 창해극은 매서운 눈으로 그를 한번 쏘아보고는 천천히 남궁상연을 향해 걸음을 옮겼다.

'설마 직접?'

그는 사형의 분노가 자신보다 결코 낮지 않음을 알았다.

창해극은 본인의 손으로 오늘의 일을 끝마치려 하는 것이었다.

남궁상연은 그에게서 눈을 떼지 않은 채 천천히 몸을 일으켰다.

휘청.

그러나 당한 부상이 작지 않은 듯 크게 몸을 비틀거렸다.

그녀는 힘들게 일어서더니 다친 오른손이 아닌 왼손으로 망현검을 뽑아 들었다.

하나 그 모습은 어색하기 짝이 없었다.

검파를 쥐고 있는 자세부터 서 있는 자세까지 이제 막 수련하기 시작한 삼류무사의 그것이었다.

그녀는 한 번도 왼손으로 검을 펼쳐 본 적이 없었다.

가백헌은 비웃음이 나오려는 걸 억지로 참았다.

'저년이 죽으려고 환장했군.'

창해극은 아랑곳하지 않고 그녀에게 다가갔다.

남궁상연은 미동도 않고 기다리다 그가 지척의 거리에 이르자 망현검을 찔러냈다.

획!

고혼일검이었다.

그러나 그건 고혼일검이라고 하기엔 턱없이 부족했다.

검끝은 연신 흔들리고 있었고, 찔러가는 속도로 한없이 느렸다.

이런 검법으로는 그의 옷자락 하나 베어내지 못한다.

남궁상연도 그 사실을 알았다.

하지만 포기할 수 없었다. 그녀는 이를 악물고서 끝까지 검을 펼쳐 냈다.

하나 현실은 냉혹했다.

창해극의 손이 눈을 어지럽힌다 싶은 순간, 팔꿈치가 마비되었고, 어느새 망현검은 그의 손에 들어가 있었다.

그는 무심한 눈으로 남궁상연을 한참 동안 노려보다가 천천히 망현검을 치켜들었다.

남궁상연은 처참함에 몸서리가 쳤지만 그래도 그를 노려보는 것을 멈추지 않았다.

그게 자신이 할 수 있는 유일한 방법이라는 듯.

허공에서 멈춘 망현검이 떨어져 내리려 했다.

바로 그 순간.

남궁상연은 창해극의 미간이 꿈틀거리는 것을 볼 수 있었다.

그는 무슨 이유에서인지 검을 멈추고는 급히 신형을 좌측으로 미끄러뜨렸다.

휘휘휙, 퍼퍼퍼퍽!

창해극이 서 있던 자리로 어디선가 날아온 죽창들이 강하게 틀어박혔다.

남궁상연은 낯익은 그 물건을 보고는 급히 고개를 쳐들었다.

'아!'

강서백이 허공에서 햇빛을 받으며 쏜살같이 떨어져 내리고 있었다.

양손에 세영파창을 나눠든 그의 모습이 날개를 활짝 펴고 창공을 가르는 매처럼 보였다.

탁!

강서백은 남궁상연의 바로 앞에 내려섰다.

그는 창해극을 일별한 뒤에 남궁상연에게 고개를 돌렸다.

"괜찮아?"

슬쩍 보기에도 그녀의 몸은 괜찮지 않았지만 남궁상연은 천천히 머리를 끄덕였다.

"하지만, 소협이……."

그녀는 차마 말을 끝마치지 못했다.

그를 생각하는 것만으로 몸이 떨려왔다.

눈이 붉어지고 눈시울이 뜨거워지려 했다.

"걱정하지 마. 그 녀석은 죽지 않았을 거야."

강서백은 아무렇지도 않게 말했다.

그는 정말 남천이 죽었으리라고는 전혀 생각지 않았다.

무신의 제자가 그깟 절벽에서 떨어져 죽었다고 하면 세상의 비웃음거리였다.

"쉬고 있어."

그 말이 그녀의 긴장을 풀어주었던 것일까?

남궁상연은 제자리에 풀썩 주저앉았다.

"도화만창!"

가백헌이 크게 소리쳤다.

강서백은 그를 힐끔 쳐다보고는 피식 웃었다.

"홋, 오랜만이야. 아직까지 그 소리치는 버릇은 고치지 못했군. 나처럼 의젓하지도 않고 말이야. 이름만 비슷했지, 쯧쯧."

"뭣이!"

"꼴을 보아하니 한량 짓거리 하다가 남천에게 당했나 보군. 겨우 네 사형 덕에 목숨은 부지한 듯싶고, 내 말이 틀렸나?"

"……!"

그는 아니라고 소리치고 싶었지만, 불행히도 강서백의 말은 사실이었다.

그의 얼굴이 시뻘겋게 달아올랐다.

"이… 쳐 죽일 놈이."

그러나 여전히 강서백은 야릇한 미소를 띠며 비아냥댔다.

"홋, 자신 있으면 그래보시던가. 하지만 말이야, 이건 알아둬야 할 거다."

순간 언제 그랬냐는 듯이 강서백의 안색이 들처럼 딱딱하게 굳었다.

"그러면 너는 죽어. 아니, 거기서 한 걸음이라도 움직인다면 죽일 거야."

"이……!"

가백헌은 수치심과 분노로 얼굴을 푸들거렸지만 섣불리 움직일 순 없었다.

정상일 때도 그의 상대가 되지 못했다.

하물며 지금처럼 도도 없고 내상을 입은 상태라면 결과는 뻔했다.

게다가, 도화만창의 서릿발 같은 눈빛.

눈을 마주치는 것만으로도 오금이 떨려왔다.

강서백은 애처롭게 서 있는 가백헌을 노려보다가 창해극에게 눈길을 돌렸다.

"당신은 어때? 병자를 상대하고 싶은 마음은 없지만, 굳이 덤벼들겠다면 사양 않겠어. 하지만 결과는 당신도 알고 있을 거야."

창해극의 눈썹이 한차례 꿈틀거렸다.

분하긴 했지만 그의 말처럼 결과가 어쩌리라는 것은 자신도 알고 있었다.

필패(必敗).

병기도 없이 도화만창을 상대할 순 없었다.

그뿐 아니라 잘려진 왼발이 욱신거렸다.

그는 예의 무표정한 얼굴로 강서백을 쳐다보다 결국 몸을 돌렸다.

등 뒤로 다시 강서백의 음성이 들려왔다.

"이봐. 남의 물건은 주고가야지."

창해극은 걸음을 멈추고 물끄러미 손에 들고 있는 망현검을 응시하다가 그대로 땅에 박아 넣었다.

퍼억!

망현검은 검자루만을 남긴 채 깊숙이 틀어박혔다.

그리고는 미련없이 떠나갔다.

"사, 사형!"

혼자 남겨진 가백헌은 황급하게 그를 불렀으나 어떤 대답도 들려오지 않았다.

"넌 뭐 해? 네 사형 안 따라가?"

"……."

가백헌의 얼굴이 와락 찌푸려졌다.

'이 미친놈이! 좀 전엔 움직이면 죽이겠다고 하더니…….'

그는 강서백의 말을 기억하고 있었던 것이다.

한데 정작 말을 한 강서백은 전혀 기억하지 못하고 있는 듯 보였다.

"가봐. 어물거리지 말고."

강서백의 말이 떨어지고나서야 사면을 받은 듯 가백헌은 창해극이 사라진 방향으로 뛰기 시작했다.

그러나 한마디 하는 것만은 잊지 않았다.

"두고 보자, 강서백!"

이윽고 두 사람의 모습이 보이지 않자 강서백은 남궁상연을 부축했다.

"많이 다친 것 같네. 내려가자."

하나 남궁상연은 고개를 저었다.

"안 돼요. 남 소협을 찾아야만 돼요."

"그러니까 내려가자고. 일단 네 상처부터 조치를 취한 다음에 같이 찾아보자."

남궁상연은 울 듯한 표정으로 그를 올려다보다가 몸을 일으켰다.

"그래요, 가요. 그렇지만 남 소협은 정말로…… ."

강서백은 그녀가 무슨 말을 하려는지 알고 있다는 듯 빙긋 웃었다.

"당연하지. 무사할 거야. 신법을 펼치지 못한다 해도 워낙 몸이 단단한 녀석이니까."

그 미소를 보니 남궁상연은 위안이 되었다.

그의 말이 맞다.

남천이 그런 일로 죽을 리 없었다.

그는 일수만병파의 제자 아니던가? 중원에서 가장 강한 사람의 제자 아니었나.

그리 생각하자 조금은 힘이 솟았다.

그녀는 절벽을 다시 바라봤다.

그가 금세라도 솟구쳐 올라 자신 앞에 내려설 것만 같았다.

그리고 그 어색하면서도 포근한 웃음을 지을 것만 같았다.

남궁상연은 강서백의 권유에 따라 며칠을 요양한 후 그와 함께 남천을 찾아나섰다.

하나 생각보다 그 길은 험난하기만 했다.

절벽의 아래에 당도하는 데만 이틀이 넘게 소요됐다.

길이 험난한 것도 물론 문제였지만, 그보다 산길 자체를 몰랐기 때문이었다.

강서백은 자신이 이곳 지리를 잘 안다며 그녀를 데리고 이리저리 돌아다녔으나 엉뚱한 데로 나오기 일쑤였다.

그렇게 해서 우여곡절 끝에 당도한 절벽 아래.

다행인지 불행인지 그곳에서 남천의 모습을 발견할 순 없었다.

남궁상연은 혹시나 남천이 아래로 내려올까 싶어 그곳에서 사흘을 기다렸으나 헛수고였다.

그녀는 시간이 흘러갈수록 더욱 답답한 심정이었다.

그가 죽었다는 생각은 하지 않았다. 그러나 살아 있다면 도대체 어디 있을까?

반년이 넘게 단 하루도 떨어지지 않았던 남천.

그의 공백은 그녀를 외롭게 하고 힘들게 했다.

결국 남궁상연은 참지 못하고 절벽 아래에서부터 올라가며 그를 찾으려 했으나 워낙 가파른 데가 꼭대기마저 보이지 않아 이 역시 며칠 못 가고 포기할 수밖에 없었다.

결국 그녀는 생각을 달리했다.

남천이 살아 있다면 이 절벽 아래보다는 위로 올라올 확률이 더 컸다.

그래서 다시 절벽 위로 올라갔다.

그 위에서 다시 한 달.

그동안에 강서백은 일이 있다며 떠나갔다.

설마 그와 길이 엇갈렸을까?

자신이 아래에 있는 동안 절벽 위를 통해 가버린 게 아닐까?

남궁상연은 그곳에서 한 달을 채운 후 곧바로 청양으로 향했다.

원래의 목적지가 그곳이었으니 이미 도착해 있을 거라는 기대에서였다.

하지만 청양에서도 남천의 모습은 보이지 않았다.

그녀는 절망에 빠져들었다.

그동안 억지로 눌러놨던 눈물이 다시금 흘러내렸다.

'대체 어디 있는 거예요……. 살아는 있는 거예요……?'

그녀는 청양의 어느 조그만 오솔길에서 그렇게 눈물을 흘리고만 있었다.

*   *   *

얼마나 시간이 지났을까.

어둠만이 보였다.

끝없는 어둠. 자신은 이미 죽었음에 틀림없다.

'결국엔 이리되었구나.'

짧긴 했지만 후회 없는 삶이었다.

사랑하는 부모와 형이 있었고, 그리고 여인도 있었다.

'소저는 무사하겠지?'

도화만창은 필시 그녀를 도와줬을 것이다.

부상을 입은 두 사람은 그를 이겨내지 못할 게 분명했다.

'편안해.'

그는 죽었다는 게 이리 편안할 줄 몰랐다.

몸이 그리 만신창이가 됐건만 아무런 고통도 느껴지지 않았다.

그는 속으로 웃고 있었다.

그러던 한순간 잊고 있던 무언가가 퍼뜩 떠올랐다.

'관화! 관화는?

지금까지 왜 그렇게 중원을 헤맸는가?

관화를 살리기 위해서 아니었나? 그런 걸 잊고 있었다니. 제정신이 아니었다.

'안 돼. 나는 죽으면 안 돼.'

죽더라도 관화는 살리고 죽어야만 했다.

"으으음……."

남천의 입에서 가느다란 신음이 새어 나왔다.

그는 안간힘을 쓰며 눈을 뜨려 했다.

하나 마치 눈꺼풀에 만근거석을 달아놓은 듯했다.

그렇지만 결국엔 눈을 뜰 수 있었다.

죽을 수 없다는 그의 신념이었다.

남천은 순간 흠칫 놀랐다.

'죽은 게 아니었나?

어렴풋하긴 했지만 분명 빛이 있었다.

그때 어디선가 늙수그레한 음성이 들려왔다.

"깨어났냐?

남천의 게슴츠레했던 눈이 번쩍 떠졌다.

벌떡 일어서려 했다. 그렇지만 상체의 반도 일으키기 전에 다시 쓰러졌다.

다시 그 목소리가 이어졌다.

"그놈, 참 팔팔하기도 하다. 역시 젊은 것이라 그런가 보지?"

"누… 누구?"

남천은 오랜만에 말을 해서 그런지 음성이 어눌했다.

"누구고 뭐고 간에, 내가 설마하니 당가 놈을 구해줄 줄 몰랐다."

"나… 나는……."

"그 입 다물고 있어라. 아직은 좀 있어야 할 거야. 느긋하게 누워 있어."

남천은 소리나는 곳을 향해 억지로 고개를 돌렸다.

그리고 볼 수 있었다.

어둠에 반쯤 가려진 채 쪼그려 앉아 있는 은발 노인의 모습을.

『남천협전』 제4권 끝

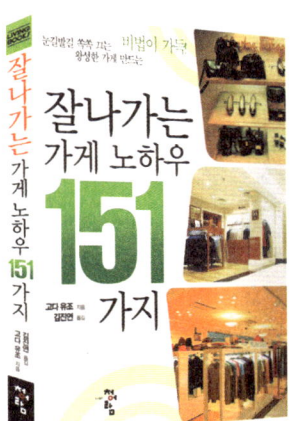

초등학생이 반드시 읽어야 할 좋은 책 49권

각 학년별로 초등학생이 반드시 읽어야할 좋은 책을
선정하여 통합논술의 기본이 되는 '올바른 독서법'을
일깨워 줍니다.

교과서와 함께하는 초등학교 통합논술

초등1학년 | 값 12,000원 / 초등2학년 | 값 9,500원 / 초등3학년 | 값 11,000원 / 초등4학년 | 값 9,500원 / 초등5학년 | 값 9,500원 / 초등6학년 | 값 11,000원

♣ 혼자 할 수 있어요.

엄마가 책 읽는 방법을 가르쳐 주어도 좋다요.
독서지도하는 선생님이 가르쳐 주어도 좋습니다.
'초등 교과서와 함께하는 통합논술 시리즈'는
아이 스스로 독서할 수 있도록 꾸며진 책기에요.
엄마와 선생님은 요령만 가르쳐 주시면 됩니다.

♣ 교과서의 중요한 내용이 총정리되어 있어요.

각 학년별로 중요한 교과 내용이 함께 수록되어 있어요.
초등학생은 교과서 내용을 충실하게 공부해야 합니다.
아울러 그와 병행한 독서가 대단히 중요하지요.
'초등 교과서와 함께하는 통합논술 시리즈'는
두 가지 방법 모두 알려준답니다.

♣ 이 책은 훌륭하신 선생님들이 함께 쓰신 책이랍니다.

동화작가 선생님들이 쓰셨어요. 소설가 선생님도 쓰셨답니다.
국어 논술독서지도 선생님들도 함께 쓰셨지요.
'초등 교과서와 함께하는 통합논술 시리즈'는
엄마의 마음으로 모든 선생님들이 함께 꾸민 책이랍니다.

입소문을 통해 아는 분은 다 알고 계십니다!
올 한해 공인중개사 최고의 화제작!

1~2권 합본 | 이용훈 지음
3~4권 합본 | 이용훈 지음
5~6권 합본 | 이용훈 지음
용어해설 | 이용훈 지음

수험생 기본 필독서
만화 공인중개사

제목 : 만화공인중개사 쓰신 분에게 감사드립니다.

학원을 두 달 다녔어요. 근데 과연 그 숫자 외우기 그런 게 몇 문제나 나올까 생각을 했어요.
아니라는 생각이 드네요. 학원강의를 뒤로하고 서점을 갔어요. 내 머리에 가장 이해될 수 있는
책이 없나 하구요. 거기서 만화를 발견했어요. 무조건 세 번 봤어요. 3개월 걸렸어요. 문제집을 보라고
했는데 그건 시행을 못했어요. 근데 합격을 했네요.
어떻게 감사의 말을 해야 될지…….
도서관에서 만화책 들고 다니니까 사람들이 비웃더라구요. 만화책으로 공인중개사를 공부한다고
미친 사람처럼 보더라구요. 근데 그거 다 감수하고 했던 내가 자랑스럽습니다.
어떻게 감사의 말을 해야 할지… 정말 감사합니다.
부디 행복하세요. 제 나이 41살에 좋은 스승을 만난 것 같습니다.
엎드려 감사드립니다.

-본사 홈페이지에 독자분이 올린 메일 中 에서 발췌-